Les Larmes de nos Mères

AURÉLIE PUAUD-CHAMPAGNE

City
Roman

Retrouvez tous les titres City Editions :

www.city-editions.com

© City Editions 2024
Photo de couverture : © Elly De Vries / Trevillion Images
ISBN : 978-2-8246-2347-4
Code Hachette : 48 2854 9
Collection dirigée par Christian English & Frédéric Thibaud
Catalogues et manuscrits : city-editions.com

Dépôt légal : Mai 2024

À ma mamie adorée,
fille d'une Juste parmi les nations.
Ensemble, elles ont caché plusieurs
familles juives chez elles en 1942.
À toi qui aurais été si fière de voir ce livre publié.
À toi, à ton courage et à ton amour.

Prologue

Les morceaux de fer s'enfoncent dans ma chair sans ménagement, tels les vulgaires clous que j'utilise pour maintenir mes toiles. Mais l'art est bien loin de ce baraquement. Bien loin de chacun d'entre nous. Peut-être même ne le reverrons-nous jamais.

La douleur s'abat comme une vague puissante sur des rochers tranchants. Incandescente, à mesure que l'encre infiltre les couches de ma peau. L'homme en face de moi retire la plaque, en prend une autre, et réitère sa besogne. Lorsque parfois il relève la tête, j'aperçois ses yeux. Ils sont ailleurs, à mille lieues de cette terre qui n'est pas la nôtre. Je serre les dents. Ce n'est pas la première fois que je me le répète, je sais que ce ne sera pas la dernière : hors de question qu'ils lisent ma souffrance sur les lignes de mon visage.

Je ne sens plus l'odeur âcre de désinfectant et de transpiration de tous ces hommes entassés derrière moi. Ceux qui ont été envoyés du bon côté. Ceux qui ne sont pas destinés à mourir tout de suite. Mais qui mourront quand même.

La douleur se fait plus forte. Elle rivalise avec celle de mon cœur, brisé par des images que je ne peux effacer, des souvenirs dont je ne peux changer l'innommable dénouement.

Mon bras gauche est engourdi. Le tatouage se dessine au fur et à mesure que les plaques se sont retirées de ma chair. Une goutte de sang s'écoule entre les poils que la douleur a hérissés sur ma peau blême.

J'ai conscience que le supplice ne fait que commencer.

L'image de Myriam passe dans mon esprit comme une ombre furtive. Dois-je la repousser ? Dois-je oublier l'espoir ou me raccrocher à ses traits afin de lutter contre l'horreur humaine ?

Non. La guerre ne durera pas toujours. Elle me l'a assez répété pour que ses mots résonnent avec le timbre de sa voix douce, comme murmurés au creux de mon oreille. Elle est en sécurité. Un jour je la retrouverai.

Mais alors que l'homme devant moi retire les dernières aiguilles, les joues creuses et les yeux cernés, je me fais une promesse : conserver l'espoir, même s'il est insensé, de rentrer un jour chez moi.

De sortir vivant de ce camp.

Et tandis que je me redresse, je détaille le tatouage inscrit sur mon avant-bras gauche à jamais.

Une suite de chiffres.

1

Caleb

4 juillet 1989

Je sors du conservatoire, mon casque sur les oreilles, mon violoncelle, protégé par son étui presque entièrement recouvert de stickers, solidement attaché dans mon dos. Mon père grogne à chaque fois qu'il les voit, répétant jusqu'à ce qu'il se lasse *qu'un grand musicien prend soin de son étui autant que de son instrument*, tandis que ma mère ignore même que j'en possède un.

Je fais traîner mes Vans sur le bitume. Les mains dans les poches de mon jean, j'observe la rue du Conservatoire que le soleil nimbe d'un halo rose en disparaissant derrière les bâtiments. Je préférerais remonter la ligne 12 à pied plutôt que d'être obligé de la redescendre jusqu'à Montparnasse. Quelle tour hideuse… Je pourrais grimper jusqu'à Montmartre, m'asseoir devant le Sacré-Cœur jusqu'à ce que la nuit enveloppe la ville, mon casque sur les oreilles.

Je l'y place en esquissant un sourire. Montmartre, la musique… Est-ce que j'adore tout ce que mon grand-père Gabriel déteste simplement parce que ma mère et lui m'en ont toujours tenu éloigné, ou bien est-ce un sentiment inné qui aurait grandi dans mon cœur peu importe les circonstances ?

Je sors mon walkman de ma poche et l'enclenche. Bercé par les premières notes d'*Une autre histoire*, je ferme les yeux. Un instant, je m'imagine transporté dans une salle de spectacle. Mais je ne fais pas partie du public qui applaudit Gérard Blanc. Non, je joue dans l'orchestre qui l'accompagne.

Je me laisse porter jusqu'à la station Trinité, où je dévale les marches qui mènent au quai. Je ne prête que peu d'attention à l'affiche où s'étalent en grand Meg Ryan et sa crinière blonde. Un souffle chaud et odorant précède l'arrivée du métro. Je saute à l'intérieur dès que les portes s'ouvrent. La soirée s'annonce épique, même si je vais devoir supporter la dernière chanson de Madonna, dont j'espère que le 45 tours s'usera plus vite que mes tympans. Cette boum est tout ce dont j'avais besoin pour m'éviter de penser au lendemain.

Car demain est un jour important. Bien sûr, il y aura les résultats de mon bac A, et surtout la note de mon option arts. Résultats après lesquels je ne pourrai plus cacher à ma mère ni à mon grand-père mon inscription au conservatoire. Mais demain, c'est aussi mon anniversaire.

Demain j'aurai dix-huit ans. Et je ne serai pas comme toute ma classe de terminale à trépigner devant les grilles du lycée. Je serai devant les locaux de la Ddass.

Car demain, l'assistante sociale m'accordera enfin le droit d'ouvrir la lettre que ma mère biologique m'a laissée le jour où elle m'a abandonné.

2

Gabriel

12 juillet 1942

— Eh merde !

La porte de notre appartement rue des Abbesses claque derrière moi. Les cheveux noirs de Myriam tressautent dans son dos et elle fait volte-face, les joues écarlates. Des larmes de colère brûlent mes yeux. J'arrache ma veste de mon dos à défaut de déchirer la hideuse étoile jaune cousue sur le tissu. Je la plante si violemment sur la patère qu'elle manque de se décrocher.

— Oh non, ne me dis pas que…

Les lèvres de Myriam tremblent. J'apaise ma respiration avant de la prendre dans mes bras et ainsi m'envelopper du parfum sucré de ses cheveux. Mon regard se pose sur la table. Elle occupe près de la totalité du salon. Jonchée auparavant de mètres de tissus et de patrons en tout genre, elle est aujourd'hui surchargée par nos habits d'été sur lesquels ma femme était en train de coudre nos étoiles. Grossières, aux contours noirs, les quatre lettres inscrites dessus ont radicalement changé le regard que les gens portent sur nous.

Myriam se recule. Elle m'observe, passe ses doigts fins sur l'angle de ma mâchoire.

— Cette fois, De Brion n'a rien pu faire, déclaré-je, à présent plus las qu'en colère. Ça faisait déjà quelques mois qu'il me couvrait, mais avec l'étoile et son enfant à naître… Il ne veut pas prendre de risques.

Je me décale et me dirige vers la cuisine, ouvre un tiroir où je trouve une demi-baguette. Je soupire, mais esquisse un sourire. Jacques sait pertinemment que je n'accepte pas la charité. Il y a fort à parier qu'il a envoyé Marie-France déposer ce pain pendant que j'étais au journal. J'en coupe un morceau que j'ouvre en deux, et déguste la première bouchée en séparant la croûte de la mie. Il est tellement rare de trouver du bon pain ces derniers temps. Et avec les tickets de rationnement, c'est encore pire.

Les bras de ma femme se glissent autour de ma taille, la chaleur de sa joue contre mon omoplate.

— Il ne faut pas que tu en veuilles à De Brion, mon chéri. Il a peut-être fait le fier quand les boches sont arrivés à Paris, mais il a tout aussi peur que nous.

Elle dépose un baiser sur ma nuque et retourne à son ouvrage.

— Ils m'ont donné mon traitement de juillet, c'est au moins ça, soufflé-je en m'asseyant à ses côtés.

J'observe le fil noir qu'elle insère dans le chas de l'aiguille, son éclat argenté qui disparaît à travers les couches de tissu dans un mouvement hypnotique.

— Mais qu'allons-nous faire pour le mois prochain ? Je n'aurais jamais dû aller remplir ce fichu formulaire pour me déclarer. Et toi non plus. J'aurais gardé un emploi, la harpie qui nous sert de concierge ne me regarderait pas comme un rat échappé des égouts à chaque fois que je passe devant sa loge. Personne ne me crierait par la fenêtre que je suis la cause du déclin de la France !

Je mords férocement dans le reste de mon morceau de pain.

— Mon chéri, tout le monde savait déjà que nous étions juifs. Tes collègues le savaient, et la gardienne également. Nous serions déjà à Drancy si nous n'avions pas respecté la loi.

Les doigts de Myriam continuent de s'activer avec autant de régularité qu'un métronome. Sa dextérité m'impressionne. Et ce n'est rien en comparaison des robes élégantes qu'elle fabriquait, du tulle ou des étoffes qui entre ses mains expertes devenaient de véritables chefs-d'œuvre.

— Tu devrais ressortir tes anciennes toiles, me propose-t-elle. Et tes portraits ! Ils sont magnifiques, tu devrais les vendre. De toute façon, j'ai toujours dit que ton talent était gâché dans ce journal.

Son front se plisse, son attention s'éloigne vers les possibilités restreintes qui s'offrent à moi.

— Ou alors tu pourrais donner des cours de violon à la maison.

— Personne ne voudra acheter les tableaux d'un Juif ou suivre mes cours…

Je croise mes bras sur la table et pose ma tête dessus. Après les cinémas, le couvre-feu, les restaurants, l'interdiction de déménager, que va-t-il nous rester ? Si seulement nous avions suffisamment d'argent pour obtenir des faux papiers, si nous pouvions passer en zone libre… Mais les passeurs coûtent tout aussi cher qu'une nouvelle identité. Et qu'est-ce qui nous attendrait là-bas, nous, deux jeunes mariés d'à peine vingt ans ? Un exil forcé dans une ville inconnue, loin de ma sœur aînée et de ses enfants, loin de cette ville dans laquelle mon père s'est installé après avoir fui les pogroms polonais ? Aujourd'hui, pour la première fois depuis 1939, je préfère le savoir en paix plutôt qu'à supporter ces humiliations, lui qui a déjà tant souffert.

Non, notre vie est ici. Et il est hors de question que ces envahisseurs me forcent à quitter la ville où j'ai grandi.

— La guerre ne durera pas toujours, murmure Myriam comme si elle ressentait mes tourments.

Sa voix est si douce et si calme. J'ai tellement envie de la croire. Car malgré l'armistice de 1940, personne n'est dupe. Nous sommes toujours en guerre.

— Je vais peindre, fais-je en déposant un baiser sur le sommet de son crâne. Tu sais ce que dit Picasso. L'art lave notre âme de la poussière du quotidien.

3

Gabriel

15 juillet 1942

Les fenêtres ouvertes laissent entrer la faible brise de ce début de soirée. Ma chemise trempée colle à mon dos, mais je n'y prête guère attention. Je ressens seulement ma peau contre la mentonnière de mon violon, l'archet qui glisse sur les cordes comme un prolongement de ma main, mes doigts qui virevoltent d'une note à l'autre en suivant la voix de Myriam.

Les secondes s'égrènent au rythme des accords, et lorsque je repose mon instrument dans un souffle, les applaudissements qui s'élèvent des balcons voisins se mêlent aux babillages de mes neveux.

— C'est pas bientôt fini, ce boucan !

— Particulièrement joviale, ta concierge, Gabriel, ironise ma sœur en saisissant son fils cadet Emmanuel pour l'installer sur ses genoux.

Je lève les yeux au ciel, retiens un grognement de frustration et m'avance vers la fenêtre en plaquant sur mon visage le sourire le plus hypocrite possible.

— Toutes mes excuses, mademoiselle Darmin !

Je l'entends marmonner en secouant le chiffon qu'elle tient à la main avant de retourner dans sa loge, engoncée dans sa robe à fleurs.

— Tu ferais mieux de ne pas envenimer les choses, déclare Myriam en s'asseyant à côté de mon beau-frère.

— Laisse-le, l'interrompt-il sans lever les yeux du journal qu'il feuillette depuis son arrivée. C'est son anniversaire après tout. Et puis ce n'est qu'une vieille folle adoratrice de Pétain. Vous éternueriez qu'elle vous reprocherait de posséder un nez.

Il sourit, sans jamais redresser le menton, mais je sais que ce signe m'est adressé. Voilà maintenant quatre ans qu'il est marié à ma sœur Sarah. Mon père a eu du mal à accepter qu'elle lie sa vie à un *goy*[1], comme il ne cessait de le répéter, ce qui est assez ironique puisqu'il nous a élevés dans un environnement parfaitement laïque. Mais par les temps qui courent, je suis plus qu'heureux de voir ma sœur au bras de quelqu'un qui ne porte pas l'étoile.

Je repose soigneusement mon violon dans son étui, et m'isole dans ma chambre. Je glisse mon instrument sous mon lit, et jetant un œil derrière moi, je décale le matelas. La troisième latte du sommier. Mes doigts effleurent la liasse qui est toujours accrochée sous le bois, bien trop fine à mon goût. Mais ce simple contact détend mes épaules, relâche le souffle qui s'est coincé dans ma poitrine. L'argent est là, et je suis parvenu à obtenir un contact pour exposer certains de mes portraits sous un faux nom. Quelques ventes bien menées, et j'aurai suffisamment d'économies pour nous permettre d'obtenir des faux papiers, à Myriam et moi, d'arracher cette étoile hideuse de nos vêtements, quitte à partir vivre à l'autre bout de Paris.

Lorsque je reviens dans le salon qui nous sert également de cuisine, Emmanuel, incapable de tenir en place, s'agite

1. Terme par lequel les Juifs désignent un non-Juif.

dans tous les sens tel un jouet dont on viendrait de remonter le mécanisme.

— Maintenant que tu as eu ce que tu voulais avec ce petit concert improvisé, je te répète que tu devrais éviter de traîner ici, Sarah, déclaré-je en me laissant tomber à côté d'elle.

— Tu as peur que mes fils salissent tout ? Au moins, cela vous préparera à accueillir un jour un enfant.

Son regard aux yeux si noirs que je n'ai jamais réussi à les reproduire dans mes portraits se teinte soudain de tristesse. Je déteste voir disparaître cette lueur de joie dans le regard de ma sœur. C'est comme si on me cousait l'étoile à même la peau.

— Tu portes le même nom que Michel depuis quatre ans, fais-je en baissant d'un ton. Votre appartement est à son nom, tu ne t'es pas inscrite sur les registres et c'est la meilleure idée que tu aies eue mais… S'il te plaît ne gâche pas tout en traînant ici.

Ses épaules se voûtent et son mari lève les yeux de son journal, minuscules derrière ses montures aux verres épais.

— Tu sais à quel point Myriam et moi sommes enchantés à chacune de vos venues, particulièrement aujourd'hui. Et si tu savais comme je suis heureux de voir grandir mes deux neveux préférés… Mais si quelqu'un comprend qui tu es, et te voit sans ton étoile… Certains se sont fait fusiller pour moins que ça.

Je vois Sarah déglutir avec difficulté, ses doigts se crisper sur les bras de son fils qui s'est réfugié près d'elle. Elle ne me répond pas, se détourne de moi pour fixer Myriam. Celle-ci acquiesce d'un air désolé, et les lèvres de ma sœur se mettent à trembler.

— Laissez-nous au moins continuer à vous inviter une fois par semaine, déclare Michel en repliant le journal.

Entre les tickets de rationnement et les magasins ouverts uniquement de quinze à seize heures pour les Juifs, c'est le moins que nous puissions faire pour vous.

Myriam et moi nous concertons le temps d'un regard et j'accepte sa proposition. Le temps où l'on venait déjeuner chez eux afin de jouer au tarot et déguster le délicieux bœuf bourguignon de Sarah est révolu. Aujourd'hui, on ne nous invite que parce que nous n'avons plus rien à manger. Et bien qu'il s'agisse de notre famille, leur pitié est comme un carcan empoisonné qui m'enserre et dont je ne peux m'échapper. Un carcan dans lequel les Allemands nous ont parqués avant que nous n'ayons eu le temps de comprendre ce qu'il nous arrivait.

4
Gabriel

16 juillet 1942

Les coups frappés à la porte me font immédiatement émerger de mon sommeil. Les sens en alerte, je secoue avec douceur mais fermeté l'épaule de Myriam. Je plisse les yeux, et le rayon de lune qui traverse la fenêtre me permet d'apercevoir les aiguilles immobiles de ma montre. Quatre heures du matin.

Le martèlement reprend, un peu plus fort cette fois, et Myriam me serre la main avant de se précipiter vers la fenêtre ouverte de notre chambre pour jeter un coup d'œil dans la cour.

— La voie est libre ! File ! Tout de suite ! Je les retiendrai le temps qu'il faut !

Elle m'embrasse à la va-vite, et mon cœur se serre lorsqu'elle referme la porte de notre chambre derrière elle. Je ne serais pas le premier Juif à être arrêté et envoyé à Drancy. Nous tous sommes désormais à l'affût du moindre bruit de bottes cloutées dans l'escalier, douloureusement conscients de ce que signifie un réveil en pleine nuit.

J'enjambe la rambarde pour atteindre le rebord qui me permettra de grimper sur le toit, quand j'entends la voix de Myriam résonner dans le salon.

— Gabriel !

Mon pouls résonne contre mes tympans, mais je repasse par-dessus le garde-fou en ferraille sans aucune hésitation et me précipite dans la pièce adjacente. J'ouvre la porte à la volée. Au côté de ma femme se tient un jeune homme aux cheveux aussi dorés que la croûte du pain qu'il sort chaque matin de son four, et aux joues maculées de taches de rousseur. Sa poitrine se soulève à un rythme effréné, et les yeux qu'il ancre dans les miens me font penser à ceux d'un fou. Je retiens le soupir qui gonfle mes poumons, car je pressens que le soulagement n'est pas encore de mise.

Jacques se précipite vers les fenêtres laissées ouvertes pour la nuit et les ferme brusquement. Myriam et moi nous tenons comme deux statues du Louvre face à un visiteur. Immobiles, sans comprendre l'agitation qui nous entoure.

— Vous ne pouvez pas rester ici, déclame-t-il après nous avoir calfeutrés.

Je sors de mon inertie, fronce les sourcils, puis viens poser une main sur l'épaule de Jacques. Depuis notre rencontre à l'école communale, je ne l'ai jamais vu dans un tel état, même lors de la déclaration de guerre.

— Je connais quelqu'un. Dans la police. Tu sais, celui qui m'achète toujours de la tarte aux myrtilles. Pour son amie, comme il dit.

— Oui, sa maîtresse, tu m'en as déjà parlé. Myriam avait cousu une robe de gala pour elle avant la guerre. Mais où veux-tu en venir ?

Jacques prend une profonde inspiration, et essuie son front du revers de sa main pleine de farine.

— Il va y avoir une rafle. Dès l'aube. Une grande rafle.

Myriam laisse échapper une exclamation étouffée et plaque sa main devant ses lèvres entrouvertes. Son visage ne conserve aucune trace du sommeil dans lequel nous étions plongés une minute auparavant.

— Tu en es sûr ? Mais nous sommes français ! s'exclame-t-elle. Ils ne peuvent pas arrêter des Français tout de même ?

Je soupire et passe les doigts sur mes sourcils. Je comprends douloureusement tout ce que cela signifie, ce que j'ai consciemment choisi d'ignorer.

— Non, ma chérie, nous ne le sommes plus.

— Mais nous sommes arrivés en France alors que nous n'avions pas sept ans, comment peuvent-ils…

— La destitution de nationalité. Vichy… Presque tous ceux qui ont été naturalisés depuis 1927 ne sont plus français désormais, nous souffle Jacques. Vous devez partir ! Mon ami est venu m'avertir avant de prendre son poste, mais je ne sais pas quand ils vont arriver !

L'urgence dans son regard m'effraie un instant, mais je me reprends.

— Très bien, j'irai me cacher, déclaré-je en réfléchissant à toute vitesse. Je peux partir par les toits ou descendre dans les caves et…

Jacques me saute presque dessus et me saisit les bras, enfonçant ses doigts dans ma chair. Ses yeux brillent de larmes contenues, et bien qu'il ne soit pas de la même confession que nous, je sais que les privations et les humiliations subies par les Juifs le touchent tout autant qu'elles l'insupportent.

— Tu ne comprends pas ! Ils… Ils vont rafler tout le monde.

J'entends à peine le hoquet de stupeur de Myriam. Je ne parviens pas à décoller mon regard du visage déconfit de Jacques, espérant y voir une mimique, une ride, qui m'indiquerait qu'il ne s'agit là que d'une blague particulièrement sordide. Mais ses traits demeurent les mêmes, et je me détourne.

— Les enfants aussi ? bégaye Myriam. Les femmes ? Les vieillards ?

Elle secoue la tête en signe de négation.

— C'est ridicule voyons, Jacques ! Pourquoi les Allemands s'encombreraient d'enfants ? Tu crois qu'ils vont les mettre à l'école là-bas ou… Ils ne vont quand même pas les faire travailler dans leurs usines…

Les mots de ma femme se disloquent entre ses lèvres.

— Gabriel, assène Jacques. Il faut partir.

Les ombres de silhouettes furtives passent à travers la cour à peine éclairée par les réverbères, et il me suffit de croiser un instant le regard de Myriam pour que nous prenions une décision.

— Maintenant.

Nous nous précipitons à la suite de Jacques en arrachant nos manteaux de la patère, et dévalons l'escalier en reprenant à peine notre souffle. Nous débouchons dans la cour, aussi silencieuse que s'il s'agissait d'une banale nuit d'été. Je fais de mon mieux pour être le plus discret possible, et lorsque le martèlement de pas se fait entendre depuis la rue, nous nous tapissons contre un coin de mur à l'abri de la lumière blafarde de la lune.

— Dépêchons-nous ! nous intime Jacques. Rien ne dit que les prochains ne s'arrêteront pas ici !

Je contemple une dernière fois la vie que j'abandonne, les fenêtres que la plupart des habitants ont laissées ouvertes pour profiter de la fraîcheur de la nuit. Presque par réflexe, mon attention se porte sur l'étoile cousue sur ma poitrine, et, la bouche déformée par la colère, je l'arrache d'un coup sec avant de la jeter au sol.

Jacques nous conduit jusqu'à sa camionnette garée devant l'immeuble voisin. À l'autre bout de la rue, des silhouettes s'engouffrent dans les habitations, passent devant les loges des concierges, et je saisis la main de Myriam lorsque je l'entends étouffer un sanglot. Nous nous accroupissons entre le trottoir et la roue du fourgon alors que les phares d'un bus à gazogène nous dépassent. Les pneus crissent à quelques mètres de nous, et nous nous bousculons jusqu'à l'arrière de la camionnette alors que le véhicule s'arrête face à l'entrée de la cour que nous venons de quitter.

Les mains tremblantes, Jacques ouvre la porte arrière de son fourgon, le grincement du verrou masqué par les pas qui martèlent le pavé.

Myriam se jette la première sur les sacs de farine, et avant de la rejoindre, mon regard se porte sur la rue des Abbesses une dernière fois. La lumière de la loge de notre concierge acariâtre s'allume, éclairant les visages et les uniformes de ceux qui pénètrent sous le porche.

Ma gorge se serre et mes poings se crispent tandis que Jacques m'oblige à plonger à mon tour dans sa camionnette. L'odeur de céréales qui y règne aurait pu être agréable si elle n'était pas mêlée au goût de bile qui remonte dans ma bouche.

— Tu crois vraiment que les boches vont rafler tous les Juifs ? murmure Myriam à mes côtés.

Mes yeux me piquent. Dans le noir, je cherche sa main à tâtons tandis que la fourgonnette nous bringuebale sur la route.

— Ce n'étaient pas des boches… Ce…

Je déglutis difficilement. L'acidité me brûle la gorge.

— C'étaient des policiers français.

5

Gabriel

16 juillet 1942

Marie-France claque la porte derrière nous, ses grands yeux bleus apeurés comme ceux d'un animal acculé au fond de sa tanière. Myriam lui saute au cou et Jacques se met à marcher de long en large à travers le salon, ses semelles usant le tapis élimé qui recouvre une grande partie du sol.

Je l'arrête en me plaçant devant lui, mes deux mains sur ses épaules. Tout se bouscule dans ma tête. Je pense à l'argent que j'ai mis tant de temps à accumuler et que j'ai laissé derrière moi. Je pense à cet appartement, seul héritage de mon père. Je pense à toutes nos affaires que nous avons laissées derrière nous, nos vêtements, la photographie de notre mariage, mes tableaux. Mais même si je me retrouve à quatre heures du matin, à moitié nu sous mon manteau, au milieu du salon d'un de mes plus vieux amis, je sais au moins une chose : Jacques s'est mis en danger pour nous et il nous a sauvés.

— Calme-toi, ça va aller, nous allons bien. Personne ne nous a vus, ça va aller.

Il lève la tête vers moi, ses taches de rousseur contrastant avec sa peau blême.

— Bon Dieu, mais qu'est-ce que Pétain a fait de notre pays ? « Maréchal, tu nous as redonné l'espérance », ils osent faire chanter ça à des gosses avant de… Avant de…

Jacques pousse un soupir si long que j'ai l'impression qu'il se dégonfle sous mes yeux, puis se laisse tomber dans un large fauteuil.

Nous restons ainsi un long moment. Jacques prostré, marmonnant des remarques plus acerbes les unes que les autres à propos de Vichy et d'Hitler, tandis que Marie-France propose un thé à ma femme avant de l'emmener vers la cuisine. Personne ne sait exactement ce qu'il se passe. Qu'est-ce que les Allemands ont bien pu faire, quelles menaces ont été suffisantes pour obliger notre propre police à agir ainsi ?

Marie-France revient vers moi avec un pantalon que je peine à boutonner et une chemise trop petite au niveau des épaules, ce qui fera parfaitement l'affaire en comparaison de ma tenue de nuit.

— Par tous les saints… murmure Marie-France.

Debout devant la fenêtre aux rideaux écartés, la main plaquée sur la bouche, elle observe la rue d'un air ahuri. Nous la rejoignons, les lèvres pincées et les entrailles broyées devant ce qui est en train de se jouer.

Des familles échevelées sortent de chez elles, valises à la main, poussées par la crosse de policiers trop zélés. Les pleurs des enfants nous parviennent, les ordres de se taire également. Les bus se remplissent devant nous. Je ne vois que des étoiles jaunes, parfois presque aussi grandes que les petits corps sur lesquels elles sont cousues. Je ne veux pas voir ça, aucun de nous ne le veut, mais quelque chose de plus fort encore nous pousse à rester là, à assister à ce qui se déroule sous nos fenêtres. À voir ce à quoi nous avons réchappé, à voir la vérité en face.

Les cris d'une mère résonnent dans la rue, le doigt pointé vers le ciel, et j'ai à peine le temps de diriger mon regard vers ce qu'elle désigne. J'aperçois seulement une masse sombre chuter bien trop vite, comme tombée des nuages, puis un corps disloqué au sol, des cheveux sombres éparpillés dans une mare de sang.

Les hurlements se répercutent dans la rue, quelqu'un vomit derrière moi.

— Regarde !

La voix de Jacques me paraît lointaine. Je ne parviens pas à me détacher de la tache écarlate qui disparaît derrière la foule montant dans les bus tandis que le soleil apparaît à l'horizon. Une colère sourde monte en moi. Comment ce qui s'annonçait être une si belle journée peut-il se métamorphoser en une horreur telle qu'elle pousse une femme à se suicider ?

— Gabriel ! insiste Jacques. Regarde ! La petite Eisenberg !

Je m'arrache à cette contemplation morbide et parcours la foule à la recherche de la silhouette longiligne d'une jeune fille du quartier. Je la repère, dos contre le mur du bâtiment, face à un policier. Un homme de haute stature est placé entre eux. Je reconnais l'avocat dont le cabinet est situé au pied de Montmartre, et le vois fourrer une liasse de billets pliée en deux dans la poche du fonctionnaire. L'homme de loi soutient le regard de l'officier qui lui fait face. Je ne sais pas ce qu'il lui dit, mais quelques instants plus tard, Rebecca Eisenberg est loin.

J'aperçois aussi Joseph, un garçon à qui j'ai donné des cours de violon l'année passée. Sa mère, une femme toujours couverte de bijoux, voulait absolument qu'il joue d'un instrument bien qu'il préfère le football. Il est collé à ses parents, les Levy, dont j'ai dessiné le portrait pour leur anniversaire de mariage. Je ferme les yeux.

— Dehors, la vermine ! hurle la voisine d'en face, si fort que son infamie nous parvient malgré les fenêtres closes.

Myriam attrape ma main alors que je m'apprête à tourner la poignée, et elle n'a pas besoin de mots pour me faire comprendre ce que je sais déjà.

— Cette guerre ne durera pas toujours, me souffle-t-elle avant de repartir vers la salle de bains où Marie-France est toujours prise de haut-le-cœur.

Je tourne le dos à cette rafle qui m'a montré horreur et espoir en un laps de temps si court que le flot d'émotions qui tourbillonne en moi peine à se tarir, et me laisse glisser au sol.

— Où vont-ils les emmener ?

Jacques s'assied à côté de moi. Ses mains sont encore pleines de farine et je comprends qu'il était sans doute en plein travail lorsqu'il a été prévenu.

— Au Vélodrome d'Hiver, d'après ce que j'ai compris… Et ensuite… Les camps de travail sûrement. Au moins les familles ne seront pas séparées.

Il soupire et passe une main dans ses cheveux. La fécule blanche s'y accroche, il a l'air de sortir d'une tempête de neige.

— Tu ferais mieux de retourner travailler. Tu as déjà pris suffisamment de risques pour nous, je ne veux pas que tu puisses être soupçonné de quoi que ce soit.

Jacques lève la tête vers l'horloge du salon et se relève d'un bond.

Il paraît incroyable que le temps ne se soit pas arrêté tandis que des hommes, des femmes et des enfants sont arrachés de chez eux au petit matin, tandis que des gens préfèrent sauter depuis le toit de leur immeuble plutôt que d'être envoyés vers un lieu dont ils ignorent tout, vers un avenir incertain. Il paraît fou que d'autres hommes et d'autres femmes dorment encore, que la vie se poursuive pour tant d'autres personnes.

Car même si Myriam et moi ne sommes pas dans ces bus, une certitude atroce, venimeuse, s'impose à moi, s'ancrant dans mon âme aussi sûrement qu'une vérité absolue. Nous avons peut-être échappé à ça, mais dans cette guerre, nous n'en avons pas fini avec notre lot d'horreurs.

6
Caleb

5 juillet 1989

— J'étais sûre que vous seriez là.

L'assistante sociale a conservé le même sourire pincé que dans mes souvenirs. J'ai toujours su que j'avais été adopté. Mes parents ne me l'ont jamais caché, n'ont jamais eu peur que je les aime moins à cause de cela. Au contraire, je ne les adore que plus encore de m'aimer autant alors que je ne partage pas leurs gènes.

Mais lorsqu'ils ont divorcé, j'ai voulu en savoir plus. Connaître mes origines à propos desquelles ils n'avaient pas d'informations. C'est ainsi que je me suis retrouvé dans ce bureau pour la première fois il y a huit ans, devant cette femme dont les cheveux étaient encore bruns à l'époque. Moi, ce bambin qui insistais pour qu'elle me dise tout ce qu'elle savait, pour qu'elle me donne le dossier qu'elle ouvrait devant moi sans m'en montrer le contenu. Pour l'enfant que j'étais, cela n'aurait pas été pire si elle avait agité sous mon nez un paquet de bonbons en me disant qu'il m'était interdit d'y toucher.

J'étais né à Paris le 5 juillet 1971, et avais été trouvé dans la cathédrale Notre-Dame. Voilà tout ce que j'ai appris ce jour-là. J'ai alors affiché un grand sourire angélique, et tel un guépard qui bondit sur sa proie, je me suis jeté sur le dossier. Je ne sais toujours pas si l'assistante sociale a déjà eu affaire à des énergumènes du même acabit ou si elle avait simplement d'excellents réflexes, toujours est-il que le dossier m'a échappé de peu. Je n'ai eu le temps d'apercevoir qu'une lettre tamponnée du sceau de la Daass. Je me souviens d'avoir hurlé comme un beau diable, accusant cette femme de me cacher des choses. Mais elle s'apprêtait à m'en parler.

Dix-huit ans. Je devrais juste attendre mes dix-huit ans. Elle était celle qui avait le pouvoir de me révéler ou non ce que je devais savoir. Comme me l'a dit ma mère ce jour-là, *elle fait ça pour ton bien.* Mais, le matin même, elle m'a encore ordonné de me taire lorsque je me suis mis à chanter. *Pour ne pas énerver ton grand-père.* Alors, à ce moment précis, ses propos étaient bien la dernière chose qui m'importait, et j'ai continué de hurler.

— Je suis majeur. Donnez-moi cette lettre.

Mon ton est gorgé de ces dix années d'attente, d'espoir, de questions. De toutes ces choses que je ne pouvais évoquer auprès de ma famille, et qu'aucun de mes amis ne pouvait comprendre.

— Vous devez savoir que vous n'y trouverez peut-être pas toutes les réponses que vous attendez.

J'en trouverai toujours plus que celles qu'elle a daigné me donner.

— La lettre. S'il vous plaît.

L'assistante sociale ouvre mon dossier, et cette fois, je suis assez mature pour me retenir de le lui arracher des mains. Même si je ne saurais dire combien de temps je serais capable de me refréner.

Mon cœur frappe plus fort contre mon sternum lorsqu'elle en sort cette simple enveloppe, pourtant source de tellement d'émotions contradictoires depuis une décennie.

—Merci, fais-je en repoussant ma chaise.

Je m'échappe à grandes enjambées de cette pièce où l'air est devenu irrespirable.

Mais le vent qui secoue mes cheveux alors que je sors de l'établissement ne m'aide pas à reprendre mon souffle. J'observe le tampon de la Daass, incapable de bouger. J'ai attendu ce moment depuis si longtemps qu'il me paraît improbable qu'il soit enfin arrivé, et qu'il se résume à ça. Moi, immobile, debout au beau milieu d'une rue parisienne, tenant un bout de papier. Et si ma mère biologique n'y avait laissé que quelques lignes où elle crachait sa haine envers moi ? Et si c'était pour ça que l'assistante sociale a repoussé au maximum le moment où elle devrait me confier cette lettre ?

Un klaxon résonne dans la rue, et je reprends ma respiration, comme si ce bruit soudain me ramenait à la réalité.

J'avise un café qui ouvre ses portes de l'autre côté de la route, et m'y précipite. Je laisse cinq francs sur le comptoir en commandant un chocolat chaud, et m'attable dans un recoin.

L'heure n'est plus à la réflexion ni à l'imagination. Tout ce que j'ai toujours voulu savoir se trouve entre mes mains. Avec d'infinies précautions, je décachette l'enveloppe et en retire une feuille de papier au bord déchiré, comme arrachée d'un carnet.

Mes mains tremblent tellement que je dois poser la lettre pour parvenir à en déchiffrer les mots.

Les premiers sont plus semblables à des gribouillis noyés sous des traces de larmes qui ont fait baver l'encre. Ce simple détail me donne le vertige, et je profite de ce que le serveur m'apporte mon chocolat pour retrouver une contenance.

Je regrette soudain de ne pas avoir demandé à mes parents de m'accompagner. Leur absence dans ce moment si important se fait sentir, comme un creux dans ma poitrine. Je m'étais persuadé que je pourrais faire cela seul. Après tout, il ne s'agit que de la lettre d'une inconnue. Mais les doigts fins de ma mère dans ma main, son baiser sur ma joue, la voix grave de mon père et son bras fort autour de mes épaules, tout ça aurait pu me donner le courage nécessaire que j'étais persuadé de posséder.

— Ça va, Caleb ?

Je sursaute en entendant la voix de ma mère. Sa frêle silhouette se découpe dans l'encadrement de la porte vitrée.

— Comment tu m'as trouvé ?

Elle hausse les sourcils et un sourire tendre naît sur son visage tandis qu'elle tire une chaise pour s'asseoir à côté de moi.

— Tu es mon fils.

Elle prend ma main, et mon cœur se calme un peu.

— Tu préfères que je te laisse seul ou que je…

— Non, reste.

Je serre sa main, et elle embrasse ma joue.

— Alors allons-y.

Elle reporte son attention sur la page déchirée posée à côté de ma tasse, et je fais de même.

Mon tout petit bébé,

Avant tout, tu dois savoir que je suis désolée. Désolée de ne pas être capable de t'élever, désolée de ne pas avoir suffisamment de courage pour faire face à qui je suis, à ce que tu représentes.

J'aurais tellement aimé te faire découvrir le monde, t'emmener où j'ai grandi, te montrer la vue sur Manaus, t'apprendre les noms des plantes qui bordent l'Amazonie, ceux des animaux du rio Negro.
Non, en fait non, il vaudrait mieux que tu ne connaisses pas cet endroit.
Mais j'aurais aimé te voir grandir, si j'en avais eu la force.
Je t'écris seulement cette lettre pour que tu saches que j'existe, que je t'ai aimé, que tu es né de l'amour, et que les parents que tu auras seront les plus chanceux du monde, je le sais déjà.
Peut-être garderas-tu un souvenir de moi, ma voix, une image. Ou peut-être faut-il mieux que tu ne conserves de moi que cette lettre. J'espère simplement que quelque part au fond de ton cœur, tu auras gardé une trace de mon amour.
Au moins, ces quelques mots en sont une indélébile.
Romy, ta maman

Mes larmes dégoulinent sur mes joues sans que je cherche à les masquer ou à les essuyer. J'ai l'impression que toute la tristesse émanant des mots de cette femme qui n'est plus tout à fait une inconnue résonne en moi, me noue la gorge. Je déglutis avec difficulté, et bois une gorgée de chocolat chaud qui me brûle la langue. Mais je ne fais pas attention à la douleur. Des milliers de questions fusent dans ma tête, et je relis la lettre une nouvelle fois. Manaus, l'Amazonie, le rio Negro. Ma mère biologique serait-elle originaire du Brésil ?

La main de ma mère n'a pas quitté la mienne durant toute ma lecture, et elle n'a pas dit un mot. Sa présence discrète est exactement ce dont j'avais besoin.

— C’est…

Ma phrase reste suspendue au bord de mes lèvres.

— Émouvant, conclut ma mère.

Je hoche la tête, mon regard passant et repassant sur les phrases, jusqu’à les connaître par cœur.

— Tu y as trouvé ce que tu attendais ? fait-elle avec une douceur toute maternelle.

Je n’ai pas détourné les yeux de la lettre un seul instant. Cette missive m’a submergé deux fois. D’amour puis de chagrin. J’y ai aussi trouvé un nom. Romy. Quelques informations sur son histoire. Derrière l’encre de ces mots, j’imagine l’Amazonie, les couleurs et les cris des perroquets, la moiteur de l’air. L’endroit où elle a grandi. L’endroit où habite peut-être encore sa famille. Ma famille ? L’endroit où elle est peut-être retournée après ma naissance.

— Oui.

Tant de questions voltigent dans ma tête que j’en ai le vertige. Qu’est-il arrivé à ma mère biologique ? Qui était mon père ? Où est-il ? Sait-il que j’existe ? Est-ce que je leur ressemble ?

Lorsque je relève les yeux, mon chocolat est froid. Ma mère me caresse la joue, et je vois dans son regard qu’elle n’a aucune idée des pensées qui s’agitent dans mon esprit. Toutes ces réponses ont amené encore plus d’interrogations. Je veux en savoir davantage. Et pour cela, une seule solution s’offre à moi.

Aller au Brésil, sur la rive du rio Negro d’où l’on a une vue sur Manaus, et la chercher.

Romy.

Cette femme qui m’a donné la vie.

7
Romy

8 juin 1969

J'ai quitté l'Argentine pour le Brésil la veille de mes quatorze ans. Je me souviens avoir haï mon père ce jour-là, parce qu'Emilio avait dit qu'il m'embrasserait pour fêter mon anniversaire, que ce serait mon cadeau. Avec mes cheveux blonds, je n'étais pas exactement la Sud-Américaine type, mais c'était là mon point fort auprès des garçons. Il arrivait en revanche à mes professeurs de m'observer du coin de l'œil dans la cour de récréation, et je les voyais parfois chuchoter dans mon dos. Ma peau était-elle trop claire à leur goût ? Mais je n'ai jamais rien dit. J'ai toujours suivi les conseils que mon père me prodiguait avec son accent tranchant hérité de sa jeunesse en Europe.

— Ne fais pas de vagues, ne te fais pas remarquer.

Cela ne nous a pas empêchés de partir dans la précipitation, si vite que je n'ai pas eu le temps de dire au revoir à Emilio.

Voilà dix ans que nous avons déménagé dans cette grande bâtisse isolée du village, mais où la proximité de la jungle verdoyante ne cesse de me fasciner. Plus jeune, j'aimais m'y aventurer avec mon groupe d'amies du cours de français, matière dans laquelle j'excellais. Nous avions l'impression de vivre telles de véritables aventurières, alors que nous ne nous trouvions qu'à l'orée de la forêt.

Et même si mon studio de rio est agréable, retrouver la maison de mon adolescence me fait le même effet que savourer une *feijoada* cuisinée par Maria. Elle a le goût des belles années, de la nostalgie heureuse.

Mon sac de voyage à la main, je claque la portière de ma voiture tandis que les pas précipités de la gouvernante résonnent dans l'allée.

— Ma chérie ! Je suis si heureuse de te revoir !

Maria m'étreint brièvement avant de palper ma joue d'un air attendri.

— Tu as encore grandi, ce n'est pas possible !

Je saisis sa main et un large sourire naît sur mon visage.

— Maria, tu sais très bien que c'est impossible, je suis venue il y a deux semaines ! Et puis à mon âge, on ne grandit plus.

— Tandis qu'au mien, on commence à rapetisser ! fait-elle en se saisissant de mon sac. Déjà que le bon Dieu ne m'a pas faite bien grande !

Je la regarde s'éloigner en portant mon sac du mieux qu'elle le peut. Les années ont déposé des poignées d'amour au-dessus de ses hanches, et quelques rides autour de ses yeux, mais elles ont surtout exacerbé sa générosité et sa gentillesse. Toute tentative pour l'aider à porter mon sac se serait avérée vaine, alors je la laisse le déposer à l'étage tandis que je me dirige vers la bibliothèque.

Mon père est là, assis dans son fauteuil le plus confortable, ses lunettes posées à l'extrémité de son nez aquilin. Ses lèvres, dont la supérieure est barrée d'une cicatrice, articulent les mots qu'il lit. Ses cheveux blonds ont blanchi au fil des années, mais lorsqu'il relève la tête de son livre, ses yeux ont gardé la même étincelle que dans mes souvenirs d'enfance.

— Romy ! Je ne t'attendais pas avant ce soir ! s'exclame-t-il en se levant.

Ses bras grands ouverts m'accueillent avec tendresse, et je viens m'y blottir, retrouvant mes réflexes enfantins.

— Comme je suis heureux de te revoir !

Il m'étreint encore quelques instants, ma joue contre sa chemise à l'odeur caractéristique de cigare. Puis il m'éloigne de lui, me regarde comme s'il ne m'avait pas vue depuis longtemps.

— Tu as grandi, non ?

Je lève les yeux au ciel tandis que la voix de Maria résonne depuis l'escalier.

— Merci bien, monsieur Castillo ! Je savais bien que notre petite Romy avait poussé !

Le rire grave de mon père résonne contre les centaines de livres rangés dans sa somptueuse bibliothèque. Je n'ai jamais visité ni Londres ni Paris, mon père garde de trop mauvais souvenirs de son enfance en Europe, il n'en parle jamais. Mais c'est ainsi que j'imagine les bibliothèques là-bas. J'y ai passé tant de temps lorsque je ne courais pas entre l'épais feuillage de la jungle. Je jette un coup d'œil à la rangée de livres située au-dessus de la porte, leur vieille reliure rouge qui m'attirait lorsque j'étais enfant, aussi bien à cause de leur couleur écarlate que par la formelle interdiction d'y toucher.

Mon père est l'homme le plus adorable que je connaisse. Je ne l'ai vu se mettre en colère qu'à de rares occasions, en particulier quand le sujet de ses jeunes années en Europe est abordé. De cette période il n'a rien conservé, ni sa famille, ni même son nom. Ma mère est également un sujet de controverse dont il refuse de parler. Mes souvenirs d'elle sont vagues, mais suffisants pour que je me remémore nos moments de joie familiale dans notre petite bourgade en Argentine.

— Maria ! s'exclame-t-il en me prenant par les épaules pour me ramener dans l'entrée. Avez-vous prévu suffisamment de *feijoada* pour le déjeuner ?

Mon estomac choisit ce moment précis pour faire connaître sa faim, et mon père s'esclaffe.

— Au besoin tu pourras toujours prendre ma part, ma chérie !

— Voyons, monsieur Castillo, comme si vous aviez déjà manqué de bons petits plats !

Mon père et moi échangeons un regard complice et quittons la bibliothèque, tandis que les effluves de poitrine fumée et de laurier flottent au rez-de-chaussée.

8
Gabriel

30 août 1942

Mes mains pétrissent la pâte avec maladresse. Les yeux de Jacques sont rieurs lorsqu'il m'observe en train de façonner les différents pains.

— Bah mon vieux, t'es quand même plus doué avec un pinceau qu'avec des baguettes !

— Sauf s'il s'agit de taper sur un tambour. Je suis certain de pouvoir m'en sortir.

Jacques secoue la tête et enfourne près des flammes une dizaine de grosses boules de pâte crue.

— Mais j'apprends vite ! Et puis s'il faut, je pourrai décorer tes gâteaux !

Celui qui est désormais mon patron suspend son geste et hausse un sourcil.

— Ça serait pas une mauvaise idée.

Je trace des traits sur la pâte du bout d'un couteau, avant d'essuyer un filet de sueur sur ma tempe.

Le mois d'août touche à sa fin, mais même la pluie ne parvient qu'à rendre l'air plus moite. Nous n'avons eu aucune nouvelle des Juifs partis dans les bus il y a plus d'un mois, si ce n'est qu'ils sont restés cinq jours enfermés comme des animaux au Vel' d'Hiv avant d'être déportés ailleurs. Un client de longue date de Jacques, plombier de son état, le lui a expliqué en quelques mots. Il a parlé de la chaleur étouffante, du bruit qui lui avait donné la migraine, de la personne qu'il avait vue se jeter du haut des gradins, des pompiers qui avaient contourné les ordres pour apporter un peu d'eau, et de l'odeur.

— Pourtant tu sais que je suis pas un sensible, Jacquot ! a-t-il dit tandis que je me tenais caché derrière la porte de l'atelier. Mais là, bon Dieu de merde, trente waters pour quoi, peut-être bien sept ou huit mille personnes ! Avec des mioches en plus ! J'avais jamais vu ça. Bah bien sûr, tout était bouché ! Les gens faisaient comme ils pouvaient où ils pouvaient ! Bon Dieu, j'étais bien content de sortir de là, je te jure.

Lorsque Jacques est revenu dans l'atelier, il m'a retrouvé recroquevillé près d'un sac de farine, les yeux rougis, les joues humides.

— Gabriel ? Eh, Monsieur l'artiste, c'est pas pour faire les yeux doux à mon pain que je t'ai embauché !

Je cligne des paupières, éloignant de mon esprit les sombres pensées qui y virevoltent comme les volutes de fumée au-dessus d'une cheminée.

— Ne t'inquiète pas, j'espère bien ne plus avoir à faire ça très longtemps, je risquerais de faire couler ta boutique, sinon !

Le sourire de Jacques n'illumine pas ses yeux, et je sais toutes les émotions qu'il contient.

— J'aurais voulu avoir assez d'argent pour que vous puissiez vous mettre à l'abri tu sais, fait-il en ouvrant un sac de levure. Mais avec Marie-France, j'ai déjà à peine de quoi payer l'appartement et manger, alors…

Ses traits s'affaissent, et je me précipite vers lui.

— Non, je ne veux pas entendre un mot de plus. Tu m'offres déjà une chance incroyable en me permettant de gagner ma vie ici. J'espère juste que tu n'as pas dû virer quelqu'un pour que je prenne sa place, ironisé-je en lui assénant une tape amicale sur l'épaule.

Jacques renifle, détourne la tête.

— Samuel, mon apprenti. C'était un bon petit gars, il apprenait vite. Mais de ce que j'ai compris… Y a trois mois il est pas monté dans le bon wagon du métro, il voulait pas porter son étoile. Y a eu des contrôles et…

Mon ami prend une longue inspiration, et reprend d'une voix plus claire :

— Il est à Drancy.

Un silence immobile s'installe, brisé seulement par les nuages de farine qui voguent devant nous avec lenteur. J'appréhende ce destin qui aurait pu être le mien, quand Jacques rebondit d'une voix éraillée :

— Maintenant, au boulot l'artiste, si tu veux mériter ton salaire !

Je me remets à ma tâche, bien décidé à faire de mon mieux dans ce domaine qui n'est pas le mien. C'est le moins que je puisse faire. Mes yeux se portent sur ma tenue de travail, exempte d'étoile jaune, et alors que je me saisis d'un nouveau morceau de pâte à façonner, j'imagine le visage inconnu mais déterminé de Samuel.

9

GABRIEL

31 décembre 1942

Les dernières heures de l'année sont les plus belles de toutes celles qui ont émaillé 1942. Myriam sommeille dans mes bras, au creux de l'amas de couvertures sur lequel nous avons pris l'habitude de dormir depuis que nous vivons chez Jacques et Marie-France. Coincé entre le poêle et le canapé, je ne me suis pas senti aussi bien depuis longtemps.

Invités chez la tante de Marie-France pour la Saint-Sylvestre, Jacques et sa femme nous ont laissés seuls pour la première fois depuis bien longtemps. J'embrasse le front de Myriam, repoussant tendrement une mèche de jais de son visage. Je la revois apparaître devant moi, virevoltant dans une robe que Marie-France lui avait donnée et qu'elle avait retouchée à sa taille. Sa chevelure noire ondulait sur ses épaules, et bien que je n'aie pu m'empêcher de remarquer sa taille plus fine qu'auparavant sous mes doigts, ainsi que ses joues légèrement moins rebondies, elle était magnifique.

Je la serre un peu plus contre moi tandis que les cloches des églises résonnent dans tout Paris, annonçant le passage à la nouvelle année. Je glisse mon nez dans le cou de ma femme, inspire son odeur sucrée. Une bouffée d'air frais dans ce brouillard infernal qui pèse sur la capitale et sur le pays tout entier, dans cette atmosphère de peur et de délation.

Je ferme les yeux alors que les cloches se taisent. Je sais que si je les rouvre, je vais voir l'étoile jaune que Myriam a gardée sur son manteau, par peur de ne pas être en règle si elle se fait contrôler, même si elle sort très peu. Je vais voir ce morceau de tissu qui me rappelle toutes les privations auxquelles nous sommes soumis, et tout l'argent qu'il me manque encore pour nous permettre d'obtenir de faux papiers. Car plus les mois passent, plus je constate qu'il devient difficile pour Jacques de me payer. Il refuse de passer par le marché noir pour obtenir plus d'argent. Mais en ce qui me concerne, il m'est arrivé, pas plus tard que la veille, d'être tenté devant un pain ou deux, imaginant à combien de francs je pourrais les revendre. Mais mes doigts se sont refermés sur du vide. J'aurais été incapable de faire ça à Jacques.

Et comme pour punir mon instant d'hésitation, c'est ce jour-là que deux Allemands ont débarqué à la boulangerie. Leurs pas lourds m'ont tout de suite averti. Leur ton, lui, était sans appel. Comme Jacques me l'avait montré, j'ai ouvert la trappe cachée sur le côté du four à pain, masquée par une dizaine de bûches astucieusement collées sur le dessus. Les boches ont fait un rapide tour de l'atelier, sans un mot, avant de repartir.

C'est seulement à ce moment-là que j'ai pu de nouveau respirer.

Myriam remue entre mes bras, ses doigts effleurent la ligne entre mes pectoraux.

— Bonne année, mon amour, me chuchote-t-elle.

Elle pose ses lèvres sur les miennes, et je lui rends son baiser.

— Bonne année, ma chérie.

Myriam s'étire. La couverture qui nous recouvre glisse sur son épaule.

— Nous devrions peut-être nous rhabiller, si Jacques et Marie-France nous trouvent comme ça…

— Ou alors je pourrais te dessiner, soufflé-je en faisant glisser mon doigt sur l'arête de son nez.

Elle esquisse un sourire, mais celui-ci fait vite place à un air sérieux.

— J'espère que tu ne comptes pas retourner dans notre appartement afin d'y récupérer ton matériel et tes toiles.

Je sens ma paupière se mettre à tressauter et me frotte les yeux.

Myriam s'empare de ma main pour l'ôter de mon visage.

— Et ne t'avise pas de me mentir.

Je passe l'index le long de sa clavicule, m'imaginant, un fusain à la main, tracer les courbes et estomper les ombres de son corps.

— Jamais je ne prendrai un tel risque simplement pour des peintures.

Myriam plisse les yeux, détaillant la moindre de mes expressions comme pour y déceler la preuve d'un mensonge. Le soupir qu'elle laisse échapper est en revanche celui de son doute.

— Je l'espère.

Elle m'embrasse une nouvelle fois et s'extirpe de sous la couverture. Je l'observe s'éloigner, nue et magnifique. Au moins ne lui ai-je pas menti. Je ne retournerai pas dans notre ancien appartement simplement pour récupérer mes toiles…

10
Gabriel

5 janvier 1943

Les mains dans les poches et la tête basse, je laisse mes pas me conduire jusqu'à la rue des Abbesses comme ils l'ont fait des centaines de fois. Elle n'est pas bien loin de chez Jacques. Nous allions à l'école communale à quelques encablures, tandis que Myriam et Marie-France se sont connues à l'école publique des filles, aux portes du 18e arrondissement. J'essaye de me concentrer sur l'air froid de ce mois de janvier qui brûle ma gorge, sur le nuage de vapeur qui s'échappe de ma bouche avant de disparaître. Mais à la manière d'une pensée que l'on s'acharne à faire sortir de son esprit et qui s'y accroche comme les crocs d'un chien dans la chair d'un homme, ce sont inlassablement les mêmes qui y tournoient.

Ce sentiment d'être un parasite dans ma propre ville. Moi, que mon père a élevé le plus loin possible de la religion juive, moi, qui ne célèbre jamais shabbat ou Kippour, moi, qui suis rentré dans une synagogue uniquement le jour de mon mariage et ne connais de yiddish que les quelques phrases que Myriam m'a apprises, me voilà comme un malfrat revenant sur le lieu de son crime alors que je ne suis coupable de rien.

Je relève la tête au détour d'une rue, aux aguets, mais seuls des travailleurs et des femmes parties au marché longent les trottoirs en toute sérénité.

— Non mais vous avez vu ça ? Franchement si je risquais pas de me faire arrêter, je déchirerais bien ce machin.

Je mets quelques secondes à réagir. Trop concentré sur mon avancée et les risques que je cours à sortir sans étoile malgré le mot « Juif » tamponné sur ma carte d'identité, je n'ai pas fait attention à cet homme posté devant une affiche que je n'avais pas remarquée. De la propagande antisémite aussi grossière que l'a été l'exposition *Le Juif et la France* l'année passée.

Je n'ose pas prononcer un mot, comme si le timbre de ma voix risquait de me trahir, ou que si j'émettais le moindre son, le mot « Juif » se graverait au fer rouge sur mon front. Alors je hoche frénétiquement la tête, et reprends ma route.

Je ne suis plus qu'à un croisement de mon immeuble. Mon cœur est comme les cordes de mon violon sur lesquelles je ferais glisser mon archet de plus en plus vite.

— Gabriel !

Je me fige.

Myriam apparaît devant moi, les joues rougies par le froid et la course.

— Rentre avec moi. Ne va pas là-bas ! Tu m'avais dit que tu n'irais pas…

Je saisis ses bras plus fort que je ne l'ai jamais fait. Ses yeux sont écarquillés par la peur, celle de me perdre ou que je sois devenu fou. Je la serre contre moi, mon nez se réchauffant au cœur de sa chevelure.

— J'ai amassé de l'argent, lui soufflé-je à l'oreille. À l'appartement. Pas suffisamment pour qu'on puisse se faire de faux papiers, mais avec ce que j'ai gagné depuis cet été…

Ses mains se crispent sur ma taille, et je pince les lèvres.

— J'ai failli me faire prendre à la boulangerie. Il y a des rafles partout... Si les boches apprennent que Jacques et sa femme nous cachent depuis des mois...

Ses sanglots sont étouffés par mon manteau.

— Les Alliés ont débarqué en Afrique du Nord il y a à peine deux mois, la guerre ne durera...

— ... pas toujours, terminais-je avec un léger sourire. Mais la Gestapo n'a pas la Méditerranée à traverser, elle.

Je me détache de ma femme.

— *Hob nit kain deiges*[1], mon amour. Je retourne seulement chez nous.

Je l'embrasse avec ferveur, m'imprégnant de son parfum, du goût de ses lèvres, de l'ondulation de ses cheveux entre mes doigts.

Sa bouche quitte la mienne, et mon regard s'accroche au sien.

— Reviens-moi vite, souffle-t-elle.

Je ressens toutes les émotions qu'elle masque derrière ses yeux qui me regardent comme si j'étais invincible. Je ne sais pas où je trouve la force de me détourner d'elle et d'avancer sans me retourner vers l'immeuble qui m'a vu grandir.

Mes pas résonnent dans la cour lorsque je la traverse à vive allure. Je monte l'escalier grinçant, la main serrée sur la rampe pour l'empêcher de trembler.

La porte de l'appartement est entrouverte. J'appose ma paume sur le bois, sans même me rendre compte que j'ai cessé de respirer. Mes jambes oscillent. Mon corps ne semble pas capable de choisir entre s'écrouler ou hurler de rage. La table a été retournée, brisée. Lorsqu'ils ne

1. « Ne t'inquiète pas » en yiddish.

jonchent pas le sol, les tiroirs pendent, entièrement vides. À chaque fois que je cligne des yeux je découvre une autre partie du mobilier fracassée. Je me penche pour ramasser les cadres au verre brisé, et en retire les photos que je glisse dans la poche intérieure de mon manteau avec précaution. Celle de notre mariage, une photo de Myriam, un bouquet de lilas à la main, et l'unique cliché que je possède de mes parents.

J'enjambe les débris, et à mesure que la distance qui me sépare de la chambre s'amenuise, l'espoir de retrouver la liasse de billets accrochée aux lattes de mon lit suit le même chemin. Dans quel état seront mes toiles ? Le portrait de Myriam qui reflète le jour de notre rencontre, un cadeau de ses parents pour avoir obtenu son baccalauréat, aura-t-il été lacéré, arraché du mur ? La colère se mêle à la tristesse et noue ma gorge.

Alors que je m'apprête à franchir le seuil de notre chambre, prêt à voir tous mes souvenirs piétinés, des pas précipités écrasent les morceaux de verre qui parsèment dans le salon. Je fais volte-face. Une ombre fond sur moi. Une douleur cuisante me barre la tempe, et l'appartement se confond avec le brouillard obscur qui tournoie devant mes yeux avant de disparaître totalement.

11
Caleb

15 juillet 1989

La maison de mon grand-père est celle où j'ai grandi durant la moitié de ces dix dernières années. Ma mère est venue y habiter après son divorce, pour n'en partir qu'il y a peu de temps. Avec son seul salaire d'aide-soignante, elle disait toujours qu'elle ne pourrait pas m'offrir tout ce que je méritais. Ici j'avais une grande chambre, un jardin où je jouais au foot avec mon grand-père.

— Caleb, es-tu sûr que ça va ?

Mon grand-père pose une main sur mon épaule et je me retourne dans un sursaut. J'aperçois le tatouage sur son avant-bras, et comme à chaque fois depuis que j'en connais la signification, un frisson parcourt mon échine lorsque je vois cette suite de chiffres.

Je hoche la tête et observe une seconde de plus le portrait que j'admirais, perdu dans mes pensées.

— Mon fils a eu son baccalauréat avec la mention très bien, déclame ma mère en arrivant en haut de l'escalier, deux paquets entourés de rubans dorés dans les mains. Alors je pense qu'il va même plus que bien !

Elle jette un coup d'œil au portrait représentant sa mère, Myriam, ses longs cheveux noirs descendant en cascade partiellement masqués par un bouquet de lilas. Je le connais par cœur, mais il m'arrive encore, comme aujourd'hui, de m'arrêter pour l'observer. Petit, j'aimais rêver que j'avais hérité mes cheveux de jais de cette femme magnifique, et aujourd'hui encore, cette pensée m'étreint lorsque je m'attarde devant son sourire. Il n'existe aucune photo d'elle, aucune photo de mon grand-père avant la naissance de ma mère et durant les premières années de sa vie. L'incendie qui a coûté la vie à Myriam a emporté leurs souvenirs. Mais le talent et l'amour de mon grand-père ont su rendre à travers ce portrait chacun des détails de son visage.

— Je voudrais profiter de ce que nous soyons tous réunis, avant que les invités n'arrivent, pour vous offrir ça.

Elle nous tend à chacun un paquet, son visage mince rougi par l'émotion. Mon grand-père et moi nous jetons un regard complice avant de défaire le nœud. Si nous sommes nés à dix jours et plusieurs décennies d'écart, ma mère a pourtant toujours pris soin de ne pas fêter nos anniversaires en même temps. Les boîtes que nous découvrons sous le papier cadeau nous dévoilent deux magnifiques montres en métal argenté, parfaitement identiques, si ce n'est les initiales gravées au dos. *G.H.* pour mon grand-père, Gabriel Hartman, *C.D.H.* pour moi, Caleb Delaunay Hartman.

— Esther, ma chérie, tu n'aurais pas dû !

— Oh, maman, c'est vraiment…

— Je suis si fière de toi, fait-elle en me sautant au cou.

Mon grand-père passe un bras affectueux autour de mes épaules, et j'ai l'impression qu'une main s'amuse à entortiller mes entrailles et à les nouer entre elles. Comment, enseveli sous tant d'amour, vais-je pouvoir leur annoncer, non seulement que j'intègre le Conservatoire supérieur à la rentrée afin de faire de la musique mon métier, mais également que je pars le lendemain pour le Brésil ?

— Et je suis intimement persuadé que Myriam l'aurait également été, fait mon grand-père en caressant le tableau du bout des doigts.

Ma mère s'écarte de moi, conservant une main dans mon dos.

— J'aurais tant aimé me souvenir d'elle.

— Gabriel ! Esther ! Caleb ! Il y a quelqu'un ?

La voix se répercute dans l'escalier jusqu'au palier. Une délicieuse odeur de pain frais embaume l'air, la même que celle qui nous pousse à entrer dans une boulangerie lorsque l'on passe devant.

Nous échangeons une dernière accolade et redescendons tandis que je m'évertue à attacher ma montre.

Les amis de mon grand-père sont arrivés. Ils ne viennent pas souvent à la maison, ou peut-être simplement le font-ils lorsque je ne suis pas là. En revanche, aucun d'eux n'a jamais manqué le moindre de ses anniversaires.

— Jacques ! s'exclame-t-il. Merci d'être venu, avec autant de pain, qui plus est. Je croyais que tu avais pris ta retraite.

Ma mère se saisit des baguettes et pains aux céréales avant de s'éloigner vers la cuisine.

— Alors, comment te sens-tu à la veille de recevoir ta médaille ? Pas trop angoissé ? Marie-France n'est pas avec toi ?

Les joues tachetées de l'intéressé rougissent immédiatement, et il passe une main nerveuse sur sa nuque. Un homme tape dans son dos, dévoilant sur son avant-bras gauche un tatouage presque identique à celui de mon grand-père. Marcel Lenoir.

J'intercepte le regard qu'ils échangent, le même à chacune des venues de cet homme qui m'impressionne tant. Mon grand-père n'évoque que très rarement cette période de son passé sur laquelle je n'ose pas l'interroger. Il ne cherche pas non plus à masquer le matricule que les nazis lui ont attribué et qu'il gardera ancré pour toujours dans sa chair. Avec Marcel, c'est différent. Encore plus que les bribes de souvenirs qu'ils évoquent à demi-mot devant nous, ce sont leurs regards qui parlent le plus. C'est dans leurs yeux que j'imagine ce qu'ils ont pu vivre, ce qu'ils ont partagé pour se comprendre ainsi, quarante ans plus tard.

— Il est littéralement mort de trouille, tu veux dire !

— Oh arrête, je n'ai rien fait de plus que prévenir un ami, ça ne méritait pas tout ça. Quant à Marie-France, elle garde notre petite-fille aujourd'hui, mais elle sera là demain.

— J'y compte bien. Elle aussi aura droit à sa médaille des Justes et au diplôme d'honneur. Et vous ne nous avez pas seulement protégés, corrige mon grand-père. Pense à tous les enfants que vous avez sauvés.

Ils échangent à leur tour un regard si profond qu'il semble contenir une conversation entière. Je me sens soudain de trop, debout près d'eux comme un bibelot inutile au milieu d'une pièce, paralysé par les annonces que j'ai à leur faire.

Ma mère revient de la cuisine avec quatre verres dans les mains et une bouteille de whisky sous le bras.

— As-tu pu aller voir Aaron récemment ? s'enquiert mon grand-père en conduisant ses invités au jardin.

— Leibovici ? fait Marcel en s'asseyant autour de la table de la terrasse. Pas depuis deux ans. Et toi ?

— Je n'ai pas réussi à m'organiser cette année, mais j'ai pu rendre visite aux autres.

Le même sourire nostalgique naît sur leurs visages. Jacques a entrepris de remplir les verres, et alors que ma mère s'apprête à repartir en cuisine, je la retiens par le bras.

— Attends, s'il te plaît, lui soufflé-je. Il y a…

Elle fronce les sourcils, et je me tourne vers la table en haussant la voix afin d'éviter qu'elle ne tremble.

— Il y a quelque chose que je voudrais vous dire. Non, deux choses, en fait.

Mon grand-père recule sa chaise, la tourne dans ma direction. Ses yeux plissés cherchent à lire en moi ce que je m'apprête à déclamer. Il a compris que c'était important. J'essaye de me répéter qu'il est mon grand-père et qu'il m'aime, mais je sais déjà qu'il n'approuvera pas ma décision de choisir la musique comme plan de carrière. J'espère simplement que la présence de ses amis atténuera sa réaction.

Je décide de commencer par la révélation qui est à la fois la plus urgente, puisque mon avion décolle dans moins de vingt-quatre heures, mais aussi celle qui sera sûrement le plus vite acceptée. L'air peine à se frayer un chemin à travers le nœud qui enserre ma gorge.

— Maman, papi, vous le savez, j'ai appris récemment certaines choses sur ma mère biologique et…

Ma main trouve celle de ma mère, et je mêle mes doigts aux siens. Mais en un regard, je comprends que je n'ai pas besoin de la rassurer. Peu importe ce que je trouverai là-bas, ma mère restera la femme qui m'a aimé et élevé, pas celle qui m'a mis au monde et abandonné. Mon souffle se libère un peu, mes épaules se détendent au rythme de mes mots.

— J'ai besoin de savoir d'où je viens. Vous êtes une grande partie de mon histoire, la partie la plus importante. Mais j'ai besoin d'obtenir des réponses. Alors je pars au Brésil.

Un silence étonné se prolonge, avant que Marcel ne l'interrompe par un sifflement admiratif.

— Eh bien, mon garçon, c'est une sacrée aventure que tu t'apprêtes à vivre.

J'observe mon grand-père. Il n'a pas encore dit un mot.

— Merci Marcel, balbutié-je.

— Tu as tes vaccins à jour ? me demande ma mère.

J'acquiesce sans quitter mon grand-père du regard.

— Gabriel, fait Jacques en lui donnant un léger coup de coude, je crois que Caleb attend que tu dises quelque chose.

— Il te faut un téléphone, déclare-t-il simplement.

Je visualise vaguement le nouveau portable sorti récemment. Un kilo de moins que le précédent. Je n'aurais jamais cru en avoir un avant plusieurs années.

Le poids qui pèse sur ma cage thoracique s'allège un peu. Je devrais avoir l'impression d'avoir fait la moitié du chemin, mais je sais que la partie la plus escarpée de la route se trouve encore devant moi.

— Merci beaucoup, mais ce n'est pas la seule chose que j'avais à vous dire, je…

Mes mots restent bloqués dans ma gorge, comme disputés par deux parties dissociées de mon esprit. Mais la plus courageuse d'entre elles gagne. Je ne sais pas ce que mon grand-père a contre la musique, pourquoi il a toujours refusé que j'en écoute sous son toit, alors même qu'un jour j'ai trouvé de vieilles partitions dans son grenier, ni pourquoi je ne l'ai jamais vu aussi énervé que le jour où je lui ai dit que je voulais apprendre à jouer d'un instrument. Ce que je sais, en revanche, c'est qu'il n'existe aucune raison valable pour qu'il m'empêche de suivre la voie que j'ai choisie.

Alors les mots m'échappent sans que je parvienne à les contrôler, à la même cadence effrénée que mon pouls, comme si la moindre pause dans mon discours m'empêcherait de le terminer.

— Je joue du violoncelle au conservatoire depuis huit ans, c'est papa qui m'y a inscrit, et je suis doué. Alors je veux continuer, je veux en faire mon métier, jouer dans un orchestre, sur les plus grandes scènes du monde. À la rentrée, j'entrerai au Conservatoire supérieur.

Cette fois, le mutisme de mon grand-père me donne l'impression de me trouver dans l'œil d'un cyclone. Un endroit au calme irréel d'où l'on sait que l'on ne pourra sortir qu'en bravant les rafales.

— Il est hors de question que tu fasses partie d'un orchestre.

Sa voix s'abat sur le jardin, grave et puissante, ternissant la luminosité estivale. J'en frissonne.

— Je suis majeur, je n'ai pas besoin de ta permission. Je voulais juste vous informer.

— Pourtant tu n'as pas attendu tes dix-huit ans pour t'inscrire au conservatoire, n'est-ce pas ? Tu savais que je ne le supporterais pas, mais apparemment ce n'est pas ça qui t'a arrêté.

Mes jambes flageolent sous la vague de culpabilité qui m'assaille, mais je la combats, les pieds solidement ancrés au sol. Je n'ai rien à me reprocher, je suis seulement ma propre route.

— Tu n'aimes pas la musique, très bien ! Je ne te forcerai pas à venir à mes concerts, je n'apporterai même jamais mon violoncelle ici ! Mais laisse-moi faire ce que j'aime et ce pour quoi je suis doué !

— Mon petit-fils ne fera jamais partie d'un orchestre, tu m'entends ?

Il se lève d'un bond, faisant tomber sa chaise. Mon souffle se bloque dans mes poumons, mes doigts se crispent au creux de ma paume pour ne pas trembler. Comment pourrais-je ne pas l'entendre alors qu'il hurle si fort que je suis persuadé que tout le voisinage vient d'assister à notre ridicule spectacle ?

— Gabriel, peut-être que tu devrais…

Mon grand-père fait taire Marcel d'un regard, l'un de ceux qui signifient : *Non, pas toi.*

Je cherche du soutien auprès de ma mère, mais sa lèvre inférieure tremble, et elle nous dévisage successivement. Je sais bien qu'elle a été élevée dans le désamour le plus complet de la musique, mais maintenant qu'il s'agit de mon avenir et de mon bonheur, ne peut-elle pas prendre mon parti ?

— Papa, tente-t-elle sous la pression de mon regard. Je sais que c'est difficile à entendre, mais si c'est ce que Caleb souhaite, tu devrais peut-être…

— Non !

J'ai l'impression d'avoir devant moi un fou échappé de l'asile, le doigt dressé devant lui, les yeux exorbités par une colère qui n'a pas lieu d'être.

— Personne sous mon toit ne jouera jamais de musique, est-ce que c'est clair ? Je ne l'accepterai pas !

Ses mots me percutent de plein fouet. Peut-être plus douloureux encore que s'il m'avait frappé, ils charrient une déception immense et une incompréhension totale. Je suis persuadé qu'il ne se rend même pas compte de l'incohérence de ses propos. Que lui est-il arrivé pour qu'il réagisse ainsi ?

Jacques a l'air dubitatif mais n'intervient pas. Marcel, lui, observe mon grand-père avec un mélange de pitié et de tendresse. Et ma mère s'est laissé clouer le bec sans chercher à plaider ma cause plus que cela. Mes narines frémissent et je fais un pas.

— Dans ce cas-là, tu ne verras sûrement pas d'inconvénients à ce que je déchire les partitions cachées au grenier ?

J'ai à peine le temps de comprendre que je viens de dire le mot de trop, de franchir une limite invisible, que la paume de mon grand-père claque sur ma joue.

La douleur irradie dans toute ma mâchoire et je recule en titubant, choqué presque autant par ce geste que par sa force.

La lueur de colère dans ses yeux s'éteint subitement, comme une télévision que l'on débranche, mais je ne le laisse pas dire un mot.

Je rentre dans la maison et grimpe l'escalier quatre à quatre. Mon corps se meut tout seul, mes pensées sont figées dans un brouillard d'émotions trop dense. Je ne vois pas ma chambre dans laquelle je pénètre en trombe, ne sens pas le poids de mon sac de voyage préparé qui atterrit sur mon épaule. Il ne subsiste qu'une intense chaleur sur ma pommette.

Je sors de la maison tout aussi vite que j'y suis rentré. Mon grand-père m'interpelle, ma mère court à ma suite, mais ma joue est encore douloureuse et ne laisse bouillonner en moi que le ressentiment. J'ouvre à la volée le portail et percute la silhouette qui s'apprêtait à le pousser.

— Oh excuse-moi, tante Sarah, je… Je dois partir.

La sœur de mon grand-père bégaye quelques mots, jette un coup d'œil à l'intérieur du jardin où ma mère arrive en courant.

— Caleb, attends !

— Qu'est-ce qu'il se passe, Esther ? s'enquiert Sarah qui semble perdue au milieu de toute cette agitation.

— Emmanuel, conduis-moi à l'aéroport d'Orly.

Mon cousin, qui vient seulement de claquer la porte de sa voiture, fronce les sourcils, apparemment aussi décontenancé que sa mère.

— Caleb, qu'est-ce que tu as sur la joue ?

Je vois dans le regard d'Emmanuel qu'il trouve lui-même la réponse à sa question au moment où il la pose. Le pli de sa bouche se fait plus dur et il s'installe derrière le volant. Je me précipite du côté passager et claque la portière derrière moi au moment où ma mère franchit le portail.

Le moteur vrombit et Emmanuel enfonce l'accélérateur. Dans l'encadrement du portail, j'aperçois une partie de la pelouse, et au milieu de celle-ci, mon grand-père. Je ne parviens pas à distinguer l'expression sur son visage, et je m'en fiche.

Je refuse que ma vie soit sous l'emprise de son passé, de son histoire.

Aujourd'hui, je dois découvrir la mienne.

12
Myriam

5 janvier 1943

La silhouette de Gabriel s'éloigne dans les rues glaciales de notre quartier, floutée par mes larmes. Lorsqu'il tourne au coin de la rue des Abbesses, je n'ai toujours pas bougé. Le froid tiraille mes doigts, la peau de mon visage est prête à se craqueler comme la couche de glace au-dessus d'un lac gelé.

Ma respiration s'accélère tandis que les sanglots remontent dans ma gorge en un torrent qui menace de faire céder le barrage de mes émotions.

Tout va bien se passer. Il ne fait que retourner chez nous. C'est encore notre appartement. Et à peine quelques minutes. Que pourrait-il lui arriver ?

Mon souffle se calme. Il m'est impossible de rester là. Alors, sans vraiment l'avoir décidé, je m'élance à sa suite.

Je m'arrête lorsque le porche, qui donne sur la cour où nous avons tant profité du soleil de midi le printemps dernier, se profile dans mon champ de vision. J'avise une automobile garée contre le trottoir d'en face, et me poste à côté d'elle, les yeux fixés sur les pierres de ce passage que je connais par cœur.

Je sais que Gabriel n'a de juif que l'ascendance de son arbre généalogique. Il a d'ailleurs accepté d'entrer dans une synagogue uniquement parce qu'il s'agissait de la condition *sine qua non* pour que j'accepte de l'épouser. Mais ni la police française ni les boches ne s'en soucieraient. Moi qui pensais naïvement que depuis l'affaire Dreyfus, la montée de l'antisémitisme allemand ne risquait pas de passer notre frontière…

L'un de nos anciens voisins, un homme au béret toujours vissé sur la tête, et que j'ai déjà vu entrer plusieurs fois en catimini chez la concierge, apparaît sous le porche. Je m'accroupis derrière le capot. Je l'observe sortir du passage et attends qu'il ait tourné le dos puis remonté la rue en toute hâte avant de me relever. Je croise mes bras sur ma poitrine pour les empêcher de trembler. Ni Jacques ni Marie-France n'ont pu avoir de nouvelles de nos voisins déportés lors de ce que l'on nomme maintenant la rafle du Vel d'Hiv. Tout ce que l'on sait, c'est qu'ils ont été parqués dans des camps du Loiret, puis envoyés à l'Est.

Je prends une profonde inspiration. Les boches ne doivent pas s'embêter avec le courrier dans leurs camps de travail. Envoient-ils les enfants à l'école ou à l'usine ? Je repense à la famille Levy, au petit Joseph. J'imagine sa mère, attendant impatiemment leur retour en France afin que son fils puisse reprendre ses cours de violon. Laisser mes pensées dériver est le seul moyen de ne pas penser au risque qu'a pris Gabriel en retournant dans cet immeuble où chacun le connaît. Moi-même, je jette de temps à autre des regards alentour, prête à rabattre sur moi le foulard qui me tient chaud si une connaissance arrivait de mon côté de la rue.

L'attente est interminable. Mes jambes sont engourdies à force de rester statiques. Comment se fait-il que cela prenne si longtemps ? A-t-il finalement décidé de récupérer également nos vêtements ou les quelques bijoux que nous nous étions refusé de vendre, en plus de cet argent dont j'ignorais tout ? J'esquisse un sourire. Comment ai-je pu ne me douter de rien ? Il était certain que Gabriel avait tout tenté pour nous permettre de nous cacher afin d'échapper au danger le plus important de notre génération, celui d'être Juif. Comment n'ai-je rien vu ?

Avant même d'entendre leurs pas sur le trottoir, je vois leurs trenchs en cuir noir et leur bras ceint d'un brassard rouge, arborant cette ignoble croix gammée comme s'il s'agissait d'une quelconque médaille militaire dont ils pourraient être fiers.

Tout mon corps s'est immobilisé. Ma respiration s'est suspendue, mes paupières ne clignent plus. Seules les commissures de mes lèvres s'affaissent aussi bas que mon cœur qui tombe dans ma poitrine.

Notre voisin au béret les accompagne. Ils sont encore au bout de la rue, ils ne se dépêchent pas, ils ont le pas sûr de ceux qui ont déjà gagné. Mais peut-être pas.

Je contourne la voiture, me ruant à mon ancienne adresse, occultant la douleur que cette course subite provoque dans mes jambes ankylosées. Mes pieds freinent avant mon corps sur les pavés rendus glissants par l'humidité et le froid. Au milieu de la cour, notre voisin de palier, un professeur que j'ai respecté jusqu'à cet instant, traîne mon mari par le col. La lèvre de Gabriel est fendue, son menton, dégoulinant de sang. Ses yeux mi-clos s'entrouvrent lorsqu'il m'aperçoit, il ne doit pas pouvoir soulever ses paupières gonflées plus que cela. Et entre eux et moi, Mlle Darmin, qui serre son gilet sur sa poitrine et retrousse le nez.

— Oh regardez dont, après avoir attrapé le rat, voici sa femelle !

Une envie furtive de lui cracher au visage crispe ma mâchoire, mais la lueur dans les prunelles de Gabriel est une supplication silencieuse. Je voudrais bousculer notre concierge, me jeter sur ce voisin ignoble qui me donne la nausée, passer le bras de mon mari sur mes épaules et l'emmener loin d'ici, échapper à la Gestapo que je sais de plus en plus proche.

Je fais demi-tour, les yeux embués, la gorge écrasée par un poids qui s'alourdit à chaque pas que je fais pour fuir ce piège. Je cours à travers les rues sans me retourner, mon souffle se muant en un gémissement de douleur, et lorsque je claque la porte de l'appartement de Jacques et Marie-France derrière moi, je me précipite à la fenêtre. Aucun trench en cuir, aucun brassard rouge à l'horizon.

Je ferme le rideau un instant avant de m'écrouler au sol. Mes émotions me submergent comme un raz-de-marée, chaque vague me percutant plus violemment que la précédente, me noyant, m'empêchant de reprendre mon souffle. Je me recroqueville, mes ongles enfoncés dans la peau de mon crâne.

— Myriam ! s'écrie Marie-France.

Je sens sa main caresser mes cheveux.

— Qu'est-ce qu'il s'est passé ? Tu vas bien ?

Comment pourrais-je lui dire ? Comment lui expliquer que désormais, cette douleur cuisante ne me quittera plus ? Comment lui parler de l'angoisse qui me suivra chaque jour, celle de ne pas savoir où est Gabriel, ni comment il va, ni quand je le reverrai ? Comment évoquer avec elle cette culpabilité de m'être enfuie comme une lâche, de l'avoir laissé là-bas, entre leurs mains ? Alors je reste au sol, incapable de prononcer plus que des borborygmes mêlés de larmes, ne voyant plus derrière mes paupières closes que le visage tuméfié de mon mari et ses yeux qui me supplient de m'enfuir. Je n'entends pas les mots de Marie-France, mais uniquement les derniers que m'a soufflés Gabriel, empreints de son accent français qui m'avait fait rire de nombreuses fois.

—*Hob nit kain deiges*, mon amour. Je retourne seulement chez nous.

13
Myriam

5 janvier 1943

Marie-France m'a mise au lit. Dans ce grand lit où elle dort avec son mari. Mes sanglots se sont transformés en léthargie. Le clignement de mes yeux est l'unique mouvement dont je suis capable.

Lorsque la porte de l'appartement s'ouvre, je sursaute. Ce simple bruit a réveillé mon âme et mon corps. Un instant je m'attends à voir entrer Gabriel. Ses yeux noirs si semblables à ceux de sa sœur se poseraient sur moi et il viendrait m'embrasser. Puis la réalité me frappe avec la force d'une gifle. Gabriel a été arrêté, emmené je ne sais où, puis sera sûrement envoyé à Drancy.

Je saute hors de mon lit et me précipite derrière la porte ouverte de la chambre, mes poings pour toute arme. La Gestapo est là. Ils m'ont suivie et m'ont retrouvée. Ou bien est-ce Mlle Darmin ou l'un de nos voisins qui a couru à ma suite sans que je ne l'aie vu avant de nous dénoncer ?

Un sentiment que je n'ai encore jamais connu gonfle dans ma poitrine. La respiration haletante, les yeux fixés sur l'ombre qui grossit dans le carré de lumière au sol, je suis prête à me battre.

— Myriam ? Tu es là ?

La voix de Jacques résonne dans le couloir et mes bras retombent, tout comme mon agressivité fulgurante. Je me laisse glisser contre le mur, entoure mes genoux de mes bras et me mets à pleurer.

Une main ferme se pose sur mon poignet.

— Oh, Myriam, je suis tellement désolé pour ce qui est arrivé !

Les trémolos dans sa voix font redoubler mes sanglots, et je relève la tête. Accroupi devant moi, il a les yeux rougis. Ses joues sont striées de traces de larmes séchées. Il ne dit rien de plus et reste simplement là, un sourire triste sur le visage.

— Il va s'en sortir, hein ? Il est simplement prisonnier et…

Je prends une longue inspiration tremblante avant de poursuivre :

— Et après il va aller travailler dans l'Est, c'est ça ? Et ensuite il reviendra.

La poigne de Jacques se resserre. J'oublie parfois qu'ils se connaissent depuis l'enfance, tout comme Marie-France et moi, et que leur lien s'apparente à celui tissé entre deux frères.

— Sarah… marmonné-je. Il faut la prévenir.

Jacques acquiesce et se relève. Il me tend la main et m'aide à me redresser.

— Nous préviendrons Sarah et Michel, ne t'en fais pas. Et on écrira à Gabriel. Il sera forcément à Drancy, je sais comment lui faire passer du linge et du courrier.

— Comment sais-tu tout ça ?

Ses yeux fuient mon regard, et je comprends qu'après les événements de la journée, ma question soulève en lui trop d'émotions. Alors je n'insiste pas.

— Il faudra dire à Sarah de ne pas tenter de lui envoyer quoi que ce soit. Gabriel ne voulait déjà plus qu'elle vienne à la maison, il aura peur que les autorités s'intéressent de trop près à elle. Elle ne s'est pas déclarée comme juive, tu comprends, alors…

— On le lui dira, ne t'en fais pas.

Je hoche la tête et essuie mes larmes.

— Tu connais Gabriel. Il est intelligent et il est fort. Bon, mis à part en boulangerie, ça, c'est certain.

Il m'arrache un sourire.

— Il s'en sortira très bien, j'en suis sûr.

J'ai l'impression qu'il essaye de se rassurer lui-même.

Jacques écarte sa veste et sort de l'une de ses poches intérieures ce qui ressemble à une photographie. Lorsqu'il la tourne vers moi, j'ai à peine le temps de l'apercevoir avant que ma vue ne se trouble.

— Quand je t'ai vue passer devant la boulangerie en courant, j'ai tout de suite compris et je me suis précipité devant chez vous. Il n'y avait plus personne mais… j'ai trouvé ça sur le trottoir. Elle a dû tomber de sa poche.

Je la saisis, une main sur la bouche, et détaille mon propre visage réjoui au-dessus d'un bouquet de lilas. J'ai l'impression qu'une main d'acier déchire mon cœur en deux. Gabriel a tenu à garder cette photographie, celle qui représente tellement pour nous, celle de l'instant suivant sa demande en mariage.

14
Caleb

20 juillet 1989

La chaleur moite pèse sur mes poumons et ma respiration, mais qu'est-ce que c'est beau ! Les rives du rio Negro, malgré la couleur foncée du fleuve qui n'invite pas à la baignade, et en particulier lorsque l'on a connaissance de la faune qui s'y trouve, sont d'un exotisme incroyable pour le jeune Français que je suis. Les abords de l'Amazonie, où se trouvent les villages que je parcours depuis trois jours, bruissent d'une multitude de sons à la manière d'un orchestre tropical. Le vent entre les feuilles d'un vert si intense qu'il en paraît presque artificiel, le piaillement des oiseaux et les cris des animaux que je préfère savoir loin au cœur de la forêt.

La distance a quelque peu apaisé mon ressentiment. La venue de ma mère à l'aéroport d'Orly y est sûrement pour quelque chose également. Elle est arrivée alors que je m'avançais vers la porte d'embarquement, un téléphone avec une longue antenne, si gros qu'elle peinait à le tenir dans sa main aux doigts frêles, dirigé vers moi.

Elle n'a rien dit, ses mots noyés sous ses larmes. Je ne suis parvenu qu'à discerner un vague *Je t'aime* au milieu de ses sanglots, mais ses yeux humides parlaient pour elle avec suffisamment d'éloquence. Alors je l'ai prise dans mes bras, trop ému pour dire quoi que ce soit.

J'aborde le troisième village. Les deux premiers ne m'ont conduit nulle part ailleurs que sur des fausses pistes. Dans celui-ci encore, tout est là, exactement comme dans la lettre. Les abords du fleuve, la proximité avec la forêt, la vue sur Manaus.

Armé de mon dictionnaire bilingue français-portugais, je jette un regard à l'intérieur de ce qui m'a tout l'air d'être une épicerie devant laquelle des tas de fruits et de légumes que je n'ai encore jamais vus sont disposés sur des étals.

— Excusez-moi, fais-je en apercevant un homme derrière le comptoir, penché sur son journal.

Mon portugais est tout aussi mauvais qu'à mon arrivée, mais les mots que je répète inlassablement depuis trois jours me viennent plus naturellement.

— Je cherche une femme qui a vécu ici. Elle s'appelle Romy.

L'homme au teint hâlé relève les yeux de son journal, m'observe, et penche la tête pour détailler mon sac à dos avant de hausser les épaules pour toute réponse.

— Merci, marmonné-je en français cette fois.

Je poursuis mes recherches jusqu'à l'heure du déjeuner, mais celles-ci restent infructueuses. Les allées du marché qui traversent le village sont désormais bondées, chaque heure ayant apporté son flot de badauds.

Je m'achète quelques *coxinhas* au poulet, des sortes de croquettes de viande panées, que je picore en flânant. L'excitation des premiers jours est retombée, l'espoir qui gonflait ma poitrine à chaque fois que je prononçais le prénom de ma mère biologique, impatient de voir une quelconque émotion apparaître sur le visage de mes interlocuteurs, s'est évaporé également.

Je me laisse tomber près d'un homme assis sur un tabouret, un chiffon sur les genoux. Je l'observe astiquer la chaussure qui y est posée et redonner petit à petit toute sa brillance au cuir noir en finissant mes *coxinhas.*

Ses gestes répétitifs et précis sont comme un pendule qui m'hypnotise. Je mets de longues secondes à comprendre qu'il s'adresse à moi après avoir reposé la paire de chaussures désormais parfaitement cirées sur un chiffon propre.

— Pardon ?

L'homme déblatère une suite de phrases dans un portugais si rapide que je ne parviens même pas à distinguer les mots les uns des autres. Lorsqu'il se tait, j'en profite pour lui répondre par les seuls que je connais dans sa langue.

— Je m'appelle Caleb, je viens de France. Je cherche une femme qui a vécu ici. C'est ma mère, et elle s'appelle Romy.

Pendant quelques instants, je me demande si mon accent trop prononcé l'a empêché de comprendre un traître mot de ce que je lui ai dit. Puis le cireur de chaussures esquisse un sourire en essuyant ses mains tachetées de noir. Il entrouvre la bouche plusieurs fois, un pli entre les sourcils comme s'il cherchait ses mots.

Puis il articule avec difficulté, mais suffisamment lentement pour que je comprenne son anglais qui est d'une qualité similaire à mon portugais.

— *I know Romy.*

15
Romy

9 juin 1969

Je suis réveillée par de violents coups frappés à la porte d'entrée. J'émerge tant bien que mal de mon sommeil, le ventre lourd des haricots noirs que j'ai engloutis la veille. Je sors de mon lit en titubant, les yeux mi-clos, et ouvre la fenêtre puis les volets d'une main malhabile. L'air chaud et humide emplit mes poumons tandis que je me penche par-dessus la balustrade dont la peinture aussi bleue que le ciel du matin commence à s'écailler.

Je n'ai le temps d'apercevoir qu'un crâne rasé avant que la porte ne s'ouvre, faisant enfin cesser les coups intempestifs.

Une voix grave, que je prends d'abord pour celle de mon père, me fait sursauter, et je me rends à pas légers sur le palier. Les mots que j'entends sont hachés, s'enchaînent si vite que je ne parviens pas à en saisir le sens. Une autre voix s'ajoute à la première, plus calme mais ferme. Je la reconnais parfaitement et comprends pourquoi je ne parvenais pas à donner un sens à ce que j'entendais.

Mon père a pris la parole. En allemand.

Je descends l'escalier sur la pointe des pieds, parfaitement réveillée. À cette heure-ci, Maria doit être partie au marché afin que la table soit garnie d'*açaï* et de *graviola* pour le petit déjeuner. Au moins ne risqué-je pas de me faire prendre en train d'écouter aux portes comme le ferait un enfant curieux.

Je m'accroupis derrière la rampe, masquée par l'obscurité de l'escalier, tandis que mon père et le nouvel arrivant se trouvent en pleine lumière. Un instant j'hésite à intervenir. Je ne sais pas ce que mon père a vécu en Allemagne lorsqu'il était plus jeune, mais s'il refuse d'évoquer cette période, c'est qu'il en a souffert. J'ai toujours imaginé qu'il a été abandonné, oublié dans un orphelinat tandis que la Première Guerre mondiale éclatait. Qu'il a attendu sa majorité pour quitter l'Allemagne et tenter sa chance en Amérique du Sud, où il a rencontré ma mère, quelques années plus tard, qui aurait quant à elle fui un pays tombé aux mains d'un trop célèbre dictateur.

L'Allemand, dont le crâne rasé luit sous la lumière du jour qui perce les fins rideaux, saisit le poignet de mon père. Je plaque une main sur ma bouche afin d'étouffer ma surprise, mais, vêtu d'un simple short en lin et d'une chemise similaire avec lesquels il dort, mon père ne se défend pas lorsque son interlocuteur l'oblige à lever le bras. Il désigne d'un doigt rageur une marque, comme une ancienne brûlure, que je n'ai aperçue qu'à de rares occasions sur son biceps, sans jamais vraiment me questionner sur sa provenance.

C'est alors que des mots se détachent de cet amas de sons qui, à mon oreille, m'apparaissent plus comme des borborygmes. Des mots que j'ai déjà entendus, des mots que je comprends, des noms que je n'aurais jamais cru entendre mon père prononcer dans sa langue natale, et qui, ainsi, revêtent un sens qui m'effraie.

Waffen-SS. Polizei. Adolf Hitler. Auschwitz.

J'ai l'impression que l'air est plus moite, plus difficilement respirable encore qu'en plein cœur de la jungle. L'élan et la fierté que mon père met dans ses mots, les mêmes que ceux qui emplissent nos voix lors de l'hymne national, me donnent le vertige.

Je plaque mes mains sur mes oreilles, refusant d'en entendre plus, et retourne dans ma chambre où je me laisse tomber sur le lit. J'enfouis ma tête sous mon oreiller, le souffle court, masquant la conversation de plus en plus bruyante qui se déroule au rez-de-chaussée. Comme si le silence allait empêcher mon esprit de relier entre eux tous les mots que j'ai entendus. Un goût acide emplit ma bouche et une forte nausée me prend. Non, il s'agit de mon père. Un homme foncièrement gentil et généreux avec notre gouvernante, un père aimant et attentif. Je me dégoûte d'avoir ne serait-ce que pensé à cette possibilité absolument immonde, qui détonne avec tout ce qui fait mon père, celle qu'il ait été l'un de ces hommes fous à lier. Un nazi.

Je ne saurais dire combien de temps s'écoule avant que la porte d'entrée ne claque. Quelques minutes ou une heure.

J'ôte le coussin de mes oreilles et relève la tête, mes cheveux emmêlés retombant sur mon visage. Les pas de mon père résonnent dans l'escalier et mon cœur s'emballe. Le doute inonde mes yeux, fait trembler mes lèvres. Je pourrais tout aussi bien rester là et oublier ce que j'ai entendu, m'imaginer que les mots que je suis parvenue à discerner ne sont qu'une pure invention de mon esprit. Mais l'incertitude qui malmène mon estomac se fait plus forte à chacune de mes respirations. Je ne veux pas savoir. Mais je le dois.

Je me lève, m'empêtre dans mes draps et me redresse, les mains tremblantes.

Mon père apparaît sur le palier au moment où j'entrebâille la porte.

Mes yeux se posent immédiatement sur son bras, et sa marque me saute aux yeux.

— Qui c'était ? balbutié-je.

Un éclair d'inquiétude traverse son visage. Fugace, mais parfaitement visible.

— Personne.

Sa voix claque aussi violemment que la porte qui s'est refermée derrière l'inconnu.

— Pourquoi il a regardé la marque sur ton bras ? Qu'est-ce qu'elle a de si spécial ?

Je regrette ma question à l'instant où je la pose.

Mon père tire sur sa courte manche en lin et se détourne sans me répondre. Son silence résonne dans la maison et je me mords la lèvre.

— Ça a un lien avec l'époque où tu vivais en Allemagne ?

Mon père s'arrête. Son dos se tend. Je ne lui laisse pas le temps de répondre. Son mutisme m'apparaît comme un aveu auquel je ne peux croire.

— Je sais, tu ne veux pas en parler. J'ai toujours respecté ça.

Mes doigts se tendent dans sa direction, tremblants et hésitants.

— Mais là, il y a un homme qui a débarqué chez nous, un Allemand ! Et ce que j'ai entendu m'a fait peur.

Mon père se tourne vers moi, le visage fermé, les traits durs. Je retire ma main avec précipitation. J'ai l'impression d'avoir devant moi quelqu'un que je ne connais pas.

— Et qu'as-tu bien pu entendre, hein ? Tu ne parles pas un mot d'allemand !

— Il y a des mots qui se prononcent de la même façon dans toutes les langues.

Mon père secoue la tête. Il pose la main sur la poignée de la porte de sa chambre.

— Papa, l'arrêté-je.

Une douleur sourde gonfle au creux de mon estomac et écrase mes poumons.

— Qu'est-ce que ça t'évoque, Auschwitz ? C'est quoi, cette marque ?

Ses jointures blanchissent et son poing se serre contre sa jambe. Mes yeux brûlent de larmes contenues.

— Auschwitz, ce n'était rien, juste un camp où on enfermait les youpins.

J'ai l'impression qu'on vient de me planter un couteau en pleine poitrine, que mon crâne se disloque.

— Ce n'était rien ?

Les mots sont autant de lames de rasoir qui écorchent ma gorge.

— Mais papa, comment tu peux dire ça ? C'était un génocide ! Tu as entendu les témoignages des survivants et de ce qu'il s'est…

— Tais-toi ! Tu ne sais pas de quoi tu parles !

Sa voix me fait reculer tout autant que l'étincelle bestiale de ses prunelles.

— L'époque était différente ! Hitler a sauvé l'Allemagne !

Je m'étrangle. Non. Il ne peut pas dire une telle chose. Pas cet homme si doux qui a pansé mes écorchures d'enfant, séché mes larmes d'adolescente et accompagné mes premiers pas d'adulte. Non. Pas mon père.

— Les Juifs allaient causer notre ruine ! Et si le monde est sauf, c'est grâce à nous !

J'ai envie de m'écrouler, de me ratatiner, de remonter le cours du temps pour replonger dans un sommeil innocent. De garder en tête l'image que j'ai de mon père depuis ma plus tendre enfance, et non celle qu'il me montre alors que je l'affronte. La pire version de lui.

— Le monde est sauf parce qu'on en a tué une bonne partie !

J'imagine des jeunes femmes telles que moi aux mains des nazis, leur pureté piétinée, leurs cheveux rasés comme j'ai entendu mon professeur l'expliquer il y a quelques années. Je me souviens m'être insurgée en apprenant l'existence d'une telle ignominie, mais désormais, je ne peux m'empêcher de superposer le visage de mon père à celui des hommes qui ont tué jusqu'aux nouveau-nés que les trains leur livraient.

— Sans nous, ils auraient continué à se reproduire et ils se seraient infiltrés partout comme les rats qu'ils sont !

Mon cœur tambourine à mes oreilles. Ses mots enfoncent un peu plus la lame qui y est déjà fichée.

— Tu étais…

— National-socialiste, oui ! Et j'ai obéi aux ordres de mon *Führer*, voilà tout ! Jamais l'homme que tu as vu n'aurait dû venir ici, mais tu as compris, alors tant pis. Tu as insisté pour savoir et maintenant tu sais. Je suis fier de ce que j'ai accompli pour mon pays tout autant que je suis fier d'être ton père.

Mes jambes manquent de me lâcher et je dois me tenir à la rampe qui surplombe l'escalier pour ne pas m'écrouler. Imaginer mon père arborer la croix gammée et envoyer des enfants à la mort m'est inconcevable. Mais je n'aurais jamais cru qu'il puisse tenir des propos aussi ignobles.

— Et si j'ai fait ça, c'est pour nous protéger ! fait-il en remontant sa manche pour dévoiler la large brûlure, ancienne mais visible, à l'intérieur de son bras. Tu crois que les Britanniques, les Américains ou les Français auraient eu de la pitié pour ta mère, même si elle était enceinte ? Ils vous auraient tuées ! Et mon nom et le tatouage que je portais là étaient les seules choses qui pouvaient m'incriminer ! J'ai fait ce qu'il fallait, pas seulement pour me sauver moi, mais pour vous sauver vous. Par amour.

Ses propos n'appellent aucune réponse. Comment peut-il encore parler d'amour ?

Mes larmes débordent à mesure que son souffle se calme. Je ne reconnais plus le père à l'étreinte embaumant le cigare, celui qui charrie Maria lorsqu'elle rentre plus tard du marché parce qu'elle a discuté longuement avec le cireur de chaussures.

Ses épaules s'affaissent. Il ne crie plus, mais je devine la haine ancienne, presque viscérale dans la tension qui crispe sa mâchoire.

— Tu dois essayer de comprendre, Romy. Nous étions en guerre.

Mes lèvres tremblent et s'imbibent du sel de mes pleurs. J'ai l'impression que l'air de la maison est vicié, je peine à reprendre mon souffle. Je secoue la tête et essuie mes joues du dos de ma main. Mon cœur est désormais scindé en deux, brisé à jamais.

— Tu ne t'es pas battu contre des soldats pour défendre ton pays. Tu as tué des civils, des innocents, des enfants !

Je crie ces derniers mots avant de dévaler l'escalier quatre à quatre, mon père sur les talons. Je me saisis de mon sac à main qui contient l'essentiel de mes affaires, mes papiers, la clé de mon appartement à rio, et celle de ma voiture. J'enfile la paire de chaussures que j'ai laissée traîner dans l'entrée, heureuse d'avoir conservé cette habitude que Maria me reproche depuis qu'elle est arrivée ici.

Maria…

Je lui écrirai pour lui dire que je vais bien, mais je ne peux rester une minute de plus dans cette maison, près de cet homme que je ne connais pas. Près de ce monstre.

Je cours dans l'allée tandis que mon père tente de me rattraper, m'appelant, répétant mon prénom. Je monte dans ma voiture et verrouille les portières. Ignorant mon père qui se met à frapper contre la vitre en me hurlant de rester, j'enfonce l'accélérateur et m'éloigne de cette maison qui n'est plus la mienne.

16
Caleb

20 juillet 1989

Le cireur de chaussures me conduit en dehors du village. Les maisons se font de plus en plus éparses, la forêt gagne du terrain. J'imagine déjà le visage flou d'une femme aux cheveux de jais aussi sombres que les miens et aux yeux tout aussi clairs, que je retrouverais dans une cabane au milieu de la jungle.

Mais l'homme s'arrête au bout d'une allée, devant une grande bâtisse à l'orée de la forêt luxuriante. Mon cœur tambourine plus vite encore que lorsque j'attends le signe du chef d'orchestre m'indiquant le début de mon solo devant une salle pleine. Je reste cloué sur place, comme si les semelles usées de mes Van's s'étaient engluées dans la terre, tandis que l'homme s'avance jusqu'à la porte.

Une silhouette féminine apparaît sur le perron et j'ai un hoquet de surprise. L'air se bloque dans ma poitrine, mes mains se mettent à trembler. Je ne parviens à rien discerner d'autre que ses cheveux foncés et sa petite taille. Peut-être que je tiens la mienne de mon père ?

Le cireur de chaussures revient vers moi et me tape sur l'épaule dans un geste amical avant de s'éloigner.

— OK, Caleb, tout va bien se passer, tout va bien se passer, chuchoté-je pour moi-même.

Je m'avance à pas timides, et la femme en face de moi fait de même. Plus elle se rapproche et plus mon espoir s'amenuise. Son teint est aussi hâlé que celui de tous les Brésiliens que j'ai croisés depuis mon arrivée ici. Elle accourt vers moi, son tablier sur les hanches. Elle se rapproche et je discerne ses prunelles noires qui me regardent d'un air ahuri, son visage qui n'a rien en commun avec le mien, et dont les rides sont trop profondes pour qu'elle soit ma mère.

Encore une fausse piste.

— Je m'appelle Maria, dit-elle en anglais. Tu es vraiment...

Elle caresse ma joue d'une main tendre, comme elle le ferait avec un enfant. Elle examine mes traits, passe son pouce sur ma pommette. Ses yeux s'embuent et elle hoche la tête. Mais qui est cette femme ?

Une seconde silhouette apparaît dans l'encadrement de la porte. Un homme aux cheveux blancs, sûrement à peine plus âgé que mon grand-père, et aux yeux de glace.

Comme les miens.

J'ai l'impression que mon sang se fige.

Je répète en portugais ces phrases que j'ai mémorisées, mais qui cette fois sont remplies de plus d'émotions et d'espoir qu'elles ne l'ont été jusque-là.

— Je m'appelle Caleb, je viens de France. Je cherche une femme qui a vécu ici. C'est ma mère et elle s'appelle Romy.

L'homme s'accroche au montant de la porte comme s'il avait failli tomber. Maria accourt vers lui et je les entends échanger un bref instant en portugais avant que la femme ne rentre à l'intérieur de la maison. Elle me jette un dernier coup d'œil, une larme glissant sur sa joue, et referme la porte derrière elle.

Son interlocuteur s'avance vers un banc en bois adossé à la maison, et s'y laisse tomber. Il me fait signe de venir et j'avance vers la bâtisse comme par réflexe, car s'il m'avait fallu me concentrer sur mes pas, mes jambes m'auraient lâché. Mon esprit échafaude une multitude d'histoires, de possibilités, et à mesure que je distingue le visage de cet homme à la lèvre supérieure marquée d'une cicatrice, je ne peux que noter de troublantes ressemblances entre nous. Ses yeux sont exactement de la même couleur que mes iris, sa mâchoire a une forme étonnamment similaire à la mienne.

— Alors comme ça, tu es le fils de Romy ? fait-il tandis que je monte sur le perron.

Je m'arrête net en entendant sa voix. Française, avec un fort accent germanique. Je suis particulièrement troublé lorsque j'arrive à sa hauteur.

— Vous parlez français ? Qui êtes-vous ?

— Son père.

Je m'accroche à la balustrade tandis que mon esprit intègre ce que cela signifie.

— Mon grand-père… murmuré-je.

— C'est ce qu'on dirait, oui.

Son ton totalement dénué d'émotion me blesse plus que je ne l'aurais voulu. Peut-être me suis-je attendu à trop en venant ici.

— Où est ma mère ?

Je suis aussi tranchant que lui, et il ricane.

— Tu as son visage mais tu as ma repartie.

Son regard est planté dans le mien, comme s'il cherchait à sonder mon âme, à farfouiller à l'intérieur jusqu'à en extirper son essence. Je me force à ne pas détourner les yeux, mais mes doigts tremblent, et pour la première fois depuis mon arrivée au Brésil, j'aimerais me trouver partout ailleurs qu'ici.

Je ressens au plus profond de moi-même que son expression cache quelque chose. Tout comme je perçois les horreurs que mon grand-père Gabriel a vécues, bien que je refuse de les imaginer, l'aura qui émane de cet homme dont je partage le sang me paraît être à la fois la même, mais aussi l'extrême opposé.

Non, en fait non, il vaudrait mieux valu que tu ne connaisses pas cet endroit.

Les mots de ma mère biologique s'impriment sur ma rétine.

— Quel âge as-tu, mon garçon ?

Je prends quelques secondes pour lui répondre. Je devrais sauter de joie, le prendre dans mes bras, lui raconter qui je suis alors qu'il me montrerait des photos de sa fille en me disant qu'elle va bientôt arriver, qu'elle sera plus qu'heureuse de me revoir.

— Dix-huit ans. Mais vous n'avez pas répondu à ma question.

Son regard s'éloigne du mien, et je souffle sans m'être rendu compte que je retenais ma respiration. Je le vois chercher dans ses souvenirs tandis qu'il fait glisser son index sur la cicatrice de sa lèvre.

— Alors comme ça le Youpin s'est accroché.

Je reste interdit. J'ai déjà entendu ce mot, mais je ne parviens pas à croire au sens que mon cerveau a retenu.

— Qu'est-ce que vous voulez dire ?

L'homme part d'un rire froid, et j'enserre la balustrade pour parvenir à contrôler un tant soit peu le tremblement de ma main.

— Oh je crois qu'il vaut mieux pour toi que tu ne saches rien. Tout ce que j'ai retenu de ta misérable tentative pour parler portugais est que tu es le fils de Romy. Ma gouvernante, Maria, me l'a confirmé. Elle avait reconnu ses traits dans les tiens. J'ai cru que c'était elle qui t'avait envoyé ici. Qu'elle voulait que je te connaisse. Ensuite Maria m'a dit que tu la cherchais.

Un poids tombe dans ma poitrine, comme si cet homme venait de couper les fils qui retenaient mon cœur. Ma mère n'est pas là.

— Déçu ? poursuit-il tandis que je conserve mes yeux plantés sur lui avec autant de force que mes ongles dans le bois. Alors mets-toi à ma place. Voilà plus de dix-huit ans que je n'ai pas de nouvelles de ma propre fille, mon sang, la chair de ma chair. Et qui vient sonner à ma porte ? Un bâtard qui ne m'apporte rien de plus que la honte de savoir mon sang souillé.

Mes yeux me brûlent, je me mords l'intérieur de la joue pour empêcher mes larmes de couler.

— Tu es peut-être l'enfant qu'elle a mis au monde, mais d'après ce que j'ai compris, elle a préféré ne pas te connaître. Je ne vois pas pourquoi moi, dans ce cas, je devrais le faire.

La douleur qui m'étreint la poitrine n'aurait pas été pire s'il y avait tiré une balle à bout portant. Une partie de moi voudrait se recroqueviller sur elle-même, crier et laisser s'écouler sur mes joues l'immense déception de cette rencontre, la souffrance qu'elle a provoquée. Mais une autre, plus grande et plus forte, celle qui a été élevée par un père attentionné, une mère aimante et un grand-père courageux, refuse de se laisser traiter ainsi.

Mes doigts crispés sur la balustrade se déplient, et je croise les bras sur ma poitrine en m'approchant de cet homme avachi sur ce banc en bois.

— Vous avez raison. J'aurais dû avoir votre sagesse bien plus tôt. Après tout, si ma mère vous a fui vous ainsi que cet endroit, pourquoi me donner la peine de venir ici, puisqu'elle-même n'a pas pensé à vous depuis plus de dix-huit ans ?

Sa mâchoire se crispe et son visage se met à rougir. Je prends un plaisir malsain à voir la réaction que j'ai provoquée en lui. Cela me suffit. Il ne m'en dira pas plus. Savoir que ma mère ne l'a pas revu depuis ma naissance me conforte dans l'idée qu'elle est une personne bien meilleure que lui. J'esquisse un sourire mesquin et me détourne, descendant les marches du perron en m'obligeant à avoir l'air parfaitement à l'aise. Mais à ce jeu-là, ce grand-père que je regrette d'avoir rencontré a plusieurs décennies d'avance.

— Tu veux savoir d'où tu viens, n'est-ce pas ? Quelle est ton histoire ?

Je comprends au grincement du banc qu'il s'est relevé.

— Ta grand-mère et moi sommes nés à Berlin. J'étais un soldat particulièrement apprécié par ses supérieurs, j'exécutais les ordres avec un zèle qui m'a valu l'une des meilleures places offertes par mon *Führer.*

Ce mot me glace d'effroi, et ma peau se couvre de chair de poule. Le dos tourné, je me suis arrêté au pied de l'escalier.

— Ma femme a déménagé à Cracovie. Elle venait me voir de temps en temps. Je faisais jouer l'orchestre pour elle à son arrivée. Même si ce n'étaient que des Juifs, je savais que leur musique lui ferait plaisir.

Mon cœur tambourine dans ma poitrine avec la même violence que celle des propos qui me frappent comme autant de coups dans les côtes. La sournoiserie de cet homme suinte dans sa voix, et je sais déjà que le pire est à venir. Peut-être devrais-je m'enfuir d'ici, courir et hurler pour ne pas entendre la suite. Mais mon grand-père Gabriel a affronté ces hommes et a survécu. Je me dois de faire de même.

Je me retourne vers lui. Il me domine depuis le perron, alors je remonte les marches afin de me retrouver à sa hauteur.

— Et tu veux savoir où Romy a été conçue ?

Un haut-le-cœur me tord l'estomac. J'ai déjà compris.

— Dans la magnifique chambre qui nous était offerte. Au beau milieu du camp d'Auschwitz.

En une fraction de seconde, je rassemble suffisamment de salive sur ma langue et la lui crache au visage. Surpris, il recule en s'essuyant, mais je ne reste pas pour assister au spectacle. Je retiens mes jambes qui voudraient courir pour m'éloigner au plus vite d'ici, et repars, la tête haute mais le cœur brisé.

Le rire qui résonne depuis le perron est plus effrayant encore que le précédent, et les paroles qu'il me crie résonnent en écho sous mon crâne tandis que je laisse mes larmes couler à flots.

— Tu vois ! Tu es comme moi !

Je tourne à l'extrémité de l'allée, et lorsque je parviens hors de son champ de vision, je me laisse tomber au sol. Mon souffle se fait plus court et mes sanglots inondent ma gorge tout autant que mes pommettes, m'empêchant de respirer. Je revois le tatouage sur l'avant-bras de mon grand-père. Cette suite de chiffres. Je revois la lueur dans ses yeux, les regards qu'il échange avec Marcel. Je voudrais ôter de mon corps tout le sang qu'il contient, ce sang qui a hérité de tant d'horreurs. Est-ce cela qu'a vécu ma mère ? Est-ce cela qu'elle a ressenti ?

Une main se pose sur mon épaule et je sursaute, la repoussant violemment. Maria se tient là. Son regard si doux qu'il fait redoubler mes pleurs. Elle s'accroupit auprès de moi et me tend une photo.

Je renifle et m'essuie les yeux. La femme aux longs cheveux blonds et au regard rieur, aussi bleu que le mien, sourit à l'appareil. Ma mère.

Je n'ai pas le temps de lutter contre la violence de la bourrasque de sentiments qui me frappe que Maria me fait signe de retourner le cliché.

Au dos une adresse, écrite d'une main précipitée mais parfaitement lisible.

Romy Castillo

Appartement 106

Allenby Square 4 Jérusalem 94401

17
Gabriel

21 mars 1943

Pitchipoï. Voilà ce que m'ont répondu ces hommes fatigués lors de mon deuxième soir à Drancy, quand je leur ai demandé où partaient ceux qui, chaque jour, étaient appelés et quittaient le camp.

— Ils montent dans un bus et direction la gare !

Après deux mois ici, c'est tout ce que je sais.

Je ne sais pas plus si je voudrais rester dans cette cour entourée de bâtiments en forme de U, ces HBM[1] qui n'ont pas été terminées et sur les toits desquelles déambulent des dizaines de garde mobiles français, fusil à l'épaule, ou partir dans les camps de travail. Mais qu'est-ce qu'ils croient, franchement ? Des barbelés entourent le camp encadré de miradors ! Ils ne s'imaginent quand même pas que nous allons créer une échelle humaine afin d'escalader les quatre étages ? Et même si l'idée n'était pas déjà suffisamment ridicule, l'état de santé de la majorité des internés est beaucoup trop fragile. Ce n'est pas comme si nous dégustions chaque jour un festin.

Mais si j'étais appelé, si je partais dans ces convois vers l'est, au moins aurais-je un but, une fois là-bas. Travailler pour les Allemands. Dans leur pays ou en Pologne,

1. Habitation bon marché, ancienne dénomination des HLM.

qu'importe. Mais je ne passerais pas mes journées à errer sans but, si ce n'est celui d'être parfois réquisitionné pour tondre la pelouse, et repérer les hommes susceptibles d'être malades pour m'en éloigner le plus possible.

La veille, un jeune garçon a eu ce qui ressemblait à une appendicite. Il a immédiatement été envoyé à l'hôpital Rothschild, à Paris, comme tous les autres malades. Ils nous soignent afin d'avoir le plus de main-d'œuvre possible pour leurs usines…

— Allez, Gaby, souris un peu, me lance Leny en m'assenant un léger coup derrière la tête. Regarde la photo de ta femme, ça devrait t'y aider.

Je sors de ma contemplation et jette un coup d'œil aux clichés que je suis parvenu à conserver. Celui de mon mariage, ainsi que celui de mes parents. Mes yeux se perdent souvent sur la cour que je regarde depuis les fenêtres lorsque je n'y suis pas moi-même. J'observe les allées et venues, et parfois, lorsque l'espoir renaît au creux de ma poitrine parce que Leny ou Marcel m'ont raconté une anecdote amusante et que le soleil brille, je m'imagine en train de croquer le portrait de tous ces gens. Je visualise derrière mes paupières closes les gestes que je ferais, et il m'arrive même de ressentir le poids du pinceau dans ma main, la douceur avec laquelle, imbibé d'aquarelle, il glisserait sur la toile.

Mais Leny, avec son accent du Sud et son teint hâlé, me ramène toujours à la réalité.

— Fais gaffe, *Juden*, ton nez pèse tellement lourd que tu risquerais de tomber par la fenêtre !

Leny est le premier à tourner en ridicule les idées reçues sur les Juifs, en particulier la caricature récurrente de notre nez soit-disant crochu dans la propagande nazie.

— Ça te rendrait bien service, comme ça tu n'aurais plus à être jaloux de mon talent de musicien ! Ni de la beauté de ma femme !

— De mon côté, j'attends toujours de vous entendre jouer pour vous départager ! s'exclame Marcel.

— Toi, le blanc-bec, on pourra causer quand tu nous auras dit pourquoi t'es là !

Mais Leny se laisse quand même tomber sur le lit en fer à côté de notre camarade, et lui ébouriffe les cheveux. Le matin même, il a croisé dans la cour un nouvel arrivant, qu'il nous a présenté comme son cousin, et qui lui a appris que sa femme et sa petite fille avaient été mises en lieu sûr. Depuis, il ne se départ pas de son sourire.

— Je parierais pour résistant ! Y a encore des communistes ici ? Tu serais peut-être bien communiste, sinon.

Je secoue la tête, mais ne peux empêcher les commissures de mes lèvres de se soulever. La seule lettre qui me soit parvenue, bien évidemment déjà ouverte par les autorités, provenait de Jacques, et était accompagnée de linge. Ici, recevoir du courrier ou en envoyer est un petit miracle. Les lettres coûtent cher, et il faut savoir à quel gendarme s'adresser. Dans sa missive, Jacques m'annonçait que tout allait bien et que ses chaussettes n'auraient bientôt plus un seul trou. J'ai tout d'abord froncé les sourcils, me demandant pourquoi il ne me parlait pas plutôt de Myriam, avant de lâcher un soupir de soulagement et de ravaler mes larmes. Ma femme, couturière de métier, était toujours chez eux et se portait bien. Il avait dû se douter que sa lettre serait lue.

— Laisse-le Leny, sinon il va arrêter de…

J'incline la tête. Il sait très bien ce que je sous-entends. Bien que personne n'en parle à voix haute, tout le monde sait que le marché noir fonctionne à merveille auprès des gendarmes. Je ne sais pas comment, mais Marcel a apparemment pu cacher l'argent qu'il avait à son arrivée ici. Combien possède-t-il ? Lui seul le sait. Mais une fois par semaine il sort de sa poche une ou deux carottes, et le même nombre de cigarettes. Alors ni Leny ni moi ne lui posons de questions.

Il est né entre nous, arrivés à quelques jours d'intervalle, une confiance mutuelle et presque immédiate. Une foi construite sur la base d'un accord tacite, celui de ne poser aucune question sur l'endroit d'où nous venons ni sur nos familles. Nous avons surpris trop de confidences qui se sont conclues par des retrouvailles familiales au cœur même de cette cour. La délation va bon train à Drancy.

Je m'assieds sur le lit, à côté de Leny qui préfère rester muet plutôt que de voir le moindre gramme de tabac lui échapper, et laisse mon regard glisser sur l'intérieur de notre dortoir que je connais par cœur. Ses tuyaux de canalisation apparents, son plancher irrégulier en ciment, les mots sur ses murs recouverts de chaux. Le matelas, déjà peu vaillant lors de notre première nuit ici, qui s'est affaissé au fil des semaines.

Depuis notre arrivée, nous avons pris l'habitude de dormir par deux, chacun à notre tour, seul moyen pour nous de combattre le froid glacial de l'hiver. Mais chacun de ces matins, pendant les quelques instants où sommeil et éveil se confondent, où rêves et réalité ne peuvent être distingués, je souris, persuadé que les cheveux noirs que j'aperçois entre mes paupières plissées sont ceux de Myriam.

18
Myriam

3 avril 1943

Le médecin place son stéthoscope sur mes poumons durant quelques secondes, avant de le positionner près de mon nombril, silencieux. Il fixe le mur comme si cela l'aidait à mieux entendre. Marie-France a tenu à le faire venir lorsque je me suis mise à rendre mon petit déjeuner, malgré le risque que cela leur faisait courir, à Jacques et elle. Il est certain qu'accueillir une Juive réchappée de la rafle du Vel d'Hiv n'est pas très bien vu.

J'observe le jeune homme qui continue de m'ausculter, muet, consultant sa montre tandis qu'il écoute maintenant mon cœur, ainsi que l'étoile jaune cousue sur sa veste.

— Vous avez pu continuer à exercer, docteur ?

Il ne dit mot pendant encore quelques secondes avant d'ôter le stéthoscope de ses oreilles.

— Je suis interne. À l'hôpital Rothschild. C'est le seul où j'ai eu le droit de passer mon concours, et je suis également un fervent amateur du pain de M. Jacques Marraud. Ne vous en faites pas.

Le jeune interne pose une main rassurante sur mon épaule.

— Pour quelle autre raison M. Marraud m'aurait-il demandé mon aide, si ce n'est parce que vous ne voulez pas risquer de vous rendre chez un confrère ?

Je soupire.

— Alors dites-moi, Docteur. Qu'est-ce que j'ai ? Un problème à l'estomac ?

Un mince sourire étire ses lèvres. Quelle sorte de médecin est heureux d'annoncer à son patient qu'il est malade ?

— De quand datent vos dernières menstruations ?

J'ai à peine le temps de froncer les sourcils qu'un tourbillon d'émotions m'assaille. Comment ai-je pu ne rien voir, ne rien comprendre ? L'arrestation de Gabriel, la gorge nouée à chaque fois que je sors, les questions qui martèlent mon esprit sans cesse, fuir ou rester, porter l'étoile ou prendre le risque de ne pas le faire, tout cela a masqué ce qui était pourtant évident.

J'ai l'impression que je vais m'évanouir. Une joie immense gonfle dans mon cœur, vite rattrapée par la tristesse de savoir Gabriel loin de moi. Mes larmes surgissent sans que je puisse les retenir, au confluent des deux fleuves de mon cœur. Je souris, je pleure, je gémis et je ris.

Marie-France arrive en courant dans la chambre qu'elle m'a laissée le temps de la visite du médecin, et se précipite à mon chevet.

— Myriam, qu'est-ce qu'il se passe ? Docteur, dites-moi ! Elle est malade ?

L'interne me serre la main, et mes émotions refluent un instant, juste le temps de voir dans son regard une joie pâle, aussi fine que son sourire. Qu'ont pu voir ses yeux pour se voiler ainsi ?

— Félicitations, Madame, vous êtes enceinte.

19
Gabriel

22 juin 1943

— Bah alors, on te manquait tellement que tu n'as même pas essayé de t'échapper de Rothschild ? ironise Marcel, le dos contre le mur.

Le rire de Leny se transforme en plainte.

— Fallait bien que je revienne m'occuper de vous, les gars, vous vous en seriez jamais sortis sans moi.

Une semaine auparavant, alors que Marcel s'était approché du gendarme aux cheveux roux avec lequel il avait l'habitude de troquer deux cents francs contre une cigarette, Leny a dû intervenir.

— Alors comme ça, t'es de la pédale, hein ! s'est exclamé le gendarme. J'aurais cru que t'étais juif, avec tout ce pognon ! M'approche plus, c'est clair ? Tu me dégoûtes.

Et comme si ça ne suffisait pas, le gendarme a poursuivi :

— Sinon, avec les collègues, je serai obligé de fouiller ta piaule pour récupérer tout cet argent que t'aurais même pas dû avoir.

Il a craché au visage de Marcel et Leny s'est placé entre eux, le poing en l'air. Mais un coup de crosse l'a envoyé au sol avant qu'il n'ait pu tenter quoi que ce soit. J'ai empêché Marcel de réagir, persuadé que le sort qui lui serait réservé serait pire que celui de Leny qui encaissait les coups de botte dans l'estomac, jusqu'à ce qu'un autre gendarme vienne l'arrêter.

Leny est revenu de Rothschild ce matin. Il avait été opéré à son arrivée là-bas, sa cicatrice est encore fraîche et son teint, pâle.

— Y avait ce gars, là, Brunner, il paraît qu'il va s'occuper de Drancy maintenant. C'est un petit gars mais ses yeux… Je vous jure, il a des yeux de salaud. Il a fait rapatrier tout le monde ici, et de ce que j'ai vu, j'étais pas le plus mal en point. Ils ont fait tout ce qu'ils ont pu à Rothschild, vous savez, y a même des internes juifs. Je crois qu'ils font sortir des gamins, et nous, les adultes, ils nous gardent le plus longtemps possible mais…

Leny se tait, ce qui ne lui ressemble pas. De la sueur perle sur son front, comme sur le nôtre. La chaleur de ce mois de juin est étouffante, on se croirait déjà en juillet.

J'ai reçu deux autres lettres. Dans chacune, Jacques me fait subtilement comprendre que Myriam va bien. « Tu verrais la magnifique robe que Marie-France portait hier ! » écrivait-il dans sa dernière missive. Mais la peur que mon ami, et par extension ma femme, ne soit suspecté ou surveillé, simplement parce qu'il communique avec moi, m'a poussé, le cœur en miettes, à leur demander de ne plus rien m'envoyer. Myriam a échappé à la Gestapo qui m'a arrêté et est toujours en sécurité chez Jacques, voilà bien tout ce qui m'importe. J'espère désormais que le gendarme que Marcel a soudoyé pour moi peu avant son agression leur transmettra ma lettre.

Je soupire et laisse mon regard vagabonder en même temps que mon esprit. Un autre détenu de notre chambrée, un dénommé Aaron Leibovici, est assis au pied d'un mur recouvert des mots de désespoir laissés par ceux qui nous ont précédés.

Je serre la main de Leny dans un geste de soutien, comme si cette simple étreinte allait lui donner suffisamment de force pour recouvrer une santé correcte, et quitte son chevet. Tandis que je m'approche, je parviens à décrypter les mots que Leibovici finit d'écrire sur le mur.

— Mais le dernier mot est-il dit ? L'espérance doit-elle disparaître ? La défaite est-elle définitive ? Non !

Leibovici fait volte-face, et son visage crispé se détend lorsqu'il s'aperçoit que ce n'est que moi.

— Hartman, fait-il. Comment va Schwarz ?

— Il s'en sort. De qui tiens-tu cette citation ? Napoléon ?

— De Gaulle, il y a trois ans. Le fameux appel placardé sur les murs de Paris par les résistants était légèrement différent de celui qu'il a réellement prononcé ce jour-là.

— Tu l'as entendu ?

— Avant que nos postes de radio ne nous soient confisqués, soupire-t-il. Mais je crains que nous soyons peu à avoir eu cette chance.

Je me laisse tomber à ses côtés, observant les inscriptions, avant de laisser à mon tour ma trace dans ce camp semblable à une forteresse de barbelés.

Allons enfants de l'apatrie, le jour de gloire est arrivé.

Leibovici esquisse un sourire.

— Magnifique jeu de mots, approuve-t-il.

Des pas lourds se mettent à marteler le sol, et nous nous redressons en toute hâte alors qu'un gendarme débarque dans le dortoir.

— Gabriel Hartman ! Joseph Rosenzweig ! Marcel Lenoir ! Leny Schwarz ! Aaron Leibovici ! Michel Kramer !

Il tient une liste et la lit sans nous regarder. Voilà une chose qui m'a étonné à mon arrivée et qui ne cesse de me surprendre jour après jour. Je n'ai jamais vu un seul

Allemand garder le camp. Uniquement des Français. Comme pour le Vel d'Hiv.

— Rassemblez vos affaires ! Ce soir vous dormirez dans les chambres de l'escalier 1 et demain vous partirez par le convoi 55 à la gare du Bourget !

— Et où est-ce qu'il va nous emmener, ce convoi ? fait Leibovici.

Mais les bottes du gendarme ont déjà disparu dans le couloir.

— À Pitchipoï, marmonné-je.

20
Gabriel

23 juin 1943

L'aube pointe à peine lorsque je monte dans le bus à gazogène, le même que ceux que j'ai vus dans les rues le jour de la rafle du Vel d'Hiv. Je soutiens Leny du mieux que je peux, et celui-ci fait tout pour paraître plus fringant qu'il ne l'est réellement. Marcel m'aide à le faire grimper à ma suite, et nous nous regroupons à l'arrière du véhicule. Mes compagnons ont griffonné chacun un mot à leur famille pour leur dire qu'ils quittaient Drancy, et les ont balancés dans la rue. Moi-même, j'ai longuement hésité, avant de renoncer. Je préfère que Myriam et mes amis me croient toujours interné à Drancy plutôt qu'à l'Est, parti pour une destination inconnue.

Les jeunes communistes qui ont entonné des *Marseillaise* dans les coursives cette nuit se sont tus, et seul le silence nous accompagne. Bientôt, je vois arriver des femmes et des enfants qui nous rejoignent dans notre bus. Les mères serrent contre elles ces petits êtres bien trop calmes pour leur jeune âge, et je ne peux m'empêcher de repenser à Myriam, l'imaginant bercer un enfant que nous n'aurons peut-être jamais. Je serre le poing et fais se redresser Leny qui pèse de plus en plus sur moi. Non, je ne dois pas commencer à penser ainsi. La guerre ne durera pas toujours. Je dois me concentrer sur les mots que ma femme m'a tant répétés et y croire. Je vais travailler en Allemagne ou en Pologne, et un jour je rentrerai à la maison. Et ce jour-là, lorsque nous serons à l'abri des rafles et que nous aurons retrouvé notre pays et notre liberté, nous fonderons notre famille.

Le trajet est court jusqu'à la gare du Bourget. Chacun de nous a un moment d'interrogation face aux wagons à bestiaux qui nous attendent. Il y en a une vingtaine, sur les rails.

— Ne t'inquiète pas, chuchote une mère à sa fille, notre train va arriver.

Nous échangeons des regards, et je vois la même incompréhension chez tout le monde. Mais on ne nous laisse pas le temps de réfléchir plus de quelques secondes.

— *Schnell !*

Les policiers français ont cédé la place aux Allemands. Nous sommes poussés vers les wagons, les coups de crosse pleuvent. Les premiers s'accrochent à leurs bagages, mais ceux qui sont trop lents perdent parfois les leurs, poussés par les SS. Pliées dans mes poches, les photos que j'ai réussi à récupérer rue des Abbesses ne m'ont jamais paru aussi précieuses. Elles sont comme un talisman dans lequel je sais pouvoir puiser toute la force nécessaire.

Des familles entières grimpent, piétinent la paille au sol. Je monte à leur suite et Leny pousse un gémissement lorsque vient son tour. Je tends une main sûre à Marcel qui nous rejoint. J'aperçois un seau rempli d'eau et une cuve en bois sale. S'agit-il vraiment de…

— Bah les gars, j'espère que vous avez pas peur de montrer vos fesses, ironise Leny.

Mais cette fois il ne parvient pas à nous arracher un sourire. Le flot de nouveaux arrivants ne s'arrête pas. J'entends parler russe, grec, polonais. Un bébé se met à pleurer. On s'entasse du mieux que l'on peut. Ceux qui s'étaient assis sont obligés de se relever. De l'autre côté de la foule, j'aperçois Aaron Leibovici, Michel Kramer et Joseph Rosenzweig. Ils ont l'air aussi perdus que nous. Lorsque la porte se referme, nous plongeant dans une obscurité quasi totale, nous sommes une soixantaine, si ce n'est plus.

Marcel et moi restons debout afin que Leny puisse s'asseoir.

— L'Allemagne, c'est pas si loin, on sera bientôt arrivés, j'en suis sûr, soufflé-je à mes camarades. Je vous parie que nous n'aurons pas à nous servir de ce baquet !

— Ou alors fais-le maintenant, avant que mes yeux ne s'habituent à l'obscurité, me répond Leny, la tête posée contre ma jambe. Hors de question que je voie ton trou de balle.

Cette fois-ci, je souris et pose la tête contre le métal. Nous n'avons pas la pire place du wagon, et de loin, car au-dessus de nous se trouve l'une des rares lucarnes.

Des heures passent, trois ou quatre peut-être, avant que le train ne s'ébranle enfin. Je soupire, les jambes et les pieds douloureux d'être resté debout si longtemps, le dos couvert de sueur tant il fait chaud. Nous avons tous reçu un peu de nourriture, du fromage, du pain, qui me rappelle douloureusement Jacques. Les enfants se jettent sur leur maigre repas, vite arrêtés par leur mère. On ne sait pas combien de temps durera le trajet, il ne faut pas tout manger tout de suite. Je suis leur conseil.

Les portes s'entrouvrent à chaque arrêt afin de laisser passer un peu de fraîcheur. Certains jettent des lettres sur la route. Puis le train redémarre.

Il roule, roule sans cesse. La peur nous gagne à mesure que la journée passe. La chaleur est de pire en pire. Je m'assieds, écrase une main au passage, puis quelqu'un marche sur mon pied en essayant de se redresser. Ma tête dodeline et je laisse le sommeil m'emporter, seule barrière afin que les heures qui passent dans ce wagon où nous perdons toute humanité ne me brisent pas.

Je me réveille alors que la nuit est tombée, bousculé par une famille qui grimpe sur mon corps comme sur une vulgaire marche. Je crie et les repousse brusquement, étonné de ma propre violence.

— De l'air, marmonne la mère. On veut juste un peu d'air.

C'est à ce moment-là que la puanteur assaille mes narines. Je plaque les mains contre mon nez et retiens un haut-le-cœur. Je me décale comme je le peux, et la femme se hisse sur la pointe des pieds pour atteindre la lucarne.

— Ça va, le dormeur ? fait Marcel à mon oreille. Je sais pas comment t'as fait pour t'endormir dans ce merdier.

Et l'odeur ne peut que lui donner raison.

J'humecte mes lèvres sèches. J'ai l'impression que toute ma salive a quitté ma bouche. Ma gorge est aussi brûlante que l'air autour de moi. Je m'avance comme je le peux jusqu'au tonneau, m'excusant à chaque plainte que je provoque dans mon avancée laborieuse. La lueur de la lune ne parvient pas à filtrer à l'intérieur du wagon. Je plonge la main dans le tonneau, un goût de bile dans la bouche, et suis effrayé par le peu d'eau qu'il reste à l'intérieur. Les Allemands vont-ils le remplir bientôt ?

Je lape le contenu de ma paume comme un animal et grignote un morceau de pain qui ne me rassasie pas. Les mains jointes en forme de bol, je rapporte un peu d'eau jusqu'à ma place et la fais couler doucement entre les lèvres de Leny.

— Merci *Juden*, marmonne-t-il d'une voix rauque.

Le lendemain, le soleil a l'air de ne pas vouloir se lever. Les heures s'éternisent, la chaleur est accablante, l'odeur, pestilentielle et les pleurs des bébés, déchirants. Il doit être midi lorsque le train ralentit le long d'un quai que je distingue par la lucarne. Je ne parviens pas à lire de panneau, mais mon cœur cogne dans ma poitrine.

— Marcel, Leny ! On est arrivés !

Les Allemands ouvrent les portes du wagon, et bien que le souffle qui pénètre à l'intérieur soit étouffant, il a au moins le mérite de chasser quelques secondes l'odeur du baquet rempli à ras bord. Mais mon enthousiasme est de courte durée lorsqu'un soldat arrache du wagon deux personnes afin qu'elles vident la caisse pleine de nos excréments, et remplissent le tonneau d'eau.

— Rappelle-moi de ne plus t'écouter, Gaby, ironise Leny.

Il ne s'est pas levé depuis notre départ. Je profite de la lumière du jour pour soulever son maillot de corps et observer sa plaie. Elle est plus rouge qu'à Drancy, plus boursouflée également. Je n'y connais rien en médecine, mais son aspect ne me dit rien qui vaille.

— Alors ?

Je lui souris et recouvre son ventre.

— Alors je te parie que tu vas avoir droit à des vacances avant de nous retrouver à l'usine, là-bas, en Allemagne.

Bientôt les portes se referment, et le convoi repart.

Le lendemain, on nous laisse sortir sous la surveillance accrue des Allemands qui menacent de tirer si l'on tente de s'enfuir. Nous sommes en pleine campagne, leurs armes sont serrées dans leurs mains, nous voyageons depuis deux jours. Personne ne tente quoi que ce soit. Avec Marcel, j'aide Leny à descendre. Je l'observe tituber avant de retrouver son équilibre, et retiens un soupir de soulagement. Il n'est peut-être pas en si mauvaise santé que ça.

Certains ont à peine le temps de faire leurs besoins le long de tranchées, entourés de deux haies de soldats, avant que les Allemands ne les bousculent et ne les forcent à remonter dans le wagon.

Je voudrais me laisser tomber, m'allonger de tout mon long, mais nous sommes trop nombreux pour ça. J'entends des sanglots, parfois le bruit de ceux qui se rendent sur le baquet, les pleurs des enfants. Alors je pense à Myriam. Je serre les mains de mes compagnons d'infortune. Comment les Allemands peuvent-ils nous faire ça ?

Lorsque le train ralentit pour la dernière fois, après trois jours et deux nuits d'enfer, une vague d'espoir et de soulagement parcourt les rangs.

— Qu'est-ce que tu vois, Hartman ? me lance Leibovici à l'autre bout du convoi.

J'observe par la lucarne, et à travers l'obscurité du crépuscule, j'aperçois un panneau.

— *Oświęcim*, déchiffré-je. Auschwitz, c'est en Pologne, ça ?

Des souvenirs qu'il me reste de mes premières années de vie à l'Est, la géographie n'est pas en tête de liste.

— C'est pas loin de Cracovie oui, poursuit Marcel, debout à mes côtés.

J'humecte mes lèvres desséchées et pose une main sur mon estomac douloureux. J'ai fini ma ration la veille, et la faim me tenaille le ventre.

— Y a des usines ? s'enquiert une femme à quelques mètres de moi.

Le train s'immobilise. Je vois des baraquements et au loin une cheminée qui crache une fumée noire.

— Oui, cette fumée-là, elle doit provenir d'une usine ! Ça doit être là-bas qu'on va travailler !

La main de Leny, toujours assis, serre la mienne plus fort qu'elle ne l'a fait jusque-là.

Nous sommes arrivés. Le plus dur est passé.

21
CALEB

21 juillet 1989

J'observe l'aéroport de Sao Paulo, encore flambant neuf quatre ans après sa construction. C'est en tout cas ce que j'ai réussi à traduire du panneau d'affichage après avoir cherché chacun des mots dans mon dictionnaire. J'ai conscience de tout faire afin de grappiller du temps avant d'appeler ma mère.

Je sors l'énorme téléphone de mon sac à dos et l'observe sans oser appuyer sur les touches. Pourtant je sais pertinemment que je vais devoir le faire, et pas seulement pour lui demander d'aller à la banque afin que je puisse acheter mon billet pour Jérusalem. Je ne peux pas lui cacher l'horrible découverte que j'ai faite ici.

J'ai l'impression que ma trachée rétrécit à mesure que je laisse les minutes s'égrener et mes pensées divaguer. Je sais déjà ce qu'elle va se dire lorsque je lui annoncerai que je suis le petit-fils d'un nazi, que je partage le sang de celui qui a brisé son père. Elle se dira qu'elle aurait préféré avoir un autre enfant que moi, elle regrettera de m'avoir adopté. Mais elle me le cachera. Je ne l'entendrai pas dans ses mots, mais dans sa voix. Et mon grand-père Gabriel… Comment pourra-t-il accepter de me revoir un jour, de me laisser rentrer chez lui ?

Je repense à la gifle qu'il m'a assenée juste avant mon départ de la maison. Peut-être était-elle méritée finalement…

Les touches du téléphone me narguent, et rien que leur vision fait naître en moi un sentiment de culpabilité quasi viscéral. Ma famille a dû dépenser une fortune pour acheter l'un de ces tout derniers téléphones, d'autant plus avec une couverture mondiale.

Je sors de mon sac un carnet où sont notés les différents numéros de mes proches, trouve celui de ma mère, et enfonce les touches correspondantes. Chaque sonnerie augmente un peu plus l'angoisse qui grandit en moi.

La voix grave qui décroche le combiné me fait sursauter, et je peine à articuler un mot.

— Allô ? répète mon grand-père.

— Papi, c'est moi.

Je ne lui ai pas parlé depuis son anniversaire. Je lui en voulais encore trop pour appeler chez lui. Aujourd'hui, je me rends compte que mes états d'âme étaient dérisoires.

— Oh Caleb, si tu savais comme je suis heureux de t'entendre ! Je suis chez ta mère, elle est partie faire des courses et j'en profite pour préparer l'apéritif. Tu sais comme elle aime la tapenade. Elle m'a dit que tu allais bien. Ça ne m'a pas empêché de me faire un sang d'encre pour toi. Elle a refusé de me donner ton numéro, mais je voulais m'excuser à l'instant même où je t'ai giflé.

L'émotion et l'amour sincères dans sa voix contrastent avec le ton de l'homme que j'ai rencontré la veille. Ce constat ravive encore plus la honte qui me ronge depuis.

— Non papi, surtout ne t'excuse pas, je…

L'émotion me prend à la gorge et je ne parviens pas à lutter contre les larmes qui débordent de mes yeux.

— Que se passe-t-il, Caleb ? Tu vas bien ? C'est à propos de ta mère biologique ? Elle a mal réagi ?

L'inquiétude perce dans sa voix. J'aurais tellement aimé qu'il ne s'agisse que de ça.

— Non, elle n'était pas là, balbutié-je entre deux sanglots. Papi, c'est à propos de mon grand-père biologique.

— Calme-toi, raconte-moi ce qu'il s'est passé.

Moi qui croyais devoir tout d'abord faire face au dégoût silencieux de ma mère, je vais devoir affronter la colère de mon grand-père. Cette colère née de la haine qu'il doit contenir depuis plus de quarante ans. Une colère naturelle, parfaitement humaine et légitime, mais contre laquelle je n'ai rien pour me protéger.

Alors je lui explique tout. Mot pour mot. Je retranscris chaque détail de notre conversation, chacune des pensées qui m'ont effleuré. Je ne peux m'empêcher de lui dire que je ressemble à cet homme, de lui parler de cette similitude que je refuse d'accepter. Et je lui confie ma peur, sourde mais bien là, que si je possède les caractéristiques physiques d'un monstre, j'ai peut-être hérité de celles de son âme.

Mon grand-père garde le silence durant plusieurs secondes, si interminables que j'ai peur qu'il ait raccroché.

— Papi ? Tu es là ?

— Rentre à la maison.

Le timbre éraillé de sa voix masque mal sa douleur et intensifie davantage la mienne. En particulier parce que je sais que ma réponse ne va pas lui plaire.

— Je ne peux pas, je dois retrouver ma mère biologique. J'ai une adresse et je dois juste parler à maman, déblatéré-je aussi vite que je le peux afin qu'il ne m'interrompe pas. Elle a procuration sur mon compte bancaire, elle doit seulement faire un virement depuis mon livret A et…

— Attends, tu veux encore retrouver cette femme ? La fille de ce nazi ?

Ces mots me frappent plus durement encore que sa gifle, et je pince les lèvres.

— Ma mère biologique n'a rien à voir avec Hitler et les nazis, je ne sais même pas quel âge elle avait lorsque…

— Et eux, tu crois que ça leur importait, ce genre de considération ? s'emporte-t-il. Avoir des parents juifs était largement suffisant, peu importe l'âge, vois-tu ! Pour ces fous il n'y avait que le sang…

— Qui comptait.

Je ferme les yeux et entends mon grand-père balbutier à l'autre bout du fil. Je savais que cette conversation allait s'avérer douloureuse, je croyais y être préparé. Espérance naïvement illusoire.

— Non Caleb, je…

— Si pour toi elle n'est que la fille d'un nazi parce que seul son sang compte, alors je ne suis que le petit-fils d'un monstre bien plus que je ne suis le tien.

— Caleb, non…

Mais je ne le laisse pas poursuivre.

— Préviens seulement maman pour le virement. Ou bien ne lui dis pas. Peu importe. Je travaillerai ici pour gagner suffisamment d'argent s'il le faut. Quoi que tu décides, je ne rentrerai pas avant d'avoir trouvé cette femme.

J'enfonce le bouton interrompant l'appel. J'arrache la montre qui pèse désormais à mon poignet, et à défaut de pouvoir la jeter au sol pour avoir la satisfaction de la voir réduite en miettes, je la serre aussi fort que je le peux dans ma paume, les dents serrées, les lèvres retroussées. Puis la pression que j'exerce sur le cadeau de ma mère se relâche, mes épaules s'affaissent, et mes pleurs redoublent. J'ouvre mon sac à dos avec peine, et enfonce ma montre au milieu des vêtements qui s'y trouvent.

La colère et le chagrin se disputent mon cœur comme deux chiens enragés un morceau de viande.

Il n'y avait que le sang qui comptait.

Les mots de mon grand-père Gabriel font douloureusement écho au sentiment qui m'étreint depuis que je connais l'histoire de mes origines. Mais je ne veux pas y croire. Je veux conserver l'espoir que je ne suis pas seulement ce que mes gènes font de moi, que je ressemble plus à ceux qui m'ont élevé qu'à ceux qui partagent mon sang. Et je veux croire qu'il en est de même pour ma mère, cette femme qui n'a pas remis les pieds ici depuis dix-huit ans, qui ne voulait pas que je vienne dans ce pays, qui ne voulait pas que je souffre.

Je veux croire que mon cœur a plus de poids dans ma vie que mon sang.

22

Gabriel

25 juin 1943

La porte s'ouvre brusquement sous les aboiements des bergers allemands et de leurs maîtres.

— *Schnell !*

Tout le monde se bouscule, et, Marcel et moi, nous aidons Leny à se relever. À la lueur qui pénètre dans le wagon à bestiaux, j'aperçois ses cernes noirâtres et sa main qui ne quitte pas son ventre.

— Allez Leny, on y est presque, lui soufflé-je.

Un homme en tenue rayée apparaît dans l'encadrement et se saisit des bagages que les passagers ont pu emporter de Drancy. J'entends quelques phrases échangées en yiddish, et regrette pour la première fois que mon père ne m'ait pas transmis sa connaissance de cette langue. Les rares mots que je saisis, « enfants », « mères », ne me permettent pas de comprendre de quoi il retourne.

— Qu'est-ce qu'il dit ? s'enquiert Marcel.

— Que les mères doivent laisser leurs bébés aux plus vieux, fait Leny. Les enfants aussi. Que ceux qui sont plus grands doivent dire qu'ils ont dix-huit ans.

— Quoi ? la coupé-je. Mais c'est insensé, pourquoi est-ce que…

L'ombre d'un Allemand abat son bâton entre les omoplates d'un homme âgé qui ne descendait pas du wagon suffisamment vite à son goût, et je me tais, réprimant une exclamation outragée. Je n'ai pas d'affaires à abandonner derrière moi, mes deux photos sont toujours posées contre mon cœur, alors je me précipite au bas du train en traînant Leny.

La foule descend de tous les autres wagons, inondant les rails et l'herbe sèche qui les entoure. Combien sommes-nous ? Cinq cents ? Six cents ? Les chiens aboient, les enfants pleurent et les soldats nous font nous ranger sur le côté. Des camions se remplissent de personnes âgées, de familles, de femmes avec leurs enfants.

— Le chemin est long ! nous indique-t-on d'une voix qui couvre nos murmures d'incompréhension. Ceux qui ne peuvent pas marcher ou qui sont trop fatigués pour ça, montez dans les camions ! Le reste de votre famille vous rejoindra à pied.

Marcel et moi posons les yeux sur Leny, à peine remis de son opération. Avec sa cicatrice à l'aspect douteux, le voyage jusqu'ici lui a coûté une bonne partie de ses forces.

— Pourquoi vous me regardez comme ça, les gars ? C'est pas que vous croyez que vous allez vous débarrasser de moi aussi facilement ? Faut bien quelqu'un pour vous surveiller.

J'esquisse un sourire, et, mon épaule sous son aisselle, je l'entraîne jusqu'au camion le plus proche où je reconnais certains visages que j'ai aperçus dans notre wagon. Mon ami ne me repousse pas.

— Ne joue pas au héros, Leny ! T'as vu ce que ça t'a coûté, la dernière fois ? fait Marcel en désignant son abdomen.

— Faut que tu te remettes avant de venir bosser avec nous, d'accord ? insisté-je en le plantant au bas du véhicule. De toute façon tu n'as pas le choix, *Juden*, il est hors de question que je te porte sur des kilomètres !

Il laisse échapper un ricanement face à mon imitation, et ce son résonne étrangement dans l'atmosphère lourde qui règne autour de nous, au milieu des effluves âcres des autres passagers, des grognements des chiens et des ordres hurlés par les Allemands.

— Sacré accent.

Puis il me serre la main et m'offre une rapide accolade avant qu'un coup de gourdin ne lui atteigne l'épaule, le forçant à s'éloigner de moi.

Il grimpe comme il peut dans le camion, le visage chiffonné et la main crispée sur son épaule.

— T'es un bon gars, *Juden* ! On se retrouve là-bas !

J'ouvre la bouche pour lui répondre, mais le camion se met en marche tandis que l'on me pousse à droite. La foule sur les voies se raréfie. Les hommes sont rangés d'un côté, les femmes, de l'autre. Je vois des couples que l'on sépare, un SS tire les longs cheveux d'une femme qui ne veut pas se détacher de son mari, et dont les cris sont vite étouffés par un coup de bâton. Je ne peux m'empêcher d'imaginer le visage de Myriam sur celui de chaque jeune femme que j'aperçois, et mon souffle se coupe. Alors je fixe la nuque de l'homme devant moi et avance le long des fils barbelés, une boule dans la gorge.

23
Gabriel

25 juin 1943

On nous pousse sans ménagement. Je sens le bras de Marcel collé au mien et je me concentre sur cet unique contact. J'essaye de faire abstraction de tout ce que j'entends autour, des cris des enfants qui appellent un parent dans la file d'en face, du bruit sourd des matraques qui s'abattent sur les plus récalcitrants. J'essaie d'oublier la faim qui me broie l'estomac et la soif qui rend ma bouche pâteuse.

— Où est-ce qu'on est tombés ? marmonne Leibovici dans mon dos.

Nous nous sommes regroupés sans vraiment nous en rendre compte dans les rangées qui s'ordonnent le long des voies, Marcel, Aaron Leibovici, Joseph Rosenzweig, Michel Kramer, le plus vieux d'entre nous, ancien combattant de la Grande Guerre, et moi-même.

Des voix chuchotent devant nous. Je reconnais du polonais. Je n'ai plus dit un mot dans cette langue depuis mon enfance, mais les phrases prennent sens dans mon esprit.

— Ils nous trient, expliqué-je à mes camarades, en rang derrière moi. Ils nous trient comme du bétail.

— Ouais, sauf que le bétail, lui, on l'envoie à l'abattoir, répond Leibovici.

— Les camps de travail, ça peut être pire que l'abattoir, fait Marcel.

J'arrive à mon tour devant un Allemand. Il me jette un coup d'œil, me jauge, et je ne détourne pas le regard. Je déteste me battre, je sais que les mots ont toujours un impact plus puissant que n'importe quel coup de poing, je sais que la musique et la peinture, l'art, peuvent arracher la même larme qu'une gifle. Mais devant le regard vide de considération que me porte cet homme, une colère en moi bouillonne, crispe mes muscles, gonfle ma poitrine. D'un geste, il m'envoie de l'autre côté d'une ligne imaginaire, tandis que l'homme devant moi, aux rides prononcées et aux cheveux blancs salis par le voyage, se trouve dans une rangée opposée.

Bientôt, nous ne sommes plus qu'une soixantaine à partir vers le camp. Les autres, tous plus faibles ou jugés inaptes à travailler, d'après ce que j'ai compris, y ont déjà été emmenés.

— Vous le retrouverez tout à l'heure ! s'exclame un SS lorsqu'un garçon, à peine majeur, refuse de quitter son père boiteux. Vos familles vous attendent là-bas, ne traînez pas !

Nous nous mettons en route. Les abords du quai sont jonchés de tas de valises, de vêtements. Marcel, Leibovici et les autres sont toujours là, dans ce silence pesant, ce qui ne rend que plus bruyante encore l'absence de Leny. Je revois sa cicatrice, son front perlé de sueur et sa démarche hésitante. Les Allemands vont-ils le soigner correctement ? Malgré les coups que je n'ai que trop vus depuis notre départ de Drancy, je garde foi en l'espèce humaine. Ce sont peut-être des boches, mais s'ils l'ont envoyé se faire soigner à Rothschild, ce n'est pas pour le laisser mourir maintenant.

— T'inquiète, c'est un dur, il va s'en tirer, murmure Marcel comme s'il avait lu dans mes pensées.

Il me serre le bras tandis que nous nous arrêtons devant un bâtiment tout en longueur. Nous avons dû marcher un kilomètre. Pourquoi avoir écarté l'homme boiteux si le chemin n'était pas aussi long que nous avions pu le croire ? L'image de Leny se rappelle à ma mémoire et je pince les lèvres. Il nous aurait été facile de le transporter sur une si courte distance. Beaucoup de ceux qui étaient dans les camions auraient sûrement pu marcher jusqu'ici.

Mais je n'ai pas le temps de me poser plus de questions.

— *Ausziehen !* hurlent les Allemands.

Nous nous jetons des coups d'œil à travers l'obscurité. Certains commencent à ôter leurs chaussures. Je fais de même sans vraiment comprendre tandis que les matraques se lèvent autour de nous.

— *Schnell ! Ausziehen !*

Leibovici s'accroupit pour défaire ses lacets.

— Il faut qu'on se déshabille, chuchote-t-il à notre petit groupe.

Je fronce les sourcils, mais ne pose pas de question et enlève ma veste. Je m'apprête à déboutonner ma chemise lorsque je suspends mon geste, mon cœur pulsant dans ma gorge. Les photos. Je les sais trop grandes pour tenir dans mon poing. Le temps que je les plie suffisamment, j'aurai déjà pris un coup de matraque.

Un premier coup s'abat contre mes côtes, et je m'affale au sol. Je remarque que la plupart des hommes autour de moi sont torse nu, alors, malgré la douleur qui me transperce à chaque inspiration et le maelstrom de sentiments qui embue mes yeux, je me redresse, défais ma chemise, ôte mon pantalon, et abandonne avec une souffrance immense les dernières images de ma vie d'avant.

— *Ausziehen !*

Nous nous jetons des regards effarés, mais les Allemands ne nous laissent pas le temps de protester ni de réfléchir qu'ils lèvent de nouveau leurs gourdins.

Alors nous enlevons la dernière couche de dignité qu'il nous reste, et nous retrouvons nus, sous les regards supérieurs des SS dans leurs uniformes clinquants. Ensuite on nous fait entrer en ligne dans ce qui ressemble à un entrepôt où des hommes se tiennent assis derrière des tables devant lesquelles on nous place. J'ai un moment d'hésitation devant ces hommes qui n'ont rien des Allemands qui nous ont molestés depuis Drancy. Leurs tenues rayées sont plus usées que les semelles d'un marcheur. On pourrait croire qu'ils les portent jour et nuit depuis des années. Ils flottent dans leur accoutrement de bagnards, la peau de leurs joues tendue sur leurs pommettes saillantes.

Michel Kramer est le premier à s'approcher. Il ne s'est pas départi de son air fier et militaire d'ancien combattant. Mais son charisme semble avoir disparu en même temps que ses habits. Michel sursaute lorsque l'un des prisonniers le saisit par la nuque et entreprend de lui raser le crâne. Je reste abasourdi devant la scène, observant ses cheveux poivre et sel tomber au sol. Ses aisselles subissent le même sort, mais quand l'homme écarte les mains de Michel de son entrejambe, celui-ci lui assène une gifle monumentale. L'homme titube et le bâtiment entier tremble sous le coup de feu d'un SS.

Michel tombe au sol, un trou béant dans la nuque. Un liquide chaud coule sur ma joue, et du dos de la main j'essuie le sang qui a giclé sur mon visage. Ils ont tiré. Sans coup de semonce.

Un SS fait signe à un homme en tenue rayée. Il se lève, sans aucune expression sur le visage, et tire le cadavre de mon camarade par les bras, le traînant jusqu'à l'extérieur du bâtiment.

— *Los ! Schnell !* hurle le soldat qui vient de tuer l'un des nôtres.

Alors je m'avance à mon tour, et lorsque l'on me saisit le cou, je sens le liquide chaud et poisseux s'infiltrer entre mes orteils. Mes boucles noires tombent au sol, mais je ne baisse pas le menton et ne me débats pas, même lorsque je dois lever le bras gauche et que la douleur irradie dans mes côtes endolories. Je ne leur donnerai pas le plaisir de m'exécuter moi aussi. Non, je leur ferai l'affront de vivre.

Tout se passe extrêmement vite. Tout est parfaitement rodé. Tels les rouages d'une machinerie que j'imagine huilée du sang des Juifs. Un nouveau prisonnier désinfecte les parties désormais imberbes de mon anatomie, frottant ma peau comme s'il récurait une assiette crasseuse. On nous pousse ensuite dans une salle au sol en caillebotis en bois surplombés de pommeaux de douche. Lorsque l'eau se met à couler, je jette un regard à Marcel que je peine à reconnaître avec son crâne nu. Son visage est défait, ses yeux, sur le point de déborder.

Aaron Leibovici frotte la crasse de ses pieds à côté de moi, et même à l'eau froide, sans savon ni serviette, je ne peux qu'apprécier ce semblant d'hygiène après trois jours dans des wagons à bestiaux pestilentiels.

— Alors comme ça, tu parles allemand ?

— Je suis né en Allemagne.

Leibovici n'en dit pas plus et continue à se nettoyer du mieux qu'il peut.

— Faut que la mort de Michel nous apprenne quelque chose, nous dit-il au moment où l'eau se tarit, bien trop vite à notre goût à tous. Ils veulent qu'on crève, alors on va tout faire pour survivre à ce qui nous attend, OK ?

Marcel s'avance vers nous, suivi de Joseph Rosenzweig.

— On va le faire ensemble, et on va le faire même si ça veut dire obéir à ces salauds et fermer nos gueules, d'accord ?

Nous avons à peine le temps d'acquiescer que l'on nous ordonne de sortir des douches. Les effluves de détergent se mêlent à la transpiration que l'eau seule n'a pas réussi à nettoyer.

On nous jette à chacun des vêtements puant le désinfectant. Ils sont sales, abîmés, choisis complètement au hasard. J'hérite d'un pull en grosse maille, d'un long bout de tissu qui a dû autrefois être une chemise, d'un caleçon long et de godillots dépareillés. Marcel n'est pas mieux loti, avec des chaussures trop petites et un pantalon qu'il peine à enfiler. Il est évident que ces vêtements n'ont pas été lavés, et j'élude la question de leur provenance en la reléguant aussi loin que possible dans mon esprit.

Mais il y a une autre question que je ne peux refouler, et qui me hante depuis que j'ai franchi le seuil de ce grand bâtiment vide.

— Leibovici, chuchoté-je tandis que je noue mon pull autour de ma taille. Il faut que tu demandes aux SS où sont les autres. Leny est avec eux. On était tous dans la même chambrée à Drancy, alors si tu pouvais…

Les narines d'Aaron frémissent et sa mâchoire se crispe, mais il se tourne malgré tout vers l'un des officiers, et lui dit quelques mots en allemand. Le SS part d'un rire guttural, très vite repris par un autre, avant de lui répondre sur un ton sournois qui me fait serrer les poings. Je ne comprends pas ce qu'il dit, je le vois seulement désigner l'extérieur, où à travers les ouvertures, j'aperçois la fumée de l'usine onduler devant la lune.

Lorsqu'il a fini, Leibovici blêmit subitement, et je dois le secouer par l'épaule.

— Il… Non, il a dit ça pour nous faire peur, c'est tout, ce n'est pas possible.

— Accouche, Leib' ! insiste Joseph.

— Il dit qu'à l'heure qu'il est, ceux de notre convoi sont partis en fumée. Qu'on les a envoyés à poil dans des douches, mais qu'à la place de l'eau, il y avait du gaz. Qu'ils sont tous morts et brûlés en ce moment même. Qu'on porte les vêtements de ceux arrivés avant.

Je retiens un haut-le-cœur. Mes mains tremblent, comme si mon corps avait assimilé l'horreur de ces informations plus vite que mon cerveau. Puis l'immonde vérité me percute de plein fouet, gicle comme le sang de Michel Kramer sur mon visage.

Nous ne reverrons jamais Leny.

Je l'ai fait monter dans ce camion.

Je l'ai tué.

24

Gabriel

7 juillet 1943

Dans le bloc de quarantaine où l'on nous a entassés, nous ne sommes plus des humains aux yeux des Allemands. Nous sommes des *untermensch*. Moins que des hommes. J'ai moi-même plus de respect pour mes palettes de peinture usagées que les SS n'en ont pour nous. Et que dire des kapos… J'apprends vite qu'il s'agit de prisonniers de droit commun condamnés à de lourdes peines, tirés des prisons allemandes pour diriger le camp à leur place. Des hommes violents à qui l'on donne à la fois le droit, mais aussi les moyens de laisser libre cours à leur folie, à leur animalité la plus profonde. Bien que prisonniers eux-mêmes, ceux-là sont sans nul doute les pires.

Les journées sont interminables, les rations, plus maigres les unes que les autres. Le café qu'ils nous donnent n'est rien de plus qu'une eau tiède et brunâtre. Deux louches pour cinq hommes, que nous buvons tous à la même gamelle. Le cinquième jour, lorsque j'ai croqué dans une portion de pain noir, j'ai fermé les yeux afin de fouiller au plus profond de mes souvenirs qui me paraissent être ceux d'une autre vie, afin de retrouver le goût délicieux du pain de Jacques. Mais les souvenirs ne sont pas suffisants.

Et chaque jour je vois cette fumée sombre que crache la grande cheminée du camp, rappel incessant de mon horrible décision. Cette vision est plus douloureuse encore que si l'on faisait tourner le fil d'une lame sur ma peau.

J'ai vite compris que malgré la chaleur de l'été, le pull reçu à mon arrivée était une chance incroyable. Il me reste, de mes souvenirs d'enfant, quelques images de l'hiver en Pologne. Un hiver rude, froid. Un hiver qui sera certainement tout aussi difficile à traverser que l'été. Alors chaque nuit je dors dessus, l'accroche sous mes aisselles et le serre dans mes mains. Les vols sont monnaie courante dans les baraques.

— Tu leur as dit que tu étais juif, soufflé-je à Marcel à côté de moi alors que nous avançons vers les latrines. Je t'ai entendu à notre arrivée, avant…

Je tends devant lui mon avant-bras gauche où mon tatouage cicatrise encore.

107971. Ein hundert sieben tausend neun hundert ein und siebzig. Ce nombre qui est désormais mon nom, je dois être capable de le déclamer d'une traite, peu importe mon état de fatigue, dans un allemand impeccable. Ces chiffres gravés dans ma chair à jamais.

Marcel passe sa main sur le triangle jaune et rouge qui a été cousu sur sa chemise. Je n'avais pas réellement pris conscience de la folie de son geste avant de voir, la veille au soir, des détenus portant des triangles de couleurs différentes, et de comprendre que celui-là nous reléguerait au plus bas de la hiérarchie d'Auschwitz.

— Tu aurais pu avoir le triangle rose !

— Je ne savais pas où ils allaient m'envoyer. Alors après ce qui est arrivé à Leny, pas question que l'on soit séparés.

La lueur dure que j'aperçois dans ses yeux m'arrache un soupir désolé. Mon regard se porte sur son avant-bras, encore rougi et boursouflé à l'endroit où l'encre s'est infiltrée dans sa peau. Il n'est plus Marcel Lenoir. Pour l'Allemagne et pour le camp, il est le numéro 107972. Cela signifie-t-il que plus de cent sept mille autres Juifs ont subi le même sort avant nous ? Et si c'est bien le cas, combien d'autres encore ont été envoyés directement dans les chambres à gaz ?

Je frotte mon bras tandis que nous avançons dans la file, ma vessie prête à exploser, les entrailles douloureuses de me retenir si longtemps.

— On va survivre, hein ?

Marcel pose sa main sur mon poignet tandis que nous avançons encore d'un pas.

— On va survivre.

Je suis effaré de voir comment une quinzaine de jours ici ont pu transformer cet homme que je pensais si bien connaître, après avoir passé six mois interné avec lui, mais également la façon dont cela transparaît dans la dureté de ses traits et de son regard. L'homme que j'ai rencontré à Drancy est resté sous le panneau en fer forgé à l'entrée du camp. *Arbeit macht frei*, disait-il. Le travail rend libre. Mais nous n'y croyons plus. Nous espérons seulement que les Alliés libéreront le camp avant que les *Kapos* ou les SS n'aient raison de nous.

— *Schnell !* hurle un Allemand à la mine patibulaire.

— Cette nuit j'ai rêvé que je lui écorchais le visage sur les fils barbelés, murmure Leibovici. Pour qu'il arrête de nous gueuler dessus avec sa voix aussi grasse que ses cheveux.

— Tu es au courant qu'ils sont électrifiés, n'est-ce pas ? Que tu y serais resté aussi ?

Aaron Leibovici hausse les épaules, comme s'il s'agissait d'un prix tout à fait acceptable pour mettre fin à la domination malsaine du *Kapo*.

Nous arrivons à l'entrée des latrines, de simples bancs de béton au milieu d'une baraque, percés de trous en quinconce. L'odeur est épouvantable, sûrement de pire en pire chaque jour. Un haut-le-cœur fait remonter mon estomac dans ma gorge lorsque je m'avance devant un trou duquel un prisonnier vient d'être éjecté alors qu'il était encore en train de faire ses besoins. Le béton est souillé d'urine et d'excréments. Je fais de mon mieux pour ne pas en toucher la surface, mais la lourde main de notre chef de block s'abat sur mon épaule et m'oblige à m'asseoir. Je sais Marcel juste à côté de moi, et même si la pudeur a disparu, nous conservons les yeux fixés au sol par respect. Le pire qu'il puisse nous arriver ne serait pas de mourir ici, mais de devenir comme ces hommes brutaux pour qui l'humanité n'est plus qu'un concept abstrait.

Je remonte mon caleçon long, déjà rêche de saleté et d'immondices. D'après les plus anciens du baraquement de quarantaine, les haillons que l'on nous a fournis, car on ne peut décemment pas nommer cela des vêtements, ne sont jamais lavés mais désinfectés une fois par mois.

Nos jambes nous portent jusqu'à nos places habituelles où nous nous rangeons pour l'appel. Inlassablement, matin et soir, les Allemands nous comptent, recomptent, jusqu'à ce qu'ils soient sûrs que nous sommes tous là. Ou jusqu'à ce qu'ils se lassent de ce petit jeu. Le dos droit, j'ai vite appris à ne pas les regarder dans les yeux après que Marcel a été violemment frappé à la mâchoire.

— Ne leur fais pas ce plaisir, lui a rappelé Leibovici.

Les pieds endoloris, les lèvres sèches, le visage et les yeux brûlés par le soleil de l'été qui s'élève dans un ciel sans nuages, je lâche un soupir de soulagement lorsque l'on nous annonce la fin de l'appel.

— Toi là ! me crie un *Kapo* que je n'ai encore jamais vu. Et toi ! Venez par là !

Il désigne Joseph dans la rangée derrière moi, et nous nous avançons tandis que Marcel, Aaron et la soixantaine de rescapés du train dans lequel nous étions des milliers retournent dans la baraque de quarantaine.

Sans un mot de plus que nécessaire, il nous désigne un groupe de quelques hommes qui s'éloigne vers l'une des sorties du camp d'Auschwitz, encadré de SS. Furtivement, comme une éclaircie dans un ciel sombre, un espoir vain et ridicule me traverse. L'espoir d'une libération, d'une évasion, qu'importe. D'un coup d'œil, je vois le même espoir traverser le regard frangé de longs cils de Joseph.

Nous accourons à leur suite et les rattrapons un peu avant qu'ils ne dépassent les fils barbelés. Un SS, fusil au poing, nous dévisage d'un air débordant de supériorité.

— N'oubliez pas, déclame-t-il dans un français approximatif, vous êtes entrés ici par la porte, vous ressortirez par la cheminée.

Ces mots manquent de me clouer sur place, mais je connais la sentence si je m'avise de ralentir l'allure. Alors j'essuie la sueur qui coule le long de mon nez et observe le ciel bleu. J'imagine Myriam, assise sur le tapis devant la cheminée éteinte de Jacques et Marie-France, un rayon de soleil jouant sur ses cheveux noirs, contemplant la même toile azur que moi. Non, je ne perdrai pas espoir. Pour elle.

Nous arrivons le long d'un cours d'eau auprès duquel je me précipite pour m'abreuver. L'eau claire ruisselle sur ma langue, apaise la brûlure de ma gorge. Le bruit sourd des pas du SS me parvient et j'enfouis ma tête dans l'eau, en gobe autant que je peux avant qu'il ne me tire par le col. La crosse de son fusil me percute l'estomac et il plaque une pelle contre mon torse avant de s'éloigner.

Je repère le crâne allongé de Joseph à quelques mètres de moi, et le rejoins en frottant mon abdomen. Mais la douleur vaut bien ces quelques gorgées d'eau pure.

— Qu'est-ce qu'il veut que je fasse avec…

Devant nous, les uns après les autres, les internés empoignent leur pelle et l'enfoncent dans un tas de poussière charbonneuse. Les veines de leurs bras ressortent sous leur tenue élimée lorsqu'ils en soulèvent une pelletée. Puis ils se pressent vers la rivière, et dos au vent, les jettent dans l'eau.

— Qu'est-ce que c'est ? s'enquiert Joseph.

Au moment où les mots franchissent ses lèvres, je regrette déjà qu'il ait posé cette question. Un sentiment trop horrible pour être vrai se propage en moi, et j'essuie du revers de la main les dernières gouttes d'eau qui perlent sur le pourtour de mes lèvres, comme s'il s'agissait soudain d'un venin corrosif.

— Ce qu'on n'a pas pu utiliser comme engrais parce qu'on en avait trop, lui répond le SS qui m'a frappé.

Il échange un regard entendu avec un autre officier en habit vert-de-gris, et la bile remonte jusque dans ma bouche. J'enfonce ma pelle dans le monticule et serre mes doigts autour du manche pour les empêcher de trembler.

— Y a des questions qu'il faut pas poser, grogne l'un des prisonniers à Joseph.

— Je voulais juste savoir ce qu'on…

— Ce qui leur sert d'engrais, c'est ce qui sort des fours crématoires, mon petit gars.

Je jette à mon tour les cendres dans la rivière et reporte mon attention sur Joseph, si blême que je crains qu'il ne s'évanouisse.

— Je te l'avais dit, le rabroue le prisonnier. Y a des questions qu'il faut pas poser.

25
Myriam

16 août 1943

Mon ventre rebondi n'est pas des plus pratiques pour mon activité de repassage. Il l'est en revanche beaucoup plus lorsque je dois repriser des chemises, coudre des ourlets, ou créer une boutonnière. Bien que ces travaux ne soient en rien comparables à ce que j'ai pu faire par le passé, ils ont au moins eu le mérite de me permettre de me payer de faux papiers le mois dernier.

Je couds machinalement, sans être réellement à ma tâche. Comme souvent lorsque je suis seule dans l'appartement de mes amis, je pense à Gabriel. Car même si cela fait un an que j'y passe le plus clair de mes journées, ce n'est pas mon foyer.

Des rumeurs courent sur Drancy, sur le nombre de plus en plus important de Juifs que l'on y déporte, et sur ceux qui le quittent pour la gare du Bourget, et maintenant de Bobigny. Mais après ? Dans quel camp de travail se trouvent-ils ? Et où ? À l'Est, disent les Parisiens. Mais l'Est est vaste.

Sarah se trouve dans le même désarroi que moi. Elle refuse de quitter Paris bien que Michel ne cesse de lui répéter qu'elle serait plus en sécurité en province. Mais, pour elle, il en est hors de question. Ma grossesse en est un argument supplémentaire. C'est elle qui me trouve une grande partie de mes travaux de couture, et chaque semaine, elle me retrouve ici ou je me rends chez elle, lorsque la chaleur ne me donne pas l'impression que mes pieds vont exploser. Je lui rends les robes de ses amies, les chemises des collègues de son mari, contre quelques francs. Et c'est grâce à cela, ajouté aux salaires de Gabriel, qu'il y a environ deux semaines, à la fin du mois de juillet, je suis parvenue à obtenir des papiers sur lesquels je ne me prénomme plus Myriam Hartman, mais Lucie Chardon. Je ne suis plus née à Varsovie, mais à Reims.

Je jette un coup d'œil à l'horloge et laisse mon ouvrage de côté. J'ai promis à Sarah de la retrouver au parc en compagnie de mes neveux cet après-midi, comme nous le faisons deux fois par semaine depuis l'obtention de mes faux papiers.

Je passe mon sac à mon épaule, vérifie que la carte d'identité qui s'y trouve est bien au nom de Lucie Chardon, et claque la porte de l'appartement.

Le chemin jusqu'au square Willette est parsemé d'uniformes vert-de-gris. Je relève le menton, le pas sûr, et contourne un groupe de soldats allemands. Ma résignation patiente quant à ces occupants s'est muée en un tout autre sentiment depuis l'arrestation de Gabriel. Même après le Vel d'Hiv, la présence de mon mari à mes côtés, son amour et sa chaleur avaient été comme une bulle protectrice autour de moi. Nous étions ensemble. La guerre ne durerait pas toujours. Puis ces mêmes soldats me l'ont pris. Ils ont éclaté ma bulle d'ignorance aveugle, et je n'en ai été que plus éblouie par toute la naïveté dont j'avais pu faire preuve. Aujourd'hui, je ne supporte plus de les voir se pavaner ainsi, flirter avec ces Françaises que je me retiens de gifler, se prendre en photo devant la tour Eiffel ou le Sacré-Cœur comme des touristes, comme s'ils étaient les bienvenus.

— Lucie !

La voix de Sarah me ramène à la réalité. Nous nous étreignons, sans mot dire, et dans ses doigts qui serrent mes épaules je sais tout ce qu'elle ne peut pas dire à voix haute. Elle se recule et plante ses grands yeux noirs dans les miens. Je retrouve dans les traits de son visage ceux de Gabriel, dont le nom flotte entre nous sans qu'il soit prononcé.

J'observe mes neveux jouer dans le parc tandis que nous discutons. Je change sans cesse de position, car manifestement, aucune ne semble convenir au bébé.

C'est ainsi que je ne remarque pas le policier qui s'avance vers nous d'un pas décidé. Son gourdin tapote mon bras et je sursaute en me retournant du mieux que je le peux vu ma condition.

— Bonjour Mesdames. Auriez-vous vos papiers d'identité, je vous prie ?

Les battements de mon cœur remontent jusque dans ma gorge, mais j'affiche mon plus beau sourire, et ni ma voix ni mes mains ne tremblent lorsque je les lui tends.

— Mais bien sûr, Monsieur, les voici. Mon amie et moi-même sommes venues profiter d'un peu de fraîcheur.

L'homme au gourdin, dont les impressionnantes bacchantes mangent la moitié des jours marquées d'un coup de soleil, examine d'abord les papiers de Sarah. Elle le fixe avec une profondeur insondable, comme si elle le défiait de remettre en cause la moindre lettre écrite sous ses yeux.

— Sarah, n'est-ce pas ?

Ma belle-sœur pousse un profond soupir.

— Ne m'en parlez pas. Ce n'est pas un prénom dont je suis fière par les temps qui courent. Mais comme vous le voyez ici même, je suis née en Pologne, ma mère a eu l'excellente idée d'accoucher alors qu'elle rendait visite à mon père au consulat de France. Et vous et moi savons très bien que là-bas, c'est un nom très apprécié.

Elle lui souffle ça du dos de la main, avec un léger rire et un clin d'œil si prononcé que je suis persuadée que ce policier va débusquer la supercherie. Une goutte de sueur glisse le long de ma tempe. Avec cette chaleur et mon ventre imposant de femme enceinte, au moins cela ne risque pas d'attirer l'attention.

— Mais mon mari, M. Michel Deschamps, saura mieux vous l'expliquer que moi. Vous le connaissez peut-être, il a fait passer les oraux des concours de police l'année dernière.

Immédiatement, le policier hausse ses sourcils broussailleux avant de rendre ses papiers à Sarah. Puis il jette un coup d'œil aux miens et penche la tête sur le côté, un sourire mesquin à peine masqué par son impressionnante moustache. J'ai l'impression qu'un poids tombe dans ma poitrine, et par réflexe, je porte ma main à mon ventre. Il n'oserait quand même pas arrêter une femme enceinte ? Mais les policiers français ont bien parqué des enfants et des nourrissons dans un Vel d'Hiv brûlant l'année dernière…

— Qu'y a-t-il, Monsieur ? Avez-vous un problème avec le prénom Lucie également ?

Ma hargne pour seule défense, je sais déjà que tout est terminé.

— Madame, venez avec moi s'il vous plaît, assène-t-il.

L'espace d'un instant je pense à courir comme j'ai pu le faire pour fuir la rue des Abbesses, mais un coup provenant de l'intérieur même de mon corps me rappelle à l'ordre, et j'esquisse un léger sourire.

— Il en est hors de question, poursuis-je, les lèvres tremblantes. Mes papiers sont en règle.

— Alors nous allons voir ça au poste.

Il me saisit le bras et me force à me relever, déclenchant des douleurs dans mon bas-ventre.

— Non mais vous n'avez pas honte ! Molester une femme enceinte ! s'écrie Sarah en se redressant.

— Restez à l'écart de tout ça, madame Deschamps. À moins que vous ne souhaitiez que je m'intéresse de plus près au consulat français de Pologne.

Je lance à Sarah un regard rempli de supplications silencieuses.

— Ne t'en fais pas, je vais l'accompagner et il se rendra vite compte de son erreur.

Je me défais de sa poigne, époussette ma robe et réajuste le chapeau que j'ai emprunté à Marie-France. Nous avons à peine fait quelques pas que j'entends mes neveux courir jusqu'à leur mère.

— Maman, où est-ce qu'elle va tata Myriam, avec le policier ?

Mon cœur s'arrête en entendant la voix d'Emmanuel. Je n'ose me retourner pour croiser le regard de ma belle-sœur, et l'espace d'un instant, le temps se suspend.

— Votre mari vous aura sauvée cette fois, madame Deschamps. Vous et vos enfants. Veillez à ce qu'il n'ait plus besoin de le faire, et n'oubliez pas que les jardins publics sont interdits à ceux de votre espèce. Je n'aurai pas quelqu'un d'autre à arrêter à votre place, la prochaine fois.

Et alors que le policier m'emmène hors du parc, et malgré toutes les incertitudes qui jalonnent maintenant mon avenir ainsi que celui de mon enfant à naître, je me réfugie dans la certitude que Marie-France et Jacques ne sont désormais plus en danger, que Sarah fera ce qu'il faut pour se mettre à l'abri. Et dans un espoir un peu fou, malgré l'angoisse de l'inconnu vers lequel mes pas me portent, je songe à Gabriel, que je vais sûrement retrouver.

À Drancy. Ou à l'Est.

26
Myriam

24 septembre 1943

Michel n'a pas réussi à me sortir du poste de police. Malgré le grand discours de Sarah face à l'homme qui m'a arrêtée, les rares contacts que son mari possède au sein de l'institution ne se sont pas avérés suffisants pour faire libérer une femme juive, sans étoile, et détentrice de faux papiers. Peu importe qu'elle soit enceinte jusqu'au cou.

C'est ainsi que je me retrouve à Drancy, assise sur l'herbe que les hommes ont été obligés de tondre, à l'ombre de ces bâtiments froids aux airs d'hôpitaux. Voilà plus d'un mois que je suis là, à attendre que chaque journée passe auprès de ces femmes qui, lorsqu'elles ne sont pas de corvées à éplucher des kilos de légumes et de pommes de terre, n'ont rien d'autre à faire que de parler, évoquer leurs souvenirs, parfois nettoyer les écuelles dans lesquelles on nous donne ce que nos gardiens osent appeler repas. Elles surveillent leurs enfants, bien que tout comme nous, ils n'aient aucun moyen de franchir ni les murs, ni les barbelés de cette forteresse.

— Comment te sens-tu ? s'enquiert une femme d'une cinquantaine d'années qui me rappelle douloureusement ma mère.

Sonia a été pour moi l'un des premiers visages du camp, celui qui s'est précipité vers moi en voyant mon ventre arrondi et mes difficultés à marcher après les trois jours passés en cellule. Je ne sais que peu de choses sur sa vie. Simplement qu'elle est parvenue à sauver ses petits-enfants cachés chez une voisine lorsque son fils et sa femme ont été arrêtés pendant la rafle du Vel d'Hiv. Qu'elle est d'une sagesse incroyable, qu'elle subit privations et solitude avec une résignation presque heureuse. Comme si, après avoir mis ses petits-enfants à l'abri, tout ce qu'il pouvait lui arriver lui était bien égal. Elle l'accepte, non à la manière d'une femme lâche ou apeurée, mais plutôt comme une personne qui garde dans son cœur un secret, une certitude si puissante qu'elle en devient un bouclier, une arme.

— Prête à exploser, soufflé-je, une main sur mon ventre.

Le petit être qui grandit en moi donne un coup aux organes qui l'entourent, et j'esquisse une grimace.

— Tu penses qu'il est nécessaire que je lui explique que ce n'est pas par là qu'il va devoir sortir ? fais-je en désignant mon nombril.

Un large sourire remonte jusqu'aux yeux de Sonia, et lorsqu'elle pose sa main sur la mienne, le bébé se calme.

— Peut-être a-t-il hâte de rencontrer sa maman.

Les coins de ma bouche frémissent, mais ce sont les larmes qui affluent.

Depuis mon premier jour ici, je n'ai eu de cesse de chercher Gabriel. J'ai arpenté toutes les chambrées, et lorsque la fatigue et la chaleur avaient raison de mon corps, je m'asseyais dans la cour afin de détailler chaque silhouette. Mais j'ai dû me rendre à l'évidence. Il n'est plus là. Il a été déporté à l'Est.

Dans l'horreur de savoir mon enfant à naître enfermé avec moi, j'ai, en arrivant ici, trouvé du réconfort dans le fait que cela nous permettrait de retrouver Gabriel. Mais sans lui, alors que nous n'avons que l'inconnu pour futur, à quoi bon faire naître un enfant à l'ombre des barbelés ?

— Nous pourrons tremper ses pieds dans le bassin à vaisselle, poursuit Sonia en me serrant la main.

Cette fois je souris, et l'image de Gabriel s'estompe de mes pensées.

— Pour la *brith leda*[1] ? Donc tu es certaine que c'est une petite fille ?

— Ce n'est qu'une intuition. Le sentiment d'une grand-mère qui…

Une douleur vive me broie le bas-ventre et j'attrape le bras de Sonia dans un gémissement. J'ai à peine conscience de mes ongles sur sa peau, la souffrance emporte tout, jusqu'à ma vue. Sa main me lâche, et le voile noir qui s'est abattu devant mes yeux se dissipe tandis que la douleur reflue. J'inspire autant d'air que mon souffle tremblant me le permet. Des éclats de lumière passent dans mon champ de vision et je compte les secondes en prenant de longues inspirations. J'aperçois la silhouette de Sonia accourir dans ma direction, suivie de loin par un homme en uniforme, le crâne surmonté d'un couvre-chef caractéristique. Mon amie s'agenouille à mes côtés, et alors que le policier arrive à son tour d'un pas nonchalant, un liquide chaud se répand entre mes cuisses, et l'espace d'un instant, je crains d'avoir uriné sans même m'en être rendu compte.

— Je suis désolée, soufflé-je à Sonia.

Elle me caresse les cheveux, son visage encadré de boucles grises penché au-dessus du mien. Je lis de la fierté dans son regard, celle d'une mère, et j'imagine que c'est la mienne qui me contemple ainsi.

1. Cérémonie juive qui marque l'entrée d'une fille dans l'alliance d'Israël, à la manière d'un baptême.

— C'est le signe que tu t'apprêtes à donner la vie. Demain, tu seras avec ta petite fille.

— Relevez-vous ! s'exclame le policier. Et suivez-moi, on va vous transférer à l'hôpital.

Sonia m'aide à me mettre debout, et je manque de trébucher dans l'herbe désormais humide. Mes jambes flageolent de la souffrance passée, comme inquiètes de son retour.

— Le père de l'enfant n'est pas ici avec moi, déclaré-je en essayant de soutenir l'allure de l'officier. Mon amie peut-elle m'accompagner pour m'aider lors de…

— Vous aider pour quoi ? Elle va pas accoucher à votre place ! Non mais vous nous prenez pour qui ? Vous croyez pas qu'on va la raccompagner chez elle tant qu'on y est ?

Sa brutalité me frappe plus encore que la douleur qui a transpercé mon corps. Je pensais m'en être détachée après tout ce que j'ai vu depuis les fenêtres de l'appartement de Marie-France. Il faut croire que non.

— Ne t'en fais pas Myriam, je serai là à ton retour, murmure Sonia à mon oreille en m'embrassant avant d'être arrêtée par deux fusils croisés devant elle.

Je hoche la tête, puise dans son regard et la force qui émane d'elle le courage dont je vais avoir besoin pour ne pas flancher, et passe de l'autre côté du mur de fils barbelés.

27
Myriam

24 septembre 1943

Je m'effondre après le porche d'entrée, devant une sorte de loge de concierge qui abrite deux policiers. À travers les brumes de la douleur, je me demande vaguement ce qu'ils font devant un hôpital.

Je n'aurais sûrement pas plus mal si l'on m'enfonçait deux lames chauffées à blanc dans les vertèbres. J'ai l'impression que mon bassin va se disloquer, écrasé par la force des contractions. Deux médecins accourent auprès de moi, leur longue blouse blanche serrée à la taille, leur cou ceint d'un nœud papillon.

— Myriam Hartman, on vous l'amène de Drancy, elle a perdu les eaux là-bas.

J'imagine parfaitement les policiers noter scrupuleusement mon nom dans leur registre.

— Depuis combien de temps le travail a-t-il commencé ? lui demande un jeune homme en blouse en m'aidant à me relever.

Alors que la douleur s'estompe, je reprends mes esprits et remarque avec effarement l'étoile jaune cousue sur sa tenue immaculée. Je distingue également des pavillons aux toits mansardés, d'un style très anglais. Cet endroit ressemble moins à un hôpital que celui que je viens de quitter.

— Qu'est-ce que j'en sais, moi ? C'est pas mon boulot après tout !

Des bottes claquent sur le pavé, et je comprends que le gardien de Drancy est reparti. L'espace d'un instant, j'ai l'impression d'être libre, de me retrouver dans un lieu où les gens comme moi, bien que marqués, peuvent travailler, rentrer chez eux. Pendant quelques secondes, l'espoir renaît. Puis les contractions reprennent, plus violentes à chaque fois, le répit entre chacune d'elles ne faisant que décroître. Et je me souviens que je suis dans cet hôpital pour accoucher d'un enfant dont le père a été déporté. Un enfant que les autorités viendront chercher ici aussi sûrement qu'elles viendront m'y récupérer, sous le seul prétexte que sa mère est juive.

Les minutes qui suivent se confondent, broyées par la souffrance, submergées par des vagues d'émotions contradictoires. Je hurle et serre la main d'une femme aux cheveux bien serrés dans sa coiffe. On caresse les miens et je pleure. Je pleure parce que ce geste me rappelle Gabriel et son absence, je pleure, car je sais que dans quelques minutes je vais rencontrer notre enfant.

Mais ma vue se voile de nouveau. Je sens que je lâche la main de l'infirmière, que les médecins s'agitent autour de moi. Je vois du sang sur leurs tenues, du sang sur leurs gants.

— Sauvez-le, balbutié-je. Ne les laissez pas prendre mon bébé.

Un masque est placé sur la moitié de mon visage, et je sombre sans avoir entendu la réponse de l'infirmière.

28
Caleb

24 juillet 1989

Le couloir du premier étage fait résonner les battements de mon cœur aussi fort que si je me trouvais dans la caisse d'un tambour.

Ma mère m'a appelé la veille de mon départ pour Israël pour m'annoncer qu'elle n'avait pas fait le virement depuis mon livret A. Elle l'a fait depuis son propre compte. Ce simple geste, bien que purement matériel au premier abord, revêt une signification bien plus profonde. Elle a peu parlé, comme lors de tous nos appels. Je pense qu'elle a peur de s'immiscer dans cette relation qui n'existe pas encore entre moi et la femme qui m'a mis au monde, qu'elle ne sait peut-être pas comment s'y prendre pour me rassurer et me soutenir dans un moment si particulier. Mais je préfère ce silence aux paroles de mon grand-père. La seule fois où ma mère a évoqué mon altercation avec son père à demi-mot, mon ton sec lui a fait comprendre que ce n'était pas un sujet à aborder.

Je n'ai pas eu le temps de m'extasier sur la vieille ville de Jérusalem comme j'ai pu le faire sur les abords de la forêt amazonienne. À peine descendu de l'avion, je suis parti à la recherche de l'adresse inscrite au dos de la photo de ma mère. Je crois avoir passé une bonne partie du vol à détailler ce visage que je connais désormais presque aussi bien que mon reflet dans le miroir. Si je possédais le talent de mon grand-père, j'aurais pu en peindre les traits de mémoire.

Je secoue la tête et repousse au plus profond de mon esprit l'image de mon grand-père Gabriel, la remplaçant par celle de ma mère biologique et de l'adresse de l'appartement que je me suis répétée tant de fois depuis mon départ de Sao Paulo.

Je fais un pas. Appartement 101. Mon pouls s'accélère subitement. 102. Je presse le pas et les nombres défilent. Puis je m'arrête brusquement, les yeux fixés sur trois chiffres peints près d'une porte en bois.

106.

La même excitation que celle que j'ai ressentie devant cette grande maison à l'orée de la jungle refait surface. Le même espoir gonfle en moi tandis que je lève le poing et frappe trois coups sur le bois. Je m'imagine le visage de la photo avec quelques rides supplémentaires, celles autour de son sourire et de ses yeux rieurs.

Les secondes passent, interminables, sans qu'aucun bruit se fasse entendre depuis l'intérieur de l'appartement. Je jette un coup d'œil à ma montre. Ma mère doit être au travail, je n'ai qu'à l'attendre ici ou revenir dans la soirée.

Le bruit d'un verrou me fait sursauter, mais la porte qui s'ouvre n'est pas celle qui me fait face. Un homme d'une soixantaine d'années passe la tête par l'embrasure, et me dit quelque chose dans une langue que je ne connais pas.

— Bonjour, fais-je dans un anglais à l'accent français prononcé. Je suis désolé, je ne comprends pas votre langue. Je cherche une femme qui habite ici, elle s'appelle Romy Castillo.

Je m'avance et lui montre la photo. Ses yeux s'écarquillent et il me la prend des mains pour l'étudier de plus près.

— Je la connais, oui, répond-il dans un anglais tout aussi chancelant que le mien. Mais vous ne la trouverez pas ici.

Il me rend la photo, et je regarde l'adresse inscrite au dos comme si celle-ci avait pu changer, comme si j'avais fait une erreur en la lisant.

— Elle est partie de Jérusalem il y a dix-huit ans. Du jour au lendemain, quand elle était enceinte. Je ne sais pas où, elle m'a juste laissé les clés.

J'ai l'impression que la main du destin vient d'assener sur ma joue une nouvelle claque. Chaque piste débouche sur une impasse. Je ne peux retenir le profond soupir qui fait dégonfler ma poitrine, et remercie vaguement cet homme avant de tourner les talons.

— Attendez !

Je fais volte-face, il s'avance vers moi en boitant. Je le vois chercher ses mots avant de me répondre.

— Je ne sais pas si ça vous aidera, mais même si je ne lui parlais pas souvent, je peux vous dire où elle travaillait. Peut-être qu'ils vous en diront plus ?

Je hoche la tête sans beaucoup d'enthousiasme. C'est une autre piste, certes, mais si ma mère a quitté la ville alors qu'elle était enceinte de moi, il y a peu de chances que ses anciens collègues aient encore de ses nouvelles presque vingt ans plus tard. Et même si c'était le cas, combien d'entre eux occupent toujours le même poste ?

— Vous devez vous rendre un peu plus au sud de la ville. Prenez un taxi et demandez-lui de vous conduire à Yad Vashem.

29
Myriam

26 septembre 1943

Mes pieds foulent l'herbe rase et piétinée du camp. Je me sens vide. L'espace vacant dans mon corps a creusé un gouffre dans mon cœur et dans mon âme. La porte grillagée surmontée de barbelés se referme derrière moi, m'enfermant de nouveau dans cette cour, au milieu de cette véritable tour de Babel où toutes les langues se côtoient. Les voix des Polonais se mélangent à celles des Turcs, les exclamations des Grecs répondent aux lamentations des Français. Le bruit m'agresse comme si je me trouvais au milieu d'une foule qui me bousculerait en tous sens. Je n'ai envie que de silence, de me recroqueviller sur moi-même jusqu'à ce que l'on m'emmène dans l'un de ces wagons à bestiaux dont on m'a parlé à Rothschild.

Les yeux dans le vague, je ne vois pas Sonia débouler depuis la porte du bâtiment le plus proche. L'esprit assailli par toutes les exclamations incompréhensibles qui m'entourent, je ne l'entends pas crier mon prénom. Lorsque son corps percute le mien, je reviens à moi. Mes émotions se frayent un chemin jusqu'à ma conscience, me sortant de cette léthargie protectrice dans laquelle j'étais plongée.

— Myriam ! s'exclame Sonia en me serrant contre elle.

J'enfouis mon visage dans ses cheveux poivre et sel, et la douleur est si intense que je dois m'accrocher à ses épaules pour ne pas m'écrouler.

— Oh non, Myriam… murmure-t-elle en me portant presque. Ton bébé, que s'est-il passé ? Où est-il ?

Mes pleurs redoublent et Sonia m'entraîne à l'écart. Je la laisse me soutenir jusqu'à un escalier et chois sur les marches, les épaules secouées de soubresauts.

À chaque fois que je ferme les yeux, je revois le visage de mon enfant que j'ai tenu contre moi si peu de temps, l'enfant de Gabriel.

Ma voix se brise à chaque fois que j'essaye d'articuler un mot, et la phrase que je dois prononcer reste bloquée dans ma gorge. Je sens la panique derrière le masque de calme de Sonia. Elle comprend qu'il est arrivé quelque chose.

Alors je ferme les yeux, visualisant une fois de plus les traits de mon bébé. Je prends le temps de les détailler, la forme de son nez, l'arc de sa bouche. De profiter une dernière fois du souvenir de l'instant où j'ai tenu mon enfant dans mes bras, avant de l'enfouir à jamais dans ma mémoire. Et tout comme je l'ai fait à l'hôpital, je lui dis au revoir et regarde son image disparaître.

Puis j'entrouvre mes lèvres tremblantes, et déclare d'une voix blanche :

— Mort-né.

30
Gabriel

2 novembre 1943

Marcel, Aaron, Joseph et moi sommes regroupés dans le même *Kommando*. Tout comme mon camarade a menti aux nazis en se prétendant de confession juive, lorsqu'un SS est entré dans notre block en demandant s'il y avait des travailleurs manuels parmi nous, nous y avons vu la possibilité de contrer le destin, d'éviter à tout prix une séparation. Les âmes les plus seules sont les plus vulnérables, dans cet endroit maudit encore plus qu'ailleurs. Nous le voyons régulièrement lorsque certains « vont au fil », lorsqu'un jour ils ne tiennent plus, qu'ils abandonnent et se jettent sur les barbelés électrifiés.

Mais encore plus que nous permettre de rester ensemble, nous avons vite compris que même si le travail ne nous offrirait pas la liberté, il nous offrirait plus de nourriture. Travailler pour survivre ou se tuer à la tâche. Ce sont manifestement les deux seules voies qui s'ouvrent à nous.

La chaleur de l'été a cédé la place à la douceur de l'automne depuis trop longtemps pour que chaque brise, aussi rafraîchissante soit-elle, ne nous rappelle qu'un hiver glacial ne tardera pas. Aucun de nous n'ose imaginer que nos journées s'avéreront bientôt pires qu'elles ne le sont déjà.

L'appel du soir est plus éprouvant encore que celui du matin. Mes doigts sont ankylosés d'avoir serré pioche et pelle, d'avoir porté roches et pierres dans mes bras endoloris par la construction d'une nouvelle route. Mais je garde la tête haute, sans jamais regarder les *Kapos* dans les yeux. Je lutte. Car ceux qui tombent de fatigue sont envoyés au *Revier*, cet endroit qui se dit être un hôpital, mais qui n'est rien de plus qu'une porte d'entrée vers les chambres à gaz. Quant à ceux qui sortent du rang, parce qu'ils s'endorment debout ou que la soif fait vaciller leur conscience, ils sont immédiatement frappés, roués de coups au point que certains ne se relèvent jamais. Alors je me tiens droit, parce que je dois vivre. Pour Myriam, pour Leny et pour Michel. Pour la promesse que nous, simples Juifs survivants, nous nous sommes faite.

Lorsqu'enfin nous rentrons au block, les premières écuelles à être remplies partent avec une pomme de terre ou un morceau de viande. Ces détenus-là sont bien vus. Ce qui nous paraissait être un régime strict auparavant, nous le considérons aujourd'hui comme un bon repas. Leibovici, Marcel, Joseph et moi partageons le nôtre. Notre chef de block, un *Kapo* avec un air détestable collé au visage, paraît savourer le moment où il fait tomber dans notre bol une unique pomme de terre pour nous quatre. Nous le saluons malgré tout, notre survie dépend de lui.

Je passe une main sur mon ventre après avoir correctement léché la cuillère que Leibovici a réussi à organiser[1], et tends le couvert de fortune à Joseph. Aaron est parvenu à conserver deux cigarettes, écrasées dans le creux de sa main, lors de notre arrivée au camp. Il a troqué la première peu après notre arrivée contre cet ustensile, et la seconde,

1. Terme employé dans les camps et qui signifie « troquer ».

contre un peu de viande, après avoir considéré que Marcel avait mauvaise mine. Ici, pour survivre, il faut organiser. Mais moi, je n'ai rien à échanger.

Je m'allonge sur le châlit que je partage avec Aaron. Sa présence à mes côtés le soir, quelques instants avant de m'endormir, est comme un rappel quotidien de l'absence de Leny. Et parfois je lui en veux. Bien qu'il n'y soit pour rien, la fatigue et l'angoisse omniprésentes aiguisent les nerfs, enflamment les esprits. Il n'y a qu'elles pour plisser ainsi le visage de Marcel, pour rembrunir son regard tandis qu'il épie les autres déportés en avalant sa ration.

La faim qui tordait mon ventre chaque jour s'est atténuée, pourtant je mange à peine plus qu'en quarantaine. Je remonte mes jambes contre ma poitrine et les entoure de mes bras. Les os que je sens poindre sous mes doigts m'indiquent que mon corps se nourrit de lui-même. De ma graisse, de mes muscles. Combien de temps pourrai-je tenir ainsi avant de n'être plus que l'un de ces cadavres chauves que je croise dans le camp ? Mais après tout, peut-être leur ressemblé-je déjà ? Je secoue la tête, le corps meurtri, épuisé. Des poux sautent sur la paillasse devant moi. Alors pour m'échapper d'ici, je ferme les yeux et repasse dans mon esprit les images de Myriam, l'odeur de sa chevelure dans laquelle je glissais mon nez, la douceur de ses lèvres. Ma bouche se met à remuer sans que je m'en rende réellement compte, fredonnant tout bas l'air de la dernière chanson que nous avons partagée.

— Tu aimes la musique ?

La voix de Leibovici me sort de l'état second dans lequel j'étais plongé. Une furieuse envie de lui ordonner de se taire me prend à la gorge. Ne peut-il pas me laisser simplement divaguer dans ce monde entre rêve et réalité, le seul où je peux sentir Myriam contre moi et oublier l'enfer dans lequel des boches comme lui nous ont plongés ? Mais ses yeux, presque globuleux au milieu de son visage aminci, me regardent avec une tendresse fraternelle, me renvoient ma haine en plein visage. Aaron n'a rien à voir avec les boches.

J'acquiesce en me redressant.

— J'en étais sûr, sourit-il. Tu fredonnes exactement comme ça quand tu dors.

Je hausse un sourcil mais ne peux empêcher le coin de mes lèvres de tressaillir.

— Je jouais du violon dans une autre vie. Il m'arrivait aussi de l'enseigner.

Joseph manque de s'étouffer avec la soupe qu'il ingurgite tout en sifflant d'admiration. Je ne réagis pas aussi vite que Marcel qui lui donne une tape dans le dos, un soupir d'exaspération assombrissant ses prunelles. L'image de mon ancien élève arraché à son foyer et embarqué de force à bord des bus du Vel d'Hiv s'abat sur moi avec la force d'une vague sur un rocher.

— Je jouais de la flûte traversière, répond Aaron. Je veux dire, c'était mon métier. Mais le jour où je suis arrivé avec mon étoile à une répétition…

— Vous devriez intégrer l'orchestre.

Le ton acerbe de Marcel me surprend autant qu'il me blesse.

— Bah quoi ? Un petit concert privé au *Kapo* et vous aurez droit à une bouchée de saucisson supplémentaire. Vous jouez un morceau aux SS et, miracle, vous obtenez des chaussures à votre taille.

Leibovici fronce les sourcils dans un soupir, les lèvres pincées.

— Crois-tu vraiment que j'aurais envie de jouer du violon dans ces conditions ? le coupé-je.

Marcel est pris d'une quinte de toux, et Joseph lui tend son bol presque à sec avant qu'un rire sardonique ne perce entre les râles.

—Oh excuse-nous, Monsieur l'artiste ! Qui n'est pas prêt à ôter à son instrument toute sa noblesse ! Pour quoi d'ailleurs ? Survivre ?

—Marcel, qu'est-ce que tu... fait Joseph après avoir avalé la dernière gorgée.

Son innocence transparaît dans sa voix. Il est le seul d'entre nous qui ne semble pas être à fleur de peau, mais ce soir, j'ai la douloureuse sensation que sa prévenance ne lui apportera rien de bon.

—Oh toi, ferme-la ! Tu crois que je ne t'entends pas sangloter à côté de moi toutes les nuits ? J'en peux plus ! On n'est pas déjà assez crevés et tu m'empêches de dormir !

Sa voix se gorge d'émotion, et je reste assis, incrédule.

—Tu n'as pas encore compris que c'est la seule façon de survivre dans ce foutu camp ? Tu penses à ta gamine, c'est ça ? Quel âge elle avait quand ils l'ont emmenée ? Cinq ans ? Et tu crois toujours que tu vas la retrouver ? Non ! Alors maintenant chiale une bonne fois pour toutes et ensuite boucle-la et laisse-moi dormir !

Le block s'est tu, et même si nous sommes les seuls francophones, chacun de ces hommes peut ressentir aussi nettement que nous la tension de l'instant.

Sans quitter Marcel du regard, dont le souffle court gonfle sa poitrine que l'on devine aisément décharnée sous sa tenue, Joseph pose le bol et la cuillère sur sa paillasse. L'ustensile tombe au sol, et Aaron se précipite dessus avant qu'un autre déporté ne le fasse.

La candeur qui le caractérise a disparu, ses yeux embués sont vides. Je crois un instant qu'il va le frapper, mais notre camarade tourne les talons et s'éloigne avant de disparaître derrière la porte du baraquement.

— Joseph ! l'appelé-je.

Leibovici me fait signe de lui laisser un moment, alors je reporte mon attention sur Marcel, à la fois écœuré par ses propos et accablé par la tristesse qu'il doit ressentir pour être devenu capable de proférer de telles paroles.

Je lève une main vers son épaule mais Marcel la repousse, la bouche déformée, des larmes ruisselant jusque sur ses lèvres retroussées. Face à l'animal que j'ai devant moi, je ne reconnais plus rien de l'homme que j'ai connu, du soutien sans faille de Drancy.

— Oh arrête avec ta pitié ! On n'a pas tous la chance de savoir faire quelque chose que les Allemands trouvent utile ici, tu te rends compte de ça ? Tu crois qu'ils ont besoin d'un comptable comme moi, les SS ?

Il renifle bruyamment, et essuie son visage de sa manche crasseuse.

— Remarque, ça leur serait peut-être utile pour compter le nombre de Juifs qu'on entend crier depuis les chambres à gaz, poursuit-il, des sanglots dans la voix. Tu sais, ceux qui partent ensuite au four crématoire, là où t'as envoyé Leny ! Au moins pour lui, j'aurais pas regretté d'avoir menti aux boches ! Parce que lui, il n'aurait pas craché sur la chance que vous aurez peut-être et que moi je n'aurai jamais !

Lorsque sa tirade s'achève, je suis sonné. Chaque phrase m'a poignardé en plein cœur, soufflant sur les braises de ma culpabilité. Comment peut-il vomir de telles horreurs alors que, tout comme moi, il a poussé notre ami à monter dans ce camion qui hante mes cauchemars depuis des mois ?

Mon cœur tambourine dans ma poitrine, et je sens la même colère viscérale que celle qui m'a traversé quelques instants plus tôt gonfler en moi. Mais je ne la laisserai pas détruire tout ce que je suis, je ne laisserai pas ce camp m'enlever la meilleure partie de moi comme ça a pu être le cas pour Marcel.

— Je vais voir Joseph, déclaré-je en essayant de contrôler au mieux ma voix pour que n'y transparaisse aucun sentiment.

Seul le bruit de mes pas sur la poussière brise le silence épais qui s'est abattu sur le baraquement, et lorsque je sors, j'ai l'impression que mes épaules s'allègent, comme libérées d'un poids que je n'avais pas conscience de porter.

Puis mon regard se pose sur le rond de lumière provenant des miradors, mon souffle se coupe et je me laisse tomber à genoux. Devant moi, le visage et les vêtements déchirés par les fils barbelés au pied desquels il gît, Joseph est étalé, le corps tordu, les joues striées de larmes.

Un SS me crie des ordres depuis le mirador. Je n'ai pas besoin des quelques rudiments d'allemand que nous a appris Leibovici pour comprendre ce qu'il veut. Alors je me redresse en titubant, gémissant devant ce spectacle que je ne veux pas voir, et cours vers Joseph. Sans savoir d'où me vient cette force, je le soulève pour le ramener dans le block. Car demain matin il y aura encore un appel. Un appel où tout le monde doit être présent.

Même les blessés. Même les morts.

31
Myriam

26 novembre 1943

Sonia m'aide à grimper dans le bus à gazogène qui nous attend devant Drancy. Son attitude maternelle envers moi s'est encore accentuée à mon retour de Rothschild. Elle me rappelle ces oiseaux que je prenais le temps d'observer lorsque j'étais enfant, et qui couvraient leurs oisillons de leurs ailes aux premiers frimas.

Je me laisse aller contre une barre et observe la foule s'agglutiner autour de moi sans vraiment y prêter attention. Les images de mon enfant, mon tout petit enfant que la vie m'a arraché, tournoient dans mon esprit comme les chevaux de bois d'un carrousel.

— Myriam ! m'appelle une voix aiguë.

Mon regard se concentre sur Aliza, la jeune fille au regard apeuré que Sonia pousse jusqu'à moi, avant de se porter sur Rachel. Elles ne peuvent nier leur lien de parenté, avec leurs larges boucles blondes froissées par leurs deux mois passés à Drancy.

Aliza, à peine sortie de l'adolescence, saisit ma main et se cale contre moi avec tendresse. Sonia et Rachel, qui ne doit avoir qu'un ou deux ans de moins que moi, doivent jouer des coudes pour se frayer un passage jusqu'à nous. Mais lorsque le bus démarre, nous sommes parvenues à nous regrouper. Sonia, figure maternelle et protectrice depuis mon arrivée au camp, a recueilli dans son nid ces deux sœurs, arrivées lors de mon court séjour à Rothschild, dont l'innocence transpire à travers chacun de leurs mots, à travers chaque expression de leur visage. Il aura fallu moins d'une heure à Sonia pour trouver ces oisillons effrayés dans un coin de la cour et les prendre sous son aile.

— Tu penses qu'il y a une chance pour que nous retrouvions nos hommes ? me souffle Rachel, coincée dans mon dos.

Je souris à chaque fois que je l'entends parler ainsi. Si les deux sœurs sont restées muettes sur leur famille, taisant leurs noms, l'aînée a par trois fois évoqué cet homme qui n'est à l'évidence pas son mari. Mais l'espoir et l'amour, flammes incandescentes dans ses yeux clairs, ont su attendrir mon cœur brisé lorsque, à mon retour de Rothschild, elle m'a parlé de son homme qu'elle s'attendait à croiser ici. J'ai retrouvé en elle un peu de la personne que j'étais au fond de moi.

Je ne saurais dire combien de temps nous avons roulé avant d'arriver à la gare du Bourget. Je sais seulement que j'ai soutenu le regard de chacune des personnes qui a croisé notre route sans chercher à arrêter ce bus. Que je n'ai pas détourné les yeux face à ceux, rares, qui nous ont insultés, nous ont souhaité le pire.

Viennent ensuite les wagons à bestiaux. Puant les excréments et une odeur plus forte encore, comme s'ils avaient transporté du bétail mort. Nous avons tous un mouvement de recul lorsque nous comprenons que nous allons voyager à l'intérieur.

— Montez ! Vous allez retrouver ceux de votre famille qui ont été déportés avant vous ! Vous allez bientôt les revoir !

La plupart des femmes se précipitent, comme si cette simple phrase avait anesthésié leur odorat. Rachel est l'une des premières à sauter à l'intérieur, à la limite de la joie. Aliza la suit d'aussi près qu'il est possible de le faire, toujours sans lâcher ma main. Mais lorsque je pose le pied sur la paille qui jonche le sol du wagon, mon instinct me hurle de fuir. Je plaque ma main sur ma bouche, Sonia pose la sienne sur mon épaule. Aliza se cale entre nous, et à mesure que les Allemands qui ont remplacé les policiers français hurlent sur la foule, je devine que nous serons bien plus dans ce train que ce qu'il est capable de contenir.

— Tu te rends compte, Myriam ? On va les retrouver ! On sera peut-être obligées de travailler dans des usines ou je ne sais pas quoi d'autre, mais au moins on sera avec eux !

Avant que les portes du wagon n'abattent sur nous leur obscurité, je croise le regard de Sonia par-dessus la tête blonde d'Aliza. Et cette fois, la lueur dans ses yeux n'a rien de rassurant, d'enveloppant comme une étreinte. Je comprends en un instant qu'elle partage le sentiment qui me taraude.

Celui que rien de bon ne nous attend au bout de cette voie ferrée.

32

Myriam

30 novembre 1943

Les portes du wagon s'ouvrent dans une cacophonie métallique qui me fait sursauter. Aliza est blottie contre moi, grelottante. Nous sommes debout depuis que le soleil est levé, et dehors, la nuit est bien avancée. Je ne saurais dire qui de nous porte l'autre. Sonia caresse la chevelure de Rachel, que trois jours de voyage ont transformée en une crinière hirsute.

Des hommes en tenue rayée montent à bord du train pour nous faire descendre.

— Quel âge tu as ? chuchote l'un d'entre eux à Aliza en arrivant à notre niveau.

— Quinze ans.

— Dis que tu en as dix-huit.

Il ne perd pas plus de temps et nous pousse comme les autres sur les rails, mais son ton est sans appel. J'aperçois l'éclat d'une mitraillette avant d'en sentir le canon dans mon dos. Je rapproche un peu plus Aliza de moi en accélérant le pas. Des chiens aboient, des enfants pleurent, on nous crie de laisser nos affaires, de ne rien emporter.

— Mais nos habits ? Nos couvertures ? s'empresse d'argumenter Rachel.

— Tu auras ce qu'il te faut là-bas, lui lance un homme en habits rayés.

Il lui arrache sa valise des mains et la balance sur une pyramide de bagages qui grossit sur le quai.

— Ou bien t'en auras pas besoin, lance un autre avant de s'éloigner.

Je fronce les sourcils, perdue, incapable de m'expliquer ce qu'il se passe, noyée au milieu du millier de personnes qui descendent du train, frigorifiées. Aliza nous regarde, les yeux grands ouverts.

— Qu'est-ce qu'il veut dire par là ? Qu'est-ce qu'il va nous arriver ?

Sonia nous place toutes les trois devant elle tandis que les SS hurlent aux retardataires de descendre du train.

— Ne vous inquiétez pas, ils veulent juste nous faire peur parce que nous sommes juives. Mais on va rester ensemble, d'accord ? On ne se sépare pas, et toi, Aliza, tu as dix-huit ans, c'est bien compris ?

Elle acquiesce et une fine brume s'échappe de sa bouche avant de se désagréger au-dessus de nous.

— En quelle année es-tu née ?

Aliza met une seconde de trop à calculer sa nouvelle date de naissance.

— 1925.

— Tu dois bien garder cette date en tête, d'accord ? Oublie ta véritable année de naissance et ne retiens que celle-là.

Aliza hoche frénétiquement la tête avant de s'accrocher au bras de sa sœur.

Nous sommes rapidement placées en ligne, hommes et femmes séparés. Je discerne les premiers camions qui s'éloignent dans l'obscurité, emportant les plus âgés et les plus jeunes vers le camp. Je jette un rapide coup d'œil autour de moi. Il ne reste plus que les adultes ayant l'air bien portants, les autres sont partis, hors de notre vue, sans aucun bagage. Si ceux qui ne sont pas aptes à travailler ne peuvent même pas emporter des vêtements de rechange, alors que leur arrivera-t-il ?

— Il reste encore un camion, on pourrait peut-être monter dedans ? Mes pieds me font souffrir et il fait très froid.

Cette fois la naïveté et l'innocence de Rachel m'apparaissent comme un danger imminent. J'entrouvre la bouche, mais Sonia me prend de vitesse.

— Non, on peut marcher alors on va marcher. Ça va nous faire du bien de nous dégourdir les jambes.

Mais je connais trop bien la voix de Sonia pour ne pas y distinguer le mensonge.

Nous arrivons en tête de file, face à un SS aux yeux inquisiteurs. Il examine les cheveux poivre et sel de Sonia et son visage marqué par les années. Un instant étonnée, elle ne bronche pas, bien que je puisse voir à sa narine frémissante qu'elle se retient de réagir. D'un geste en apparence parfaitement naturel, l'homme palpe les bras de Sonia pour jauger ses biceps. Celle-ci gonfle la poitrine et ouvre les épaules, plus par fierté que pour tendre ses muscles, mais cela a l'air de contenter le SS qui s'en désintéresse avant de reporter son attention sur Aliza.

— Quel âge as-tu ?

— Dix-huit ans ! s'exclame-t-elle avec la voix de celle qui vient de donner une bonne réponse.

Le soldat la regarde avec insistance. L'air s'est bloqué dans ma poitrine. J'attends la réponse du SS comme un condamné à mort le couperet.

— Je suis née le 2 novembre 1925, poursuit-elle. J'ai eu dix-huit ans à Drancy.

Je pince mes lèvres pour les empêcher de trembler et les secondes qui s'écoulent rendent mes mains de plus en plus moites malgré le froid qui me mord la peau. Puis le SS la pousse vers sa sœur sans un mot, nous envoie vers un groupe de femmes. J'attends qu'il soit suffisamment loin pour laisser échapper un soupir de soulagement.

Mes jambes flageolent tandis que nous avalons les deux kilomètres qui nous séparent du camp. La nuit est noire et je serre les mains de Rachel et Sonia aussi fort qu'elles serrent les miennes. Nos chevilles se tordent parfois dans des trous que nous ne pouvons voir, mais rien qui ne nous empêche d'arriver jusqu'à un hangar au milieu d'un camp à l'apparence désert. Les camions ne sont pas là. Les vieillards et les enfants, non plus.

— Où sommes-nous ? demande une femme à l'air hautain à une déportée qui passe non loin d'elle. Où sont tous les autres ?

— Birkenau, répond-elle avec un fort accent avant de s'éloigner. Et oubliez les autres.

L'incompréhension traverse les rangs, bientôt remplacée par la peur tandis que nous nous regroupons les unes contre les autres en espérant trouver un peu de chaleur. Puis des hurlements se font entendre, perçant la nuit comme une lame transperce la chair, et une onde de folie se propage. Nos propres pleurs et nos propres cris couvrent ceux qui nous parviennent depuis l'obscurité.

Je lâche Sonia et Rachel et m'accroupis, les mains sur les oreilles, retrouvant dans mes souvenirs la voix de Gabriel, la mélodie de son violon, afin de couvrir le son atroce de la douleur humaine. Je ne peux pas y croire. Nous étions plus de mille le long des rails.

Nous ne sommes plus qu'une centaine.

33
Gabriel

10 décembre 1943

Je tremble, enroulé dans ma couverture. La sueur perle sur mon front. Mon corps est sûrement en train de bouillir de l'intérieur mais j'ai froid. Lorsque mes dents cessent de claquer et que le sommeil m'emporte, je revois Joseph, son corps désarticulé au pied des barbelés, j'entends les aboiements des chiens qui nous ont accueillis à la descente du train. Myriam arrive ensuite dans mes visions. Mais la joie que j'éprouve à la revoir est remplacée par un désespoir infini lorsque je remarque sa tenue rayée, ses poignets saillants, ses doigts semblables à des branches noueuses, ses bras faméliques. Puis ses joues se creusent comme si un mécanisme inconnu aspirait le peu de muscles qu'il lui restait pour ne laisser que la peau et les os.

Je voudrais échapper à cette vision d'horreur mais la fièvre en décide autrement et prolonge mon cauchemar. Sortis de nulle part, aiguilles et fils apparaissent entre les mains de ma femme tandis qu'elle se penche au-dessus du corps de Joseph. Je ne veux pas voir ce qu'elle fait, mais je ne contrôle rien et m'avance, poussé par une force contre laquelle je ne peux lutter. Myriam sort de la poche de sa tenue rayée une étoile jaune qu'elle plaque sur la poitrine de mon camarade, glisse le fil dans le chas et enfonce l'aiguille dans la chair, cousant le tissu à même la peau.

Une main serre mon bras, me secoue, j'entends mon prénom à travers les brumes de mon esprit. Je me réveille en sursaut. Mes vêtements, tout juste désinfectés, sont trempés. L'odeur acide de ma transpiration me monte au nez. Je mets quelques instants à comprendre où je suis. Le block est presque entièrement vide. Malgré le froid de ce début d'année, chacun veut profiter de son unique dimanche de repos du mois. Je sais que Leibovici voulait mettre à profit ce temps pour faire le tour des blocks à la recherche d'un visage connu qui lui aurait apporté des nouvelles de sa famille, et son absence à mon chevet me le confirme. Quant à Marcel, je suis désormais incapable de le regarder dans les yeux, et même de lui adresser un mot. Aaron lui a pardonné son excès de colère qui a conduit au suicide de Joseph. Pas moi.

Je pose une main sur le rebord de ma paillasse afin de me relever, mais à la place du bois usé, mes doigts rencontrent une surface en verre. Avec précautions, je me saisis de la minuscule bouteille qui tient dans mon poing, l'observe sans comprendre, le cerveau encore embrumé par la fièvre et la vision d'horreur dont je viens à peine d'émerger. Qui a pu la déposer ici ? Quelqu'un aurait laissé près de moi cette fiole dont j'ignore le contenu avant de me réveiller et de quitter le baraquement ? Je la débouche de mes doigts tremblants et retrousse les narines. L'odeur qui s'en dégage me rappelle vaguement le gin tonic.

Une silhouette apparaît à côté de moi, debout contre le montant du châlit au-dessus du mien. Je reconnais l'homme qui a remplacé Joseph dans notre block, un francophone fraîchement arrivé de la quarantaine.

— Je la boirais vite fait si j'étais toi. Déjà parce que tu en as sacrément besoin mais surtout parce que bientôt mon serment de Galien risque fortement d'être réduit à néant par mon instinct de survie, si tu vois ce que je veux dire.

Je fronce les sourcils. Bien que je n'aie pas assimilé tout ce qu'il vient de me dire, je comprends que ce que contient cette fiole peut me soigner. Ce qui équivaut à me sauver la vie.

Le goût amer du liquide m'arrache une grimace.

— Ne bois pas tout d'un coup. Essaye d'en garder pour demain matin, me conseille l'homme entre deux ricanements devant mon air dégoûté.

— Tu es médecin ?

— Pharmacien. Je ne sais pas qui t'a trouvé de la quinine dans cet endroit de malheur, mais ça a dû lui coûter pas mal de rations. Tu as de bons amis.

Je ne saurais dire si l'air qu'il affiche est plus empreint de jalousie que du regret de ne pas m'avoir dérobé ce remède. Il soupire en me regardant de haut et s'éloigne à l'autre bout du block.

— Merci ! lui lancé-je, sans que je sois réellement sûr qu'il m'ait entendu.

Je rebouche la minuscule bouteille avant que ses effluves n'attirent encore plus de déportés avides qui se feraient une joie de l'organiser, et la glisse entre mon pull et ma chemise. Au-dehors, la température est glaciale, et ce n'est pas mieux ici. Seule la chaleur dégagée par les corps entassés les uns contre les autres sur ces paillasses réchauffe le baraquement lorsque la nuit tombe.

Quelqu'un pousse la porte du block et une rafale s'infiltre entre les couchettes. Je frissonne dans mes habits encore détrempés, rabats la couverture sur moi et me recroqueville, profitant de la place laissée par Leibovici.

J'ai terriblement soif, mais l'eau ferrugineuse des robinets ne ferait qu'aggraver mon état, si toutefois j'étais capable d'aller jusque là-bas. La fièvre est trop forte.

Je me demande ce qui m'a rendu malade. Les moustiques que j'entends près de mes oreilles lorsque je travaille ? J'ai appris que Birkenau, le camp jouxtant le nôtre, était construit sur des marécages, cela n'aurait rien d'étonnant.

Je serre contre mon torse cette fiole de quinine providentielle, bien trop épuisé pour continuer à conjecturer sur sa provenance, et m'endors, la peau brûlante.

— Eh, Gabriel, murmure une voix à mon oreille. Faut que tu te lèves, c'est l'heure de la soupe, tu as besoin de boire.

Je saute sur mes pieds et Aaron Leibovici me rattrape alors que les murs se mettent à tanguer dans mon champ de vision. Mais ceux-ci se stabilisent avec une étonnante rapidité, et je me surprends moi-même d'être parvenu à me lever.

— Tu as eu des nouvelles de ta famille ? fais-je en m'accrochant à son bras.

Ses sourcils se froncent et il élude ma question d'un signe de tête négatif.

— Tu m'as l'air d'aller beaucoup mieux. Ta fièvre est retombée ?

Je tapote discrètement mon pull à l'endroit où la fiole est cachée.

— Grâce à la quinine que tu m'as apportée. Il semblerait qu'elle me laisse un peu de répit. Je me sens tellement sot de ne pas avoir pensé tout de suite qu'elle venait de toi.

— Mais de quoi tu parles ?

Nous nous avançons vers le *Kapo* qui distribue la soupe, si tant est qu'on puisse encore l'appeler ainsi tant elle est claire.

— De la bouteille que j'ai trouvée à côté de moi cet après-midi.

— Ce n'est pas moi qui te l'ai apportée. À vrai dire, je ne saurais même pas comment m'en procurer une ici.

Je reste muet jusqu'à ce que nous soyons servis. Du coin de l'œil, j'avise Marcel en train d'aspirer sa soupe dans sa propre écuelle, qu'il a réussi à organiser l'avant-veille. Le dos voûté, il tourne la tête dans notre direction, croise mon regard et se détourne immédiatement.

— Je ne sais pas comment tu parviens encore à lui adresser la parole, et mieux encore, à être courtois avec lui.

Aaron me tend l'écuelle que nous partageons. Il n'a pas touché à la pomme de terre qui surnage à la surface.

— Sûrement pour la même raison que je te laisse cette délicieuse patate, répond-il. Parce qu'on s'est juré de rester ensemble et de survivre à ça.

Sa déclaration sonne comme un reproche, mais à l'instant où une pointe de culpabilité vient effleurer mon cœur, l'image de Joseph surgit dans ma mémoire et l'éloigne avec autant de facilité qu'un bouclier en métal repousse une épée en bois.

Je le remercie du bout des lèvres mais lui en donne la moitié avant de savourer le tubercule bouilli. De temps en temps, je passe la pulpe de mes doigts sur mon pull, à l'emplacement de la bouteille en verre. J'ai l'impression que la température augmente à mesure que j'ingurgite ma ration du soir. La chair de poule hérisse les poils de mes bras et tiraille le duvet qui a commencé à pousser sur mon crâne. Je me retiens de déboucher la fiole de quinine et de la boire d'une traite, gardant à l'esprit les précieux conseils du pharmacien déporté.

— Je suppose que ce n'est pas ce soir que tu voudras poursuivre la composition ? ironise Aaron après que je me suis rallongé sur la paillasse où j'ai passé la journée.

J'esquisse un sourire à l'évocation de notre projet, cette symphonie en cours d'écriture que nous avons l'intention de jouer à notre retour, comme une promesse que notre enfermement, notre humiliation et notre souffrance ne sont que provisoires.

— Tu supposes juste. Tu n'as qu'à répéter ton solo dans ta tête, il ne me semblait pas très au point hier.

Un rire franc franchit la barrière de ses lèvres.

— C'est parce que la fièvre te faisait déjà délirer, tu as mal entendu.

— On verra ce qu'il en est demain, murmuré-je.

Un frisson parcourt mon corps tandis qu'une boule enfle dans ma gorge. Mon ventre se tord d'une anxiété insoutenable. Car demain il y aura l'appel. Le même appel matinal que celui durant lequel Aaron et moi avons dû tenir debout, entre nous, le corps sans vie de Joseph. Cet appel où ceux que les SS ne jugent pas aptes à travailler sont envoyés au Revier, ou, le plus souvent, directement vers les chambres à gaz, ce qui revient au même.

Alors, tout comme la composition de cette symphonie nous oblige à imaginer des jours meilleurs, reporter son écriture au lendemain me pousse à croire qu'il y en aura un.

34
Gabriel

11 décembre 1943

Les cris du chef de block me sortent de mon sommeil avec difficulté. La fièvre m'a assommé durant ce qui m'a semblé n'être qu'un instant avant de me tenir éveillé plusieurs heures, au bout desquelles, épuisé, je me suis enfin assoupi.

Je frissonne du bout des doigts jusqu'au sommet de mon crâne, à tel point que Leibovici doit déboucher la bouteille de quinine à ma place. Le goût amer du médicament, associé à la terreur de la décision des SS qui plane au-dessus de moi comme la guillotine au-dessus de la nuque d'un condamné à mort, menace de me faire rendre mon maigre repas de la veille.

Ce matin-là, je suis incapable d'avaler ce liquide brunâtre que les *Kapos* osent appeler café, et laisse l'entièreté du bol à Leibovici. Puis il m'aide à me lever, et m'installe contre le montant de notre châlit comme on pose une échelle contre un mur. Je le regarde plier la couverture, l'installer bien à plat sur notre paillasse, dans un style tout militaire ordonné par les Allemands. Je le vois traîner un peu, laissant partir la majorité des hommes du block devant nous.

— Allez, on y va. On va rester à l'arrière, me souffle-t-il en me maintenant fermement le bras.

Je fais de mon mieux pour avancer, mais ma vision se brouille et je suis pris de vertiges. Une goutte s'infiltre entre mes lèvres gercées, accompagnée du goût salé de ma transpiration.

— Ça sert à rien, je passerai pas la sélection, balbutié-je.

Une poigne plus vigoureuse me saisit l'autre bras, me soulevant presque.

— Ne dis pas des choses comme ça, fait une voix nouvelle mais tout aussi familière que celle d'Aaron. La quinine va faire effet. On va t'aider.

Libéré du poids de mon corps, je retrouve quelque peu mes esprits, et parviens à fixer mon regard sur le visage près de moi.

— Marcel ? fais-je avec un mouvement de recul. Comment tu es au courant pour la quinine ? C'est Aaron qui…

Bien que la fièvre embourbe mes pensées, l'air contrit qu'il affiche est suffisamment parlant.

— C'était toi, la bouteille ?

Marcel hoche la tête sans ajouter un mot, et nous oblige à accélérer.

— On doit pas traîner, évitons d'attirer l'attention.

Par je ne sais quel miracle, Aaron et Marcel parviennent à m'introduire dans les rangs du fond. L'air frais de la nuit me revigore suffisamment pour faire rougir mes joues, et tout au long de cet interminable appel, Marcel me soutient dans le dos pour éviter que je ne bascule, tandis que Leibovici me tient les mains.

Lorsque l'appel se termine, à l'aube, je mets quelques instants avant d'oser faire un pas. J'ai l'impression que si j'essaye de bouger, mes jambes vont céder sous mon poids. Je me vois déjà affalé au sol, un SS pointant son arme sur ma nuque, m'exécutant froidement comme ils ont tué Michel Kramer à notre arrivée, lorsque nous étions encore des hommes.

Nous arrivons sans vraiment que je m'en aperçoive jusqu'à la portion de route que nous construisons. Je ne me souviens même pas d'avoir entendu l'orchestre jouer alors que je sortais du camp. Je manque de me prendre les pieds dans les planches et les pelles amassées sur l'herbe. Marcel a eu la bonne idée de nous faire avancer au milieu de la cinquantaine de déportés de notre *Kommando*, me permettant de dissimuler mon manque d'équilibre et mon air hagard.

— Reste près de moi, me souffle-t-il.

Sa main serre mon bras si fort que mes doigts s'engourdissent. Ou peut-être est-ce seulement dû au vent glacial qui balaie la plaine.

— Tu es certain que c'est une bonne idée ? murmure Leibovici en s'avançant devant nous, me cachant un instant au regard des SS.

Je ne comprends pas ce qu'il veut dire. C'est comme si la fièvre ralentissait le mécanisme de ma réflexion, grippant ses rouages.

— Y a pas d'autre possibilité.

Les mots de Marcel ont à peine le temps de se frayer un chemin à travers mon esprit embrumé que l'on me pousse à terre. Mes réflexes sont bien trop lents pour que je réagisse, mais je sens une main agripper les haillons qui me servent de vêtements, ralentissant ma chute. La terre s'élève autour de moi, m'engloutissant, et je me débats avec des gestes lourds lorsque je comprends que Marcel m'allonge dans un trou au bord de la route en construction.

— Fais-moi confiance, grogne-t-il tandis que je gesticule.

Nos regards se croisent, et alors que je ne voyais plus depuis un mois que l'animal rempli de rage en lui, je retrouve dans son visage creusé et ses yeux voilés par toutes les horreurs qu'il a vues le jeune homme que j'ai rencontré à Drancy. Mes muscles se relâchent et je le laisse m'installer sur cette terre humide, mais dont l'odeur est sans commune mesure avec celle du camp. La lumière grisâtre du jour disparaît presque totalement. Quelques rayons percent à travers les striures de la planche avec laquelle Marcel a recouvert ma cachette.

Un long soupir s'échappe de mes lèvres tremblantes.

À l'abri du vent, pour l'instant masqué des SS et pourtant à leur portée, j'ai l'impression de pouvoir respirer de nouveau. Les ordres vociférés en allemand me parviennent assourdis grâce à la planche ou à la fatigue qui m'enveloppe aussi sûrement qu'à la terre que je sens contre ma peau.

Je ne lutte pas et ferme les yeux, décidé à profiter au maximum de ce répit inespéré que m'ont offert Marcel et Leibovici. Marcel… Combien a-t-il donné pour obtenir ce remède ? Lui, qui réussissait toujours à trouver à Drancy de quoi améliorer notre quotidien, a cette fois déniché bien plus qu'une simple cigarette. Mais les souvenirs de Drancy charrient ceux de Leny, des camions, de l'arrivée au camp, de Michel et de Joseph.

Je me recroqueville autant que la tranchée me le permet, les doigts enfouis dans la terre. Le goût amer de la quinine n'a pas quitté ma bouche. Alors, durant quelques instants, avant que la fièvre et la fatigue ne m'emportent, je m'imagine, allongé dans un jardin dont Myriam vient de retourner la terre afin d'y planter des fleurs, le palais encore imbibé de gin tonic. Et dans cet autre présent, celui qui n'existe pas, les coups de pelle des déportés et les coups de matraque des *Kapos* deviennent les bruits des jeux de nos enfants, les voix des Allemands et les gémissements des Juifs qui ne travaillent pas assez vite se transforment en chamailleries fraternelles.

35
Myriam

19 janvier 1944

Je pourrais avoir peur du lendemain, je pourrais avoir peur des coups, peur de tomber malade ou de mourir de froid tandis que je porte, dans mes mains aux ongles bleus, des pierres que je pose sur une sorte de brancard à matériaux. Mais l'unique image qui occupe mes pensées est celle de Gabriel, plongé dans un tel enfer depuis des mois. Autant qu'il m'est possible de le faire, je repousse l'idée inconcevable qu'il ait pu être envoyé dans les chambres à gaz. Mais lorsque, le soir, il m'arrive de tomber à terre après m'être fait bousculer par une déportée pour rentrer dans le block des robinets, ou lorsque l'une des filles de la quarantaine s'écroule sous son sac de ciment, cette pensée me frappe. Comme un ennemi sournois, elle se faufile à travers les sinuosités de mon esprit, profite de cet instant de faiblesse. Qu'est devenu Gabriel ?

Mais cette peur étouffante et cette lutte que je dois mener pour la tenir à distance sont aussi d'incroyables moteurs de survie. Chaque matin, au réveil, je me répète que je me dois de tenir un jour de plus. Pour lui. Pour le retrouver.

— *Aufhören !* hurle un SS.

Je lâche la pierre que je m'apprêtais à décoller du sol, et tandis que les nouvelles soupirent de soulagement, croyant sans doute qu'il s'agit là d'une pause que nous accordent les Allemands, Sonia et moi nous jetons un coup d'œil. Ses cheveux ont été coupés aux ciseaux, presque ras, et les haillons qu'elle porte ne la protègent en rien du froid glacial de l'hiver. Nous avons perdu le compte des jours. Seule l'arrivée d'un groupe de Polonaises nous a permis de savoir que nous étions en 1944, que nous avions changé d'année, et qu'aussi lointain que cela puisse nous paraître, des gens, dans le monde, peut-être même tout près d'ici, avaient fêté l'événement sans s'imaginer une seule seconde ce que mon peuple endurait à ce moment-là. Alors l'espace d'un instant, je me suis réfugiée dans le souvenir de cette merveilleuse Saint-Sylvestre passée dans les bras de Gabriel, avant de fondre en larmes, accablée par les souvenirs de Rothschild, qui, immanquablement, lui sont associés.

— *Liegen ! Nebeneinander !*

Les quelques mots d'allemand que je connais, outre celui, imprononçable, du numéro tatoué sur mon avant-bras gauche, sont suffisants pour me permettre de comprendre ce qu'ils veulent. Nous humilier. Toutes ces corvées inutiles ne servent qu'à cela. Nous humilier.

— Tu es sûre qu'elles ne craignent rien ? chuchoté-je à Sonia en m'allongeant à côté d'elle.

— Aliza est futée, elles ont réussi à se cacher ce matin après l'appel. Il ne leur arrivera plus rien aujourd'hui.

Je hoche la tête avant de la reposer sur le sol caillouteux, le corps prêt à endurer une énième souffrance. Depuis notre départ de Drancy, la relation qui me lie aux filles a changé. Peut-être Sonia a-t-elle déteint sur moi, ou bien être devenue mère a-t-il enraciné en moi des instincts et des sentiments que je ne soupçonnais pas ? Même Rachel, pourtant presque du même âge que moi, me semble si jeune, remplie d'une innocence que ces premières semaines au camp n'ont pas encore réussi à ternir.

La bottine du SS s'écrase sur mon abdomen, propageant la douleur jusqu'à ma colonne vertébrale. Je ferme les yeux, comptant les allers-retours tandis qu'il piétine nos corps fatigués. Aujourd'hui il s'agit du blond au grand front, alors ce sera vite terminé. Au bout du troisième trajet, ce petit jeu ne paraît plus l'amuser, et il nous ordonne de nous remettre au travail.

Au fil des jours, j'ai senti mon endurance diminuer, vu mon corps se transformer. Et lorsque je m'allonge sur ma paillasse répugnante ce soir-là, j'ai l'impression que je ne pourrai plus jamais m'en relever. Je porte les mêmes vêtements depuis mon arrivée. D'après ce que j'ai pu entendre des Polonaises du block de quarantaine, ils ne devraient pas tarder à être désinfectés. Ces haillons sont si crasseux que je doute que cela suffise.

Ce soir-là, Aliza s'allonge à son tour sur le châlit que nous partageons et se blottit contre moi. Je passe le bout de mes doigts derrière ses oreilles, sur les petites boucles blondes qui ont échappé aux ciseaux.

— Tu veux me parler de ta journée ?

Après quelques instants d'un lourd silence, Aliza se met à murmurer. Elle parle si bas que je dois me pencher sur elle pour comprendre ce qu'elle dit.

— Les Polonaises et les Ukrainiennes nous traitent de Demoiselles de Paris. C'est tout ce qu'elles savent dire dans notre langue. Au début j'ai cru que c'était un compliment. Mais elles ne nous aiment pas. Et les autres Françaises sont toutes plus âgées, elles ne veulent pas me parler.

Je pose ma joue sur le sommet de son crâne, les yeux perdus sur la paillasse d'en face, où Sonia explique à Rachel comment réussir un ragoût parfait. Voilà bien une chose que je ne comprends pas à Birkenau. Ici nous mourrons toutes de faim, littéralement, mais cela n'empêche pas ces femmes de parler des délicieux plats qu'elles concoctaient, d'échanger recettes et conseils, comme si le simple fait de raviver les souvenirs de mets savoureux allait remplir leur estomac.

— Tu connais des chansons ? Ma mère chantait pour m'endormir quand j'étais petite. Tu pourrais chanter pour moi ?

J'esquisse un sourire. Elle me rappelle Sarah. Ma belle-sœur nous suppliait à chacune de ses venues pour que Gabriel et moi lui offrions un concert. Sarah… Qu'est-elle devenue ? Je ne l'ai croisée ni à Drancy, ni dans le block de quarantaine. Alors je garde espoir que ce jour-là, au parc, elle ait filé avec ses enfants avant qu'un autre policier n'ait eu le temps de revenir la chercher, et que Michel les ait cachés quelque part. Au moins le nom de famille qu'elle porte depuis son mariage la protège de la suspicion. Le souvenir de ses traits devient chaque jour un peu plus flou, et j'ai l'impression que son visage s'efface peu à peu de ma mémoire, tout comme le rire de mes neveux. Comme si ma vie d'avant n'était pas la mienne.

Mais la chaleur du corps d'Aliza blottie contre moi empêche mon esprit de divaguer vers le passé et ses conjectures.

Je commence à fredonner quelques notes avant d'entrouvrir les lèvres. Ma gorge se serre, l'idée insensée que je ne sache plus chanter, que ce lieu maudit m'ait privée de cette capacité, m'effraie un instant. Alors j'arrête de penser et laisse aller ma voix au creux de son oreille.

— *On dit qu'au-delà des mers, là-bas sous le ciel clair, il existe une cité, au séjour enchanté.*

Je joue du bout des doigts avec les rares boucles blondes qui parsèment le crâne d'oisillon d'Aliza, sans prendre conscience que mon chant se fait plus fort.

— *J'ai deux amours, mon pays et Paris. Par eux toujours, mon cœur est ravi.*

J'aperçois les regards de Sonia et Rachel. Elles ont cessé de parler et m'observent. Leurs lèvres fendues d'un sourire, je découvre à quoi ressemble la joie sur leurs visages. De nouvelles silhouettes approchent de notre châlit, et sans autres bruits que ceux de leurs pas feutrés, de nombreuses femmes du block se regroupent autour de nous.

— *Ce qui m'ensorcelle c'est Paris, Paris tout entier.*

Pour la première fois depuis que j'ai franchi les barbelés du camp, mon cœur se gonfle. Il paraît incroyable qu'un tel moment puisse avoir lieu au milieu de l'enfer, qu'une telle communion soit possible alors que certaines se battent chaque jour pour une bouchée de pain. Je prends conscience que ma voix s'élève, gagne en puissance, emportée par la rareté de l'instant.

— Non mais c'est pas bientôt fini, ce raffut ! hurle soudain la cheffe de block en sortant de sa petite chambre à l'entrée du baraquement, l'unique espace privé du lieu.

Les femmes se dispersent comme un essaim d'insectes effrayés et retrouvent leurs couches, la tête basse. Les pas lourds de la *Blockova* résonnent jusqu'à moi comme le glas, et Aliza se recroqueville, manquant de tomber au sol tant notre châlit est petit. Lorsque l'ombre de notre tortionnaire apparaît au-dessus de moi, je fais passer Aliza de l'autre côté de la paillasse et l'envoie au sol pour la protéger des coups. Il se dit que notre cheffe de block a été condamnée en Allemagne pour avoir tué des enfants, et je suis persuadée que le corps qu'elle frappe lui importe peu. Si Aliza s'était trouvée là, elle aurait subi son courroux.

— Tu as osé me déranger à cette heure ! Me réveiller !

Je ne me défends pas tandis qu'elle me frappe, je sais que ce n'est pas la peine. Cela ne ferait que prolonger ma souffrance.

— Compte sur moi pour te donner le plus clair du bouillon ! Et pour qu'on oublie ton morceau de saucisson de midi !

Elle m'assène un dernier coup au visage avant de repartir vers sa chambre, mais les mots qu'elle a prononcés ont été plus douloureux que sa violence. Je ne survivrai jamais si elle diminue ma ration, déjà à peine suffisante pour assurer ma survie.

Aliza remonte doucement sur notre paillasse, les yeux rougis. Tout en reniflant, elle me remercie en m'enlaçant avec la tendresse de l'enfant qu'elle n'est plus.

— Excuse-moi, fait une voix en polonais dans mon dos.

Je sursaute, et ce simple mouvement transperce mon corps de douleurs. La femme nous contourne pour se placer devant moi, jetant à la dérobée des regards vers la porte par laquelle la cheffe de block a disparu.

— Tu comprends le polonais, n'est-ce pas ?

J'acquiesce. Entendre parler cette langue réveille toujours une certaine nostalgie en moi, des souvenirs d'enfance et d'hiver, mais aujourd'hui, il n'en est rien. Toute la joie que j'ai pu ressentir en chantant s'est évaporée aussi sûrement que mon espoir de voir se terminer ce mois de janvier.

— Comment t'appelles-tu ?

— Myriam, soufflé-je, la mâchoire ankylosée par les coups.

La Polonaise s'accroupit devant moi et pose sa main sur la mienne, sous le regard scrutateur d'Aliza. Ses joues sont encore rebondies et son crâne, parfaitement rasé. Elle doit faire partie de l'un des derniers convois.

— Je m'appelle Anastazia. Tu as eu beaucoup de courage tout à l'heure, et ce que tu as chanté était magnifique.

Je ne vois pas ce qu'elle a pu considérer de courageux dans mon manque de prudence, mais je n'ai ni le temps ni la force de la contredire avant qu'elle ne poursuive.

— Si elle diminue ta ration, alors je te donnerai un peu de la mienne.

— Arrête, tu ne sais pas de quoi tu parles.

Je ne sais pas comment je parviens à articuler malgré la douleur lancinante près de mon menton, mais je poursuis.

— Tu viens juste d'arriver, tu ne sais pas à quel point nos rations sont précieuses. On ne dit pas des choses comme ça ici.

Un sourire semblable à celui de Rachel remonte jusqu'à ses yeux.

— Tu nous as rappelé à toutes que la vie existe encore. C'est ça qui est précieux. Alors si, moi, je le dis.

36
CALEB

25 juillet 1989

Je pénètre dans le hall du bâtiment en observant tout ce qui m'entoure. J'imagine la silhouette de ma mère biologique arpenter les couloirs, et alors que je m'avance vers le comptoir d'accueil, la question qui me taraude depuis que j'ai entendu le nom de son lieu de travail s'impose dans mon esprit.

Je connais Yad Vashem. C'est auprès d'eux que mon grand-père a témoigné pour que Jacques et Marie-France puissent obtenir le titre de Juste tant mérité, après avoir, entre autres, sauvé et hébergé mes grands-parents malgré les risques qu'ils couraient. Cet endroit est sûrement, outre ce qu'il reste des camps, la plus grande représentation de la Shoah et de ses victimes. Comment ma mère biologique a-t-elle fait pour supporter de rester plusieurs heures par jour dans un tel lieu alors qu'elle connaissait le secret de ses origines ? Je ne suis pas sûr d'être jamais capable d'un tel courage.

La femme derrière le comptoir me lance un grand sourire, et je repère son badge indiquant qu'elle s'appelle Dana. Je ne lui laisse pas le temps d'ouvrir la bouche et pose la photo devant elle avant de déclamer la phrase que j'ai répétée en anglais tout le long du chemin.

— Bonjour, je cherche cette femme, elle s'appelle Romy et c'est ma mère biologique. J'ai appris qu'elle avait travaillé ici.

Dana entrouvre la bouche et fait glisser son pouce sur le cliché comme si elle caressait la joue de la femme qu'il représente. Je fronce les sourcils. Une larme perle sur ses cils avant de tomber sur le comptoir. Je peine à y croire. Mon souffle se bloque dans mes poumons et j'ai du mal à parler.

— Vous… Vous la connaissez ?

Dana met quelques instants avant de me répondre dans un anglais parfait mais rempli d'émotions.

— Oui, je… Vous êtes vraiment son fils ? Bien sûr que oui, oh mon Dieu, vous leur ressemblez tellement !

— Comment ça, je leur ressemble ? Vous avez aussi connu mon père ?

L'hôtesse d'accueil m'observe avec un sourire tendre, et je comprends qu'elle voit ma mère à travers moi. J'ai dans le cœur la certitude que cette femme a beaucoup à m'apporter, que grâce à elle je pourrai faire la lumière sur les zones d'ombre de mon histoire.

Dana jette un coup d'œil derrière elle et dit quelques mots dans une langue aux connotations orientales. Puis elle m'emmène à l'écart tandis qu'un homme la remplace à l'accueil, et nous nous installons dans ce qui m'a tout l'air d'être une salle de travail, actuellement vide.

— Comment t'appelles-tu ? fait-elle en posant une main sur mon épaule.

— Caleb. Caleb Delaunay Hartman. Mes parents biologiques, comment vous…

— Romy a travaillé ici pendant deux ans. Elle avait les cheveux plus courts que sur ta photo, mais je l'ai tout de suite reconnue. Ton père est français, il s'appelle Raphaël Ferrand.

Ce nom résonne dans ma boîte crânienne, et je fixe les yeux embués de cette femme que je connais à peine, mais qui porte en elle tant de réponses.

Raphaël Ferrand.

— Je ne saurais dire ce qui a rapproché ces deux-là, les recherches de Raphaël sûrement, mais nom de Dieu, tu leur ressembles tellement !

Le vague à l'âme, j'esquisse un sourire. Je sais déjà d'où je tiens mes yeux…

— Mon père biologique faisait des recherches ici, pourquoi ? Il est…

Je cherche mes mots, peinant à m'exprimer aussi clairement que je le voudrais dans une langue qui n'est pas la mienne, et que je regrette de ne pas avoir plus étudiée à l'école.

— Était-il prof d'histoire ou quelque chose comme ça ?

Le sourire qui apparaît sur le visage de Dana est étrangement similaire au mien.

— Non. Il faisait des recherches sur sa mère.

Un ricanement s'échappe de mes lèvres. Un rire jaune et dépourvu de joie. Voilà que je me retrouve sans le vouloir sur les traces de mon père, dans cette ville où j'espère trouver la même chose que lui. Des informations sur ma mère. Puis ce que cela signifie me saute aux yeux. Mon père a des origines juives. Les larmes me brûlent et débordent. Dana essuie mes joues avec des gestes maternels et me serre contre son chemisier jaune. Mes pleurs redoublent tandis que les liens se font dans mon esprit, comme autant de traits qui apparaissent entre des points au hasard, un pont entre mon passé et mon présent. J'imagine la réaction de mon grand-père lorsqu'il saura que mes grands-parents paternels ont subi les mêmes atrocités que lui. Je pense à l'amour impossible qui unissait Romy et Raphaël, telle une représentation contemporaine de *Roméo et Juliette.* Tout ce que je souhaite, c'est qu'elle n'ait pas connu le même dénouement malheureux.

Soudain, les mots laissés par ma mère dans sa lettre s'éclairent, prennent sens.

Avant tout, tu dois savoir que je suis désolée. Désolée de ne pas être capable de t'élever, désolée de ne pas avoir suffisamment de courage pour faire face à qui je suis, à ce que tu représentes.

Voilà ce que je représente. Le symbole de deux histoires à l'extrême opposé l'une de l'autre.

Je prends conscience de ce que mon grand-père biologique a voulu dire en parlant d'un sang souillé. Une joie malsaine étire un sourire satisfait sur mes lèvres. Rien ne pourra jamais lui faire ressentir la moindre parcelle du chagrin qu'il a causé, mais si le fait de savoir que sa fille unique a eu un enfant avec un homme aux origines juives peut lui apporter ne serait-ce qu'un peu de honte, je suis fier d'être cet enfant-là.

Je réponds à l'étreinte de Dana comme à celle d'une mère. Celle qui m'attend à Paris me manque plus que je ne l'aurais cru le jour de mon départ.

— Oh Caleb, murmure-t-elle. Je suis tellement désolée que tu n'aies pas eu la chance de grandir auprès de Romy. Ni de Raphaël, vraisemblablement.

Mes sanglots se calment et je m'écarte.

— Est-ce que vous savez où elle est ?

Dana essuie du bout de ses doigts aux ongles vernis les traces de mascara qui ont coulé sous ses yeux.

— Tout ce que je sais, c'est qu'elle est partie pour Paris. Elle voulait retrouver Raphaël, lui dire que tu existais.

— Alors il ne sait même pas qu'il a un enfant ?

Dana hausse les épaules, les lèvres pincées de gêne.

— En tout cas, il ne le savait pas lorsqu'il a quitté Israël. Son départ a été un peu… précipité.

Je perçois au ton avec lequel elle conclut sa phrase qu'elle n'en dira pas plus quant à ce qu'il s'est passé le jour où cet homme, Raphaël, a quitté la ville.

— Je vais te noter tout ce dont je me souviens, rajoute Dana dans la précipitation. Raphaël vivait à Paris à l'époque, ses parents à… Noirmoutier ? C'est comme ça qu'on dit ?

Je souris en l'entendant essayer de prononcer le nom de cette île du golfe de Gascogne.

— Et Romy… Mis à part qu'elle a pris ses billets pour rejoindre Raphaël à Paris, je ne sais rien de plus. Elle n'a plus donné de nouvelles. Peut-être a-t-elle préféré laisser sa vie ici derrière elle.

J'acquiesce et laisse retomber ma tête entre mes mains. Toutes ces émotions ont épuisé mon corps et mon esprit. Dana tapote mon crâne avec affection, puis le crissement de sa chaise sur le sol se fait entendre tandis qu'elle se lève, sûrement pour aller chercher de quoi noter ces informations. Je saisis sa main avant qu'elle ne s'éloigne.

— Est-ce qu'il serait possible de faire une recherche sur un déporté ?

— Bien sûr, tu as un nom ? Peut-être un numéro de matricule ?

— J'ai même les deux. Gabriel Hartman. Matricule 107971.

37
Raphaël

3 septembre 1970

Je reste concentré sur la route, scrutant les panneaux m'indiquant la capitale, première étape d'une destination tout autre. Mais mon esprit est ailleurs.

Je suis parti sur un coup de tête, une impulsion. Et je ne le regrette pas.

Dans ma poche, les mots que j'ai réussi à écrire une fois le choc passé, une feuille froissée où mes pleurs ont fait baver l'encre. Mes parents m'ont menti.

Une simple analyse de sang, un banal groupage sanguin avant d'en faire don m'a permis de comprendre que l'homme qui m'a bordé toute mon enfance, et que j'appelle papa depuis vingt-cinq ans, n'a aucun gène en commun avec moi.

J'ai l'impression que sur l'asphalte qui défile sous mes roues s'impriment ces mots que je visualise aussi nettement que si je les avais sous les yeux, cette phrase écrite d'une main tremblante. Comme pour ne pas l'oublier. Mais comment le pourrais-je ?

Morte en déportation.

Voilà tout ce que je sais de la femme qui m'a mise au monde.

Je serre la feuille dans la poche de mon blouson en cuir, puis rassemble d'une main la tignasse de jais qui couvre mes épaules. Les Beach Boys se mettent à chanter à la radio, mais même le rythme entraînant de *I Get Around* et ses paroles que mes lèvres articulent d'elles-mêmes ne parviennent pas à desserrer le nœud qui écrase ma gorge.

Pourquoi mon père, cet homme si timide et honnête, m'a-t-il menti ? Pourquoi ma mère, l'exemple même de la femme au foyer qui se dévoue corps et âme pour sa famille, m'a-t-elle caché la vérité sur mes origines ? Pourquoi ne pas m'avoir élevé en m'expliquant ce qu'ils savaient depuis le jour où ils m'ont recueilli ? Depuis qu'ils sont devenus mes parents sans même savoir quel âge j'avais.

Nous ne connaissons pas ta date de naissance. Nous t'avons adopté en janvier 1947, tu semblais avoir deux ans. Peut-être trois. Alors nous avons choisi pour toi l'été 1944.

Voilà comment je suis né le 31 juillet 1944. Si Louis de Funès avait connu le succès quelques années plus tôt, j'aurais pu croire que mes parents, hilares devant *La Grande Vadrouille*, avaient choisi cette date en son honneur. Mais ce n'est pas le cas, alors peut-être ont-ils simplement laissé le hasard décider.

Je lâche un soupir rageur. Tant de questions fusent dans mon esprit, comme des courants marins qui se croisent et s'emportent les uns les autres. Qu'est-il arrivé à ma mère ? Où suis-je né ? Qui était-elle ? Qui est mon père ? Est-il mort en déportation lui aussi ? Avais-je seulement un père ? Est-ce que je lui ressemble ?

Mais aujourd'hui, tandis que mon pied enfonce la pédale de l'accélérateur, la question la plus importante de toutes tourbillonne dans mon esprit.

Vais-je obtenir des réponses ?

38
Raphaël

4 septembre 1970

Mon regard est attiré de tous côtés dans cette ville si éloignée de tout ce que j'ai pu voir dans ma vie. La lumière du soleil illumine la pierre si claire que je ne peux flâner dans les ruelles et leurs escaliers sans mes lunettes de soleil. Les odeurs de thé et de café servis sur les minuscules terrasses où ne logent qu'une ou deux tables, celle du vent qui charrie un air chaud et sec me transportent autant que les discussions animées des hommes attablés, leurs têtes couvertes d'un voile blanc cintré de cordes noires. Parfois, j'aperçois la coupole dorée de la mosquée, et m'arrête quelques instants, observant Jérusalem, laissant mes yeux longer les remparts de la vieille ville.

Voici donc la cité qui pourrait m'apporter des réponses.

J'arrive aux portes du bureau de Yad Vashem en fin d'après-midi.

Moi qui étais si impatient d'arriver devant ce bâtiment, qui me suis imaginé tant de scénarios possibles lorsque j'en franchirais les portes, j'ai l'impression d'avoir arpenté chacune des rues de la ville afin de repousser ce moment. Et si j'avais fait tout ce voyage pour rien ? Après tout, quelles informations ai-je à leur apporter ? Je ne connais ni ma date de naissance, ni le nom de ma mère, je ne sais même pas ce qu'il lui est arrivé. Tout ce que je sais, c'est que mes parents m'ont adopté à Paris. C'est en tout cas ce que ma mère m'a expliqué la veille. Je ne lui ai pas laissé le temps d'en dire plus. Trop abasourdi et en colère, j'ai claqué la porte de la maison de mon enfance. Je prends conscience aujourd'hui de toutes les autres informations qu'elle aurait pu me donner, mais que mon impulsivité m'a empêché d'obtenir.

La femme qui m'accueille a un large sourire engoncé au milieu de deux joues rondes. Je place derrière mes oreilles les longues mèches de cheveux qui me collent au visage, tandis qu'elle s'adresse à moi dans une langue qui m'est totalement étrangère. Mon incompréhension doit se lire sur mon visage car je perçois le changement dans les tonalités et l'accent de sa voix.

— Je suis désolé, je ne parle pas arabe, balbutié-je en anglais avec un accent à couper au couteau.

Le sourire de la secrétaire se rétrécit, comme si elle se retenait de rire.

— *I'll take care of it, Dana.*

La voix féminine me parvient d'une porte ouverte dans le couloir de droite. Une jeune femme apparaît dans l'encadrement. Ses cheveux blonds sont coupés court, à l'exact opposé de la majorité des Parisiennes. Sa peau matifiée par le soleil fait ressortir les deux billes de glace avec lesquelles elle me fixe.

Ma gorge se noue alors qu'elle contourne le comptoir d'accueil. Non pas à cause de sa beauté naturelle, des jolies femmes, il y en a à tous les coins de rue, en Israël comme en France, mais en raison de la tristesse qui émane d'elle comme l'aura de chaleur au-dessus de Jérusalem.

Elle me sourit en me saluant, mais son expression me paraît être celle d'un automate, un réflexe imposé par notre société.

— Bonjour Monsieur, en quoi puis-je vous aider ?

Son français est imprégné d'un fort accent portugais qui lui fait rouler les R et chanter les mots.

— Vous venez de le faire ! Vous m'avez épargné le ridicule de parler anglais plus longtemps !

Le coin de sa bouche frémit légèrement, sûrement de gêne face à ma réponse. Ses yeux ne me quittent pas, et malgré leur couleur incroyable, il n'en ressort rien. J'ai l'impression qu'ils observent un point du mur placé exactement derrière ma tête. Cela me suffit pour me reprendre, et les raisons qui m'ont mené ici se rappellent douloureusement à moi.

— Ma mère a été déportée.

J'ai dit ça très vite, comme on arrache un pansement. C'est la première fois que je prononce ces mots à voix haute, et cela rend mon histoire encore plus réelle.

Une lueur passe dans le regard de mon interlocutrice, comme si cette phrase avait réveillé quelque chose en elle.

— Je n'ai aucun souvenir d'elle, elle est morte en déportation et j'ai été adopté en France. Je… je cherche à savoir d'où je viens.

Les yeux de la jeune femme s'éteignent, et elle me paraît encore plus triste, bien qu'elle conserve son masque professionnel. Elle entrouvre la bouche, prête à me répondre, lorsqu'un homme apparaît à son tour dans le hall en faisant de grands gestes dans sa direction.

— Romy !

Elle se retourne et je comprends qu'il s'agit de son prénom, tandis que mon anglais très approximatif ne me permet pas de saisir la suite de ses propos.

— Excusez-moi, fait Romy une fois qu'il a tourné les talons. Nous avons apparemment eu un petit souci avec les dernières archives, je…

Un instant, je discerne une fêlure à travers son masque, et lorsque ses épaules s'affaissent, je peux presque voir l'épuisement et la mélancolie qui pèsent sur elle.

— Je vous invite à revenir demain, le matin de préférence, comme ça, vous aurez tout le temps nécessaire pour faire vos recherches. Bonne soirée.

Elle me salue d'un hochement de tête et s'éloigne, laissant derrière elle une ombre étrange, insaisissable et pourtant extraordinairement palpable.

39
Romy

4 septembre 1970

J'arpente les remparts de Jérusalem tandis que la ville s'éclaire. Ils ne vont pas tarder à fermer, et les rares badauds se dirigent tous dans la même direction, contrairement à moi. Je suis à contre-courant. Sur ces remparts ou dans ma vie, j'ai l'impression de ne pas suivre le même chemin que les autres. Qu'ils sont tous pleins d'idées et d'envies, que leur joie et leur sourire brillent telle une parure clinquante. Tout autant d'atours que le vide qui se creuse en moi depuis un an m'a ôté.

Moi qui croyais parvenir à corriger ne serait-ce qu'un peu les ignominies de mon père, je me rends compte de jour en jour à quel point mon entreprise est vaine.

À quel point je suis inutile.

Les témoignages arrivent plus nombreux chaque mois, de survivants, de ceux qui ont tout perdu. Et parfois de ceux qui, par miracle, sont revenus ensemble de cet enfer qu'ils nous décrivent. Je ne sais pas si mon cerveau d'adolescente avait éludé certains détails ou si nos professeurs nous les avaient sciemment cachés, ou bien si les survivants commencent à évoquer seulement maintenant l'entièreté des horreurs qu'ils ont vécues, mais je suis un peu plus frappée chaque jour par cette abomination de l'histoire qu'a été la Shoah.

Cette abomination perpétrée par des hommes que j'imaginais tels des monstres aux crocs acérés, et non par des êtres humains comme mon père. J'ai l'impression de porter en moi, dans ma chair et dans mon sang, la trace de ses actes, le poids d'un passé que je n'ai pas connu. Et malgré toutes les bonnes intentions avec lesquelles je suis venue en Israël, qu'elles puissent être jugées louables ou égoïstes, je me rends compte, à mesure que les archives passent entre mes mains, que rien ne pourra jamais défaire les actes de mon père.

Les images d'un gros morceau de tissu que l'on nous a déposé aujourd'hui ne cessent de me hanter, et alors que je pose mes mains sur les remparts, enveloppée d'obscurité, je ne vois pas le paysage nocturne qui s'étend devant moi, mais seulement ce que j'ai d'abord pris pour une toile de jute. Puis, tandis que l'on m'expliquait comment avait été confectionné ce tissu, j'ai discerné les fins cheveux qui s'échappaient des fibres, et j'ai été prise d'un haut-le-cœur. Devant moi, sur mon bureau, trônait la chevelure des déportés que mon père avait tués.

Je me suis imprégnée de toute cette souffrance comme d'un poison qui aurait détruit chaque morceau de moi, chaque parcelle de ma personnalité, qui aurait étouffé le moindre espoir d'un quelconque bonheur, ou du moins d'une absolution.

Mon pied se pose sur le créneau. L'espace entre les pierres est juste assez large pour que je m'y faufile.

C'en est trop. Ce poids est impossible à porter. Les mots de mon père résonnent dans mon esprit comme s'il était en train de les prononcer à mon oreille. Ces mots qui hantent mes cauchemars. Ces mots qui m'ont détruite.

Auschwitz, ce n'était rien.

Les Juifs allaient causer notre ruine.

J'ai du mal à respirer.

On en a tué une bonne partie.

Le néant de la nuit semble faire écho à celui qui prend désormais toute la place dans mon être.

J'ai obéi aux ordres de mon Führer.

J'ai fait ça pour vous protéger.

La fierté et la vigueur de ses propos me dégoûtent tout autant que mon reflet dans le miroir, quand je vois mes yeux qui ne sont qu'une parfaite copie des siens.

Mon pied quitte la pierre, je me penche au-dessus du vide.

Enfin.

Des bras vigoureux m'encerclent et me tirent en arrière. Je crie alors que la souffrance revient comme une vague qui m'engloutit et menace de me noyer.

— Arrêtez ! Romy, calmez-vous, tout va bien !

Je reconnais immédiatement la voix grave et le français parfait du jeune homme venu au bureau en fin d'après-midi. Je me débats et le repousse avec toute la force de ma colère.

— *Me largue ! Me largue ! O que você esta fazendo ? Fora*[1] *!*

— Alors je ne sais pas du tout ce que ça veut dire, même si j'en ai une petite idée. Mais quoi que ça puisse être, comprenez bien une chose. Je ne vous laisserai pas sauter. Je suis là.

Je plante mon regard dans ses yeux sombres qui me fixent comme deux ancres et m'empêchent de bouger tout autant que sa poigne autour de mes bras. Ses paupières

1. « Lâchez-moi ! Lâchez-moi ! Qu'est-ce que vous faites là ? Partez ! »

ne clignent pas, son regard ne dévie pas un seul instant. Mes yeux s'embuent et mes jambes cèdent, comme si le poids de mon chagrin que j'ai laissé derrière moi en me penchant au-dessus du vide s'abattait de nouveau sur mes épaules.

L'homme me retient pour m'empêcher de m'effondrer et me fait asseoir contre la pierre encore tiède. Mes mains se mettent à trembler de manière incontrôlée, et mes dents claquent malgré le souffle chaud et sec qui glisse sur ma nuque. Les doigts du jeune Français se referment sur les miens, et il s'assied à mes côtés.

— Il y avait une raison particulière à ce… geste ?

Je prends une profonde inspiration, mais l'air a du mal à se frayer un chemin jusqu'à mes poumons. Un nœud enserre ma gorge, comme une boule de larmes, de cris et de chagrin, prête à exploser.

— Un trop-plein. Je…

Je relève la tête. Son visage, où une tache de naissance que je n'avais pas remarquée disparaît presque dans l'obscurité, est si rempli d'innocence que j'ai l'impression que le mien trahit toute la culpabilité dont j'ai hérité. Le pli soucieux entre ses sourcils et sa bouche pincée percent la bulle de pleurs que je retenais. Comment puis-je dire à cet homme qui vient de me sauver et qui est venu jusqu'ici pour en savoir plus sur sa mère que je suis la fille du responsable de sa mort ? Comment puis-je lui dire qu'il n'aurait jamais dû intervenir, qu'aucune conversation ne comblera le vide qui se creuse chaque jour un peu plus en moi ?

Il passe un bras autour de mes épaules et me serre contre lui tandis que mon corps est pris de soubresauts. Les photos des déportés à leur retour, la voix de leurs témoignages, le regard de mon père, mon impuissance. Tout se mélange et tournoie sous mon crâne, devant mes yeux. J'ai le vertige, l'impression d'étouffer.

À quoi bon m'avoir sauvée ?

Une légère vibration parcourt mon corps, et ce n'est qu'au bout de longues minutes que je comprends d'où elle provient. Des mots qu'il m'adresse, mais que je ne parviens pas à comprendre à travers mes sanglots. Je me concentre sur sa voix grave et l'étrange apaisement qu'elle me procure. Comme si son timbre m'enveloppait d'une brume, la douleur auparavant incisive se fait plus sourde, moins lancinante.

Bientôt mes pleurs se tarissent et il ne dit plus rien. Nous sommes juste là, adossés aux remparts. Deux âmes si contraires.

— J'ai appris des choses que je n'aurais jamais voulu connaître, expliqué-je soudain en reniflant, rompant le silence. Des choses qui ont remis en question mes origines et qui j'étais.

Je prends une inspiration tremblante.

— Je pensais pouvoir porter ce fardeau et le transformer, en faire quelque chose de bien.

Un léger sourire remplace sa moue inquiète.

— Alors on vit à peu près la même chose, si je comprends bien.

Mes mains ont cessé de trembler, mes dents, de claquer.

— Ça fait même pas deux jours que je sais que j'ai été adopté. Ma mère m'avait écrit une lettre. Je ne sais pas quand, mais elle me l'a donnée lorsque j'ai compris par moi-même que mes parents ne pouvaient pas réellement être… mes parents. Je ne leur ai même pas laissé le temps de s'expliquer.

Il ricane, mais sa voix est remplie de regrets. Ma douleur s'estompe, comme effacée par la sienne, et je l'écoute.

— Je l'ai balancée et j'ai déguerpi dès que j'ai eu fini de la lire, et maintenant me voilà.

Je hausse les sourcils en l'imaginant claquer la porte de chez lui tout comme je l'ai fait. Je ne peux nier les similitudes de nos histoires, bien qu'également aux antipodes l'une de l'autre. Un élan de compassion me surprend, tout comme la fatigue qui étreint insidieusement mon corps.

— Et vous voilà. À Jérusalem mais aussi à l'endroit exact où j'ai voulu…

Je me rends soudainement compte que ce ne peut être une coïncidence.

— Vous m'avez suivie ? Qui êtes-vous ?

— Raphaël.

Je répète son prénom, incapable de le prononcer convenablement. Il laisse échapper un petit rire et lorsque celui-ci illumine ses yeux, ma bouche s'étire dans un réflexe. Un mouvement éreintant qui le surprend tout autant qu'il m'étonne.

— Et je ne vous ai pas réellement suivie, j'ai seulement…

Nous sommes interrompus par une silhouette au loin qui nous interpelle en nous faisant de grands signes. Nous nous redressons en toute hâte. Mon corps semble peser une tonne.

— J'ai senti que quelque chose n'allait pas, je ne saurais pas bien comment dire. J'ai traîné un peu devant les bureaux de Yad Vashem et puis vous êtes sortie. Je ne voulais pas vous suivre, mais… Je ne saurais l'expliquer, une sorte d'intuition.

Les paupières lourdes, je l'observe tandis qu'il parle. Mais rien chez lui ne me met mal à l'aise. Je le sens sincère.

— Est-ce que ça vous dérange si je vous raccompagne chez vous ?

— Vous avez peur qu'il m'arrive quelque chose en chemin ? fais-je en descendant les marches des remparts sous la pression du gardien qui proteste.

À la lumière des réverbères, j'aperçois ses joues s'empourprer.

— Il y a de ça, mais il se trouve que ma décision de venir ici a été si précipitée que… Eh bien, disons que j'aurais souhaité emprunter votre téléphone ainsi qu'un annuaire.

Je fronce les sourcils. Le torrent d'émotions qui m'a malmenée a laissé derrière lui mon esprit embrumé.

— Pour l'hôtel. Je dois vous avouer que je pensais tellement à ce que je trouverais ici que je ne m'en suis pas préoccupé en arrivant.

Il se frotte le front.

— Sans vous, je ne serais plus là. Je ne sais pas encore si vous avez bien fait, mais vous êtes intervenu.

Ses yeux se voilent, je sais que ce n'est pas ce qu'il voudrait entendre.

— J'ai un canapé-lit. Venez à la maison, au moins pour cette nuit. On verra demain ce que l'on peut faire pour obtenir des informations sur votre mère.

40
Myriam

10 février 1944

Notre cheffe de block a tenu parole. Anastazia également.

Chaque jour, elle m'a donné la moitié de son morceau de saucisson au déjeuner lorsque nous effectuions nos corvées au même endroit, et chaque soir, elle a partagé avec moi une partie de sa maigre ration, un peu de marmelade, de pain ou de fromage, le tout le plus souvent rance ou moisi. Mais lorsque, hier soir, Anastazia a ôté de son écuelle une pomme de terre entière pour me la donner, je n'ai pu l'accepter. Mon geste s'est suspendu un instant, ma volonté mise à mal par la douleur qui tenaille mon ventre depuis des mois, une douleur si forte qu'il m'arrive de me demander s'il est possible que mon estomac se digère lui-même. Mais je refuse d'être comme ces femmes que je vois, dans l'obscurité de la nuit, voler les chaussures, les précieuses cuillères chèrement acquises ou les vêtements roulés en boule sous la tête des détenues les plus faibles, bien qu'elles sachent que ces vols peuvent précipiter leur envoi vers les fours crématoires. Alors j'ai repoussé la pomme de terre dégoulinante de soupe claire qu'elle tenait dans sa main, et l'ai obligée à la garder.

— Tu en as déjà fait bien assez.

Ce sont les derniers mots que je lui ai adressés avant qu'on ne vienne me chercher ce matin. Toutes celles qui ont débarqué la même semaine que moi sont sorties du block de quarantaine pour intégrer leur *Kommando*. Je jette un coup d'œil aux visages devenus familiers, bien que diamétralement différents de ceux que j'ai aperçus à notre descente du train. Nous sommes loin de la centaine de femmes entrées au camp ce jour-là. Je pince les lèvres. Je ne me souviens même pas du regard de celles qui n'ont pas survécu à la quarantaine. Je n'ai pas pris la peine d'apprendre leur nom, de les connaître. Je n'ai pas plus envie de le faire aujourd'hui. Les seules en qui j'ai une confiance profonde et sincère me suivent depuis Drancy, me protègent autant que je m'efforce de le faire. Je suis incapable de m'ouvrir plus que cela. Ici, nous avons la douloureuse habitude de nous mettre à nu. Nous le faisons tous les dimanches désormais. Cette expression ne veut plus rien dire dans un lieu comme celui-ci. Laisser entrer d'autres personnes dans ma vie reviendrait à découper la peau de ma poitrine et à en écarter les côtes. Une trop grande souffrance. Même la générosité incroyable d'Anastazia se ternira quand les humiliations, les coups, la faim, la soif et le froid auront eu raison de tout ce qui fait d'elle ce qu'elle est.

Lorsque nous quittons la neige dans laquelle nos chaussures crissent et que nous pénétrons dans notre nouveau baraquement, je plaque une main contre ma bouche pour retenir le contenu acide qui remonte dans ma gorge. Une odeur nauséabonde émane des couchettes minuscules. Il y en a si peu de vides que je me demande comment nous allons toutes pouvoir nous y allonger la nuit prochaine. La paille, trop fraîche et trop peu tassée, confirme ce que les relents d'excréments m'ont laissé supposer. Nous sommes la main-d'œuvre qui remplace les femmes emportées par le typhus. Je les imagine sur leurs paillasses souillées, et j'ai un mouvement de recul quand la cheffe de block me pousse vers ma place.

— C'est là que vous dormirez ! Mais avant vous passerez par l'étuve ! On a déjà dû changer la paille, pas question que vos poux nous ramènent une autre épidémie !

Aliza se recroqueville sous ses hurlements, tandis que Sonia entoure Rachel de ses bras. Le visage amaigri de mon amie de Drancy m'inquiète. Chaque matin j'ai l'impression de la découvrir un peu plus décharnée que la veille. On ne peut pas dire qu'elle fait partie des *musulmanes*[1] dont les os percent sous la peau, mais la ressemblance est bien là. Sa démarche hésitante cache une boiterie depuis quelques jours.

— Tu as mal aux pieds ? lui chuchoté-je en désignant ses galoches de bois grossières.

On nous pousse vers le fond du baraquement, et je m'assieds sur la latrine immonde tandis que Sonia se place de l'autre côté, en quinconce.

— C'est rien, ce sont juste ces chaussures qui me font mal. Mais j'en ai vu d'autres, tu sais !

Une crampe au ventre me plie en deux, et je peux sentir le regard compatissant de Sonia dans mon dos. La pudeur a disparu depuis bien longtemps dans ce camp, et la présence de mon amie dans un moment comme celui-ci est bien moins humiliante que le rasage et la désinfection brusque que nous avons subis à notre arrivée.

— Arrête de vouloir me protéger à tout prix, je ne suis pas Aliza ou Rachel. Je me fais du souci pour toi et…

1. Nom donné à Auschwitz aux femmes devenues faméliques

Une main me saisit par le col et me soulève du trou sur lequel j'étais assise avant que je n'aie terminé. Je remonte maladroitement le caleçon long sous ma jupe, absorbant la matière chaude et humide qui coule sur ma cuisse. Un sanglot se bloque derrière mes lèvres, mais je ne ferai pas à cette nouvelle contremaîtresse zélée le plaisir de le laisser s'échapper.

— Par là ! me hurle-t-elle en polonais.

Pour la première fois de ma vie, je déteste cette langue.

— Ils ont besoin de monde pour les rails ! Vas-y !

Elle me pousse au milieu d'un groupe que je percute violemment. Sûrement mécontent de me voir troubler ainsi l'ordre du *Kommando*, un SS me frappe les côtes de sa matraque, réveillant les douleurs du passage à tabac que j'ai subi voilà presqu'un mois. Si mon visage n'en garde aucune séquelle, mon corps porte encore quelques stigmates colorés des coups de la *Blockova*. Je rentre dans le rang et avance sans broncher.

Mes pas s'enfoncent dans la neige, et sur le chemin, l'absence de Sonia et des filles est plus forte que je n'aurais pu l'imaginer. Bien que je sache que je vais les retrouver le soir même, cette proximité quotidienne que nous entretenons, ce combat pour la survie que nous menons toutes les quatre, m'apparaît encore plus important maintenant que je suis au sein de ce groupe d'inconnues. J'ai conscience qu'une journée de séparation n'est rien. Mais ici les sentiments sont exacerbés. Ou anesthésiés. Certains deviennent fous et d'autres deviennent des *Lumpen*. Des haillons humains. Certains s'accrochent à ce qu'il reste de leur vie d'avant, certains ont tourné le dos à leur humanité et à l'espoir.

La déportée derrière moi me pousse afin que j'accélère. Je me retourne pour lui jeter un regard noir, puisque, plongée dans cette solitude, l'agressivité me paraît ma meilleure arme, et remarque les coups de matraque du SS dans son dos. Ses yeux sont remplis d'excuses et de douleur, alors je presse le pas à mon tour.

Nous sortons du camp, passons de l'autre côté de cette porte de l'enfer, mais même si nous laissons les barbelés derrière nous, leur simple présence suffit à nous rappeler qu'ici ou dans l'enceinte du camp, nous ne sommes rien. Que nous brûlerons dans ces fours crématoires ou nous écroulerons sous les balles d'un Allemand simplement parce qu'il aura décidé de tirer.

Un mouvement agite le groupe, une onde particulière qui me fait relever la tête. Des détenus arrivent dans notre direction, masse sombre sur la plaine enneigée.

Mais il est le seul vers qui je porte mon regard.

Mes pas s'arrêtent en même temps que mon cœur, et la femme qui me suit me percute de plein fouet. Nous nous écroulons toutes les deux, mais je me remets sur mes pieds avant que le soldat n'ait le temps de lever son arme. Les jambes chancelantes, je sens mon pouls accélérer à mesure que je fends le groupe des prisonnières.

Il ne m'a pas encore vue. Au milieu de son *Kommando*, je peux me rendre compte d'ici que les deux hommes qui l'encadrent ne sont pas n'importe qui pour lui. Cela se voit dans son regard. Oh comme il m'a manqué, ce regard ! Ses joues se sont creusées, ses yeux sont cernés.

Des appels se font entendre entre nos deux groupes. Je remonte l'ensemble du mien en jouant des coudes lorsque le plus grand de ses camarades nous désigne. Depuis combien de temps n'ont-ils pas croisé de femmes ? Depuis combien de temps n'avons-nous pas croisé d'autres hommes que les Allemands ?

Il relève la tête, mais ses yeux passent sur moi sans s'y arrêter. Des yeux toujours aussi vifs et intelligents, mais voilés et tristes. Je hoquette, j'ai l'impression qu'une poigne de fer écrase ma poitrine. Les douleurs héritées de mon ancienne cheffe de block se réveillent.

Alors je hurle.

— Gabriel !

41

Gabriel

10 février 1944

Sa voix résonne sur la neige et me coupe la respiration. Cette voix que je me suis tant de fois remémorée pour oublier la douleur de la faim et la morsure du froid. Son timbre que j'entendais à mon oreille lorsque la fièvre me faisait délirer. Mais la fièvre est passée depuis longtemps.

Mon regard se pose sur une femme aux cheveux presque entièrement rasés, de petites touffes noires persistant ici et là comme les perce-neige à la surface de l'étendue immaculée. Ses pommettes sont saillantes, son corps a disparu sous les haillons qui la recouvrent.

Mon pire cauchemar et mon plus beau rêve se mêlent devant moi, et je voudrais tout à la fois m'écrouler et courir vers elle. Même au milieu de cet enfer, avec la peau blême, ses sublimes cheveux volés, elle n'en reste pas moins magnifique.

Les larmes affluent à mes yeux avec la puissance d'un torrent incontrôlable, et mon corps décide à ma place ce qu'il doit faire, ne désirant rien d'autre que retrouver la chaleur du sien.

Je m'élance vers elle en même temps qu'un autre déporté sanglotant sort du groupe. Je n'y prête pas plus d'attention, ni à lui, ni aux SS qui arrivent dans notre direction.

Myriam se jette dans mes bras, et pour la première fois depuis mon arrivée ici j'ai l'impression que je recouvre l'entièreté de mes forces. J'oublie les Allemands et n'entends pas les ordres qu'ils crient. Je n'ai peut-être que quelques secondes auprès d'elle, mais ces instants sont les nôtres, je ne compte pas leur en laisser une miette.

Nos lèvres se retrouvent dans une douceur irréelle en ce lieu maudit.

— Mon amour, soufflé-je.

Mes mains retrouvent des réflexes oubliés et glissent sur sa nuque. Mais la longue chevelure dans laquelle s'infiltraient mes doigts a disparu, et une nouvelle vague de larmes me brûle les yeux lorsque j'imagine ce qu'elle a pu subir.

Une matraque nous sépare violemment. Un soldat hurle des mots que je ne comprends pas, mais la rage qu'il nous crache au visage est suffisamment parlante.

Les doigts de Myriam s'accrochent à mon bras alors que le SS essaye de nous séparer, mais nos regards restent fixés l'un à l'autre, dans une conversation muette remplie d'amour et de promesses.

— Survis, d'accord ? me hurle-t-elle en me lâchant, à peine un instant avant que la matraque ne s'abatte, manquant de lui briser le bras.

Nous sommes repoussés violemment dans nos groupes respectifs, tout comme l'homme qui hurle aux SS que la jeune femme qu'il étreignait est sa fille, qu'il doit rester avec elle.

— Je te le promets ! m'exclamé-je.

Dans une marche forcée, le canon du fusil au creux des omoplates, nous reprenons la route à travers la neige, tandis que le *Kommando* des femmes part dans une autre direction.

Le visage de Myriam s'éloigne sans jamais se détourner du mien jusqu'à ce qu'elle ne soit plus qu'un point à l'horizon, une vague silhouette fondue dans la foule.

J'ai envie de hurler. Je me maudis de l'avoir laissée partir. Je voudrais courir jusqu'à elle, saisir sa main et la sauver de ce lieu inhumain, la sauver des chambres à gaz, je voudrais retourner à Paris, en 1943, lorsque nous nous embrassions sur le trottoir, avant que je ne me retrouve rue des Abbesses, je voudrais ne jamais être retourné dans mon appartement, je voudrais ne jamais l'avoir laissée.

Mais le temps est aussi insaisissable que la fumée noire qui s'échappe de la haute cheminée du four crématoire, il est aussi cruel que les nazis.

Alors je continue de marcher dans la neige, le goût salé de mes pleurs sur mes lèvres qui tremblent tandis que je marmonne sans même m'en rendre compte, les poings serrés.

— Qu'est-ce que tu dis ? me demande Leibovici.

Ni Marcel ni lui n'ont prononcé le moindre mot depuis que notre *Kommando* a repris la route. Avaient-ils peur de me faire encore plus de peine ? Ou craignaient-ils que je crie à travers la plaine, que je commette un acte inconsidéré comme mon cœur me hurle de le faire, au risque de me voir tomber trois mètres plus loin, abattu d'une balle allemande ?

— La guerre ne durera pas toujours.

42

Gabriel

1er mars 1944

Cet hiver est plus glacial encore que tous ceux que mon esprit a gardés en mémoire. Nos chaussures usées sont trempées à longueur de temps. La journée, la neige s'infiltre à l'intérieur, humidifiant les chaussettes de ceux qui ont la chance d'en avoir. Le soir, le seul moyen de les sécher un peu serait de les ôter, mais ceux qui s'y sont essayés ont dû passer les longues heures d'appel du lendemain pieds nus.

Seule la promiscuité de nos couchettes nous apporte un peu de chaleur. À chaque fois que je tremble, que mes dents s'entrechoquent tant il me semble que le froid transforme peu à peu chaque morceau de ma chair en glace, je ne peux m'empêcher de penser à Myriam. Mon esprit se perd en conjectures sur la façon dont elle est arrivée ici, établissant les pires scénarios. Depuis combien de temps est-elle enfermée dans ce camp ? Survivra-t-elle au froid et à la faim ?

— Gabriel ! Regarde !

La voix de Marcel, debout à mes côtés, me sort de mes songes. Laisser divaguer mes pensées afin qu'elles m'emmènent loin de cette torture est le seul moyen que j'ai trouvé pour la rendre supportable. L'appel a commencé depuis au moins une heure. Mes jambes, qui m'ont porté depuis le petit matin, sont aussi douloureuses que si elles étaient chauffées à blanc. J'ai l'impression qu'un pieu transperce la plante de mes pieds tant elle me fait mal, et le froid a engourdi mes orteils.

— Qu'est-ce qu'il se passe ? chuchoté-je.

Leibovici hausse les épaules tandis qu'un soldat allemand, un haut gradé à en juger par le nombre de médailles qui décorent sa tenue vert-de-gris, arrive devant nos rangs. Ses doigts sont accrochés à la ceinture en cuir qui enserre sa taille, et son regard est plus dur que la couche de glace qui recouvre la terre le matin. Un revolver au côté, il possède la démarche assurée de celui qui a conscience de sa suprématie. Je reconnais le commandant du camp, que nous apercevons rarement, mais dont il émane une aura tellement vicieuse qu'il est parfaitement reconnaissable. Un frisson parcourt ma peau déjà recouverte d'une douloureuse chair de poule. Une violente envie de me jeter sur lui pour le rouer de coups me tord les entrailles. Mes mains tremblent, non de peur ni de froid, mais d'une rage contenue qui menace d'exploser. Comme ces mines de la Grande Guerre que des fermiers retrouvent encore dans leurs champs. Car même si les *Kapos* sont abominables, ce qu'il reste en moi de compassion et d'humanité me souffle qu'ils sont également prisonniers de cette véritable machinerie meurtrière que des hommes comme celui qui se tient devant moi ont élaborée et mise en marche.

Notre *Kapo* arrive à la suite du commandant, avec une telle admiration dans le regard que j'en ai la nausée. Ses petits yeux ignobles me rappellent la personne qu'il est réellement, et la bile remonte dans ma gorge. Comment ai-je pu penser un instant que cet assassin, anciennement détenu dans une prison allemande et qui aujourd'hui fait déferler sa violence sur les Juifs, valait mieux que ce SS au sourire infâme ?

— *Der Geiger in unserem Orchester ist tot. Und anscheinend kann keine Ratte Ihrer Art dieses Instrument gut genug spielen, um es zu ersetzen. Wäre jemand von euch dazu in der Lage ?*

Je plisse les yeux comme si cela allait me permettre de devenir bilingue. Malgré tout ce que Leibovici a pu nous apprendre sur sa langue maternelle, les seuls mots que je crois avoir reconnus à travers cet enchevêtrement de syllabes sont « orchestre » et « instrument ». Cherche-t-il un nouveau musicien ?

— Lève la main ! fait Leibovici.

Il me pousse et manque de me faire tomber tant son geste me surprend. J'ai avancé d'un pas.

— *Du !* hurle le haut gradé.

Tous les regards convergent vers moi, les sourcils se haussent.

— Lève la main ! Réponds-lui !

Comme un écolier qui n'est pas tout à fait certain d'avoir la bonne réponse, je lève le bras au-dessus de notre groupe, et fais de mon mieux pour empêcher ma voix de trembler.

— *Ja, mein General.*

Mon accent n'a rien à voir avec celui de mon camarade, mais le SS semble me comprendre malgré tout. Son regard me transperce de part en part, fige l'air dans ma poitrine. Je ne sais pas ce que je viens d'accepter, je sais juste que je peux avoir confiance en Aaron. Il sait ce que je pense de l'orchestre qui accompagne notre départ le matin et notre retour le soir. Nous avons déjà eu cette discussion, et je n'oublierai jamais ce à quoi elle a mené.

— *Bist du Geiger ?* poursuit-il.

— Oui, siffle Leibovici.

Sa voix est si pressante, si confiante, presque heureuse, que je ne peux que hocher la tête.

L'Allemand s'approche et se plante devant moi. D'une taille similaire à la mienne, il m'observe comme s'il était un géant et moi une simple fourmi qu'il hésiterait à écraser sous sa botte cirée.

— *Gut.*

L'homme me laisse ainsi, sans un mot de plus, et c'est seulement lorsqu'il me tourne le dos que je me remets à respirer.

— Qu'est-ce qu'il a dit ?

Leibovici reste muet, concentré sur les ordres que le commandant donne au *Kapo* avec un soupçon de dégoût en moins que lorsqu'il s'est adressé à nous. Ce dernier hoche la tête avec frénésie avant de le raccompagner sur quelques mètres, avec une servitude ridicule.

— Alors, à quoi je viens de dire oui ?

Les traits de Leibovici s'affaissent, une larme perle au coin de ses yeux.

— Je suis désolé Gaby…

J'oublie un instant le froid qui mord chaque centimètre de ma peau et entrouvre la bouche. Je ne veux pas comprendre, je ne veux pas croire qu'il m'ait fait ça.

— On a dit qu'on ferait tout pour survivre, tu t'en souviens ?

La larme qui roule sur ma joue glacée est brûlante.

— Il cherchait un violoniste. C'était ta chance. Peut-être ta seule chance de sortir un jour d'ici vivant.

Mon regard glisse sur Marcel. Ses yeux sont humides, mais je n'y vois plus le ressentiment enragé qui a pris possession de lui lorsqu'il s'en est pris à Joseph.

Le *Kapo* revient en toute hâte et traverse nos rangs en agitant sa matraque, assenant des coups inutiles aux déportés déjà en train de se décaler.

Je tends la main vers mes camarades en même temps que ceux-ci fondent sur moi. Peu importe la crasse, la sueur, les haillons immondes, je les serre dans mes bras.

— Ne t'en fais pas, tu ne nous abandonnes pas, murmure Marcel. Sors-toi de là.

Le *Kapo* m'agrippe par le col et abat son gourdin sur l'épaule de Leibovici pour l'obliger à reculer.

— Va chercher ce que tu as à l'intérieur et ensuite tu iras dans la baraque là-bas !

Il me désigne un block éloigné où nous voyons les musiciens du camp rentrer chaque soir.

J'effectue ma besogne, et tandis que je m'éloigne dans la neige qui crisse sous mes pieds, je me retourne et aperçois Marcel et Aaron prendre le chemin du baraquement qui n'est plus le mien. Leurs visages disparaissent, leurs visages que je chercherai chaque jour parmi la foule de déportés alors que je jouerai au sein de l'orchestre.

43
Caleb

25 juillet 1989

Je ne cesse d'essuyer les larmes qui inondent mes joues, comme provenant d'une source intarissable. Je ne pensais pas que le dossier de mon grand-père serait si complet. Je ne pensais pas non plus que le lire me ferait cet effet-là. J'étais persuadé que ce que j'avais appris en cours ainsi que les bribes d'histoire que j'avais interceptées lorsque Marcel venait à la maison m'avaient permis de saisir l'entièreté de ce qu'il avait pu vivre. Mais chaque mot que je lis, chacune des phrases, je peux les entendre prononcés avec sa voix... Tout ce qu'il raconte dans son témoignage, je peux l'imaginer avec une précision effroyable tant les détails qu'il donne me font froid dans le dos.

Il raconte son arrestation rue des Abbesses, et je m'en veux pour tous les caprices que j'ai pu faire le mercredi, lorsque c'était son tour de venir me chercher après la sortie de l'école, lorsqu'il refusait de m'emmener au carrousel de Montmartre. Il parle des conditions inhumaines de transport dans des wagons à bestiaux, décrit leur odeur et celle du camp avec tant de précision que j'en ai la nausée. Il donne le nom de ses camarades, relate leur histoire pour qu'ils ne soient pas oubliés.

Les dates et les événements se confondent dans mon esprit, et alors que je parviens aux dernières lignes de son témoignage, je rassemble toute la capacité de concentration dont je suis encore capable.

Le Lutetia était bondé. De déportés comme nous, mais aussi de tous ces gens qui cherchaient un membre de leur famille survivant, un ami, un visage connu. Ils ne se rendaient pas compte que nous revenions de l'enfer. Ma chance à moi, c'est que je n'en étais pas revenu seul.

Je revois le portrait de ma grand-mère et l'imagine blottie contre mon grand-père, tous deux perdus au milieu d'une foule de déportés maigres et sales, et de personnes fouillant les visages avec un espoir trop souvent vain.

— Dana, fais-je d'une voix cassée par les pleurs. Tu sais ce que c'est que le Lutetia ? Une ville ?

L'hôtesse d'accueil, qui m'a laissé consulter le document dans la salle de travail, apparaît dans l'encadrement de la porte ouverte.

— Non, c'est un hôtel. On a reçu beaucoup de témoignages qui en parlent. Il a été transformé temporairement en centre d'accueil pour les rescapés des camps au printemps 1945. Il est situé à Paris, dans le 6e arrondissement.

Paris. Tout me ramène à Paris. C'est là que mes parents biologiques sont censés se trouver, et après avoir visité deux continents, je vais devoir retourner chez moi afin d'obtenir les dernières réponses qu'il me manque.

Mais après avoir plongé dans l'histoire de mon grand-père Gabriel, après qu'elle m'a happé comme une vague et bringuebalé sous la houle, je ressors la tête de l'eau avec la sensation brûlante que je me dois de marcher dans ses pas.

Je ne sais pas d'où me vient ce besoin viscéral, peut-être est-ce le même que celui qui pousse certains à partir en pèlerinage. Ou peut-être que je souhaite simplement trouver un moyen de me rapprocher de lui.

— Dana ? l'interpellé-je alors qu'elle s'apprête à retourner à son poste.

Elle s'arrête et se retourne au moment où je la serre contre moi. Je ne sais pas si elle a conscience de ce qu'elle m'a apporté. Après mon départ douloureux de Paris, après la rencontre avec mon grand-père maternel et les souffrances qui en ont découlé, après les montagnes russes subies par mon cœur à chaque fois que l'espoir se transformait en désillusion, Dana a été un bol d'air frais, un écrin de douceur maternelle.

— Merci.

44
Myriam

14 juin 1944

La neige a laissé place à la douceur estivale, rendant nos nuits moins rudes mais toujours aussi peu confortables.

Une main glisse sur mon bras pour me tirer du sommeil et du rêve merveilleux dans lequel j'étais plongée. Ce baiser échangé furtivement avec Gabriel, cet instant suspendu, comme un trésor découvert au milieu d'un tas de fumier, a éloigné mes cauchemars. Les privations l'ont affaibli, mais au creux de ses bras je l'ai senti fort, suffisamment pour apaiser mes peurs.

Gabriel est vivant.

— Myriam, souffle une voix à mon oreille.

Mes yeux papillonnent, peinant à s'accommoder à l'obscurité.

Je sursaute lorsque je distingue le visage de Rachel au-dessus de moi, et plaque une main sur ma poitrine, sous laquelle mes côtes saillent.

— Qu'est-ce qu'il y a ? chuchoté-je.

Je l'aperçois gigoter.

— J'ai mal, se plaint-elle. C'est de pire en pire.

Je me redresse en étirant mes muscles endoloris, luttant contre la fatigue qui alourdit mes paupières.

— Je ne veux pas aller au Revier, mais je ne sais pas quoi faire. Il faut que tu m'aides.

Les sanglots font trembler sa voix. Je pose ma main sur sa joue et sens une larme tomber sur mon index.

— Viens avec moi.

— Tu es sûre ? Si l'on nous voit…

— Il vaut mieux ne pas faire ça ici, je t'assure.

Sans un bruit, je l'emmène jusqu'à l'entrée du baraquement et ouvre la porte avec précaution. La lumière de la Lune me permettra au moins de voir de quoi il retourne, même si j'en ai une petite idée.

Car ici les coups sont permanents. Chacune d'entre nous est couverte de bleus, mais personne ne les observe sur son propre corps. On ne veut pas voir nos ecchymoses. On sait que la silhouette de la déportée à côté de nous aux latrines ou à l'appel, comme celui qui aura lieu demain, est un reflet de la nôtre. Mais nous surveillons les abcès, les crevasses qui se forment sur notre chair martyrisée, à l'agonie. Ici, une simple blessure, une simple piqûre de pou peut s'avérer désastreuse. Il nous arrive parfois de rire lorsque, le soir, Sonia et moi épouillons les crânes de Rachel et d'Aliza telles deux mamans singes, ce que je ne manque pas de leur faire remarquer.

— Si seulement on avait de l'ail, nous répète Sonia. On les aurait asphyxiés en moins de deux.

Sonia que je vois boiter de plus en plus. Sonia qui refuse depuis plus d'un mois de me montrer la plaie de son pied, déjà inquiétante alors. Sonia dont le corps est plus frêle de jour en jour et que je vois glisser à chaque repas une partie de sa maigre ration à Aliza et Rachel. Sonia qui m'a expliqué comment soigner les blessures.

Je reporte mon attention sur Rachel.

— Montre-moi, lui soufflé-je tandis que nous nous plaçons dans l'ombre du baraquement, à la lisière de la lumière blafarde de la Lune.

Rachel remonte sa longue jupe crasseuse, dont le bas a été rendu rêche par la boue de l'hiver qui s'y est incrustée, et place sa jambe à la lumière. L'hématome couvre presque entièrement sa cuisse affreusement maigre. En son centre, une plaie suffisamment profonde pour qu'elle m'inquiète. Je me rapproche et effleure les contours de la blessure en prenant garde de ne pas toucher la chair à vif. Elle n'a pas l'air infectée, ce qui est une chance incroyable dans des conditions d'hygiène aussi misérables.

— Tu vas devoir utiliser ton urine.

Je peux voir les yeux de Rachel s'écarquiller.

— Tu te moques de moi ? chuchote-t-elle.

Je lui fais signe que non.

— L'ammoniaque qu'elle contient va aider ta plaie à cicatriser. Sonia me l'a expliqué peu après notre arrivée, tu peux me faire confiance.

J'entends le soupir de Rachel et la vois s'accroupir, avant d'entendre le liquide couler dans ses mains.

— Une fille de la quarantaine raconte que les Alliés ont débarqué sur les plages de Normandie, juste avant qu'elle ne monte dans le train. J'espère qu'ils seront bientôt là… Quand je vois ce à quoi nous en sommes réduites… marmonne-t-elle tandis que je devine qu'elle recouvre sa plaie de son urine.

— Qu'est-ce que vous faites ?

La voix hargneuse d'une *Kapo* résonne dans le silence nocturne comme une balle tirée au fusil. Je me précipite devant Rachel, toujours accroupie contre le mur de notre baraquement.

Je n'ai même pas le temps de répondre que la *Kapo* me saisit le bras, y enfonçant ses ongles sans ménagement. Elle me tire sous la lumière et je reconnais une *Kapo* polonaise particulièrement cruelle, que j'ai vu de nombreuses fois s'acharner sur une femme déjà à terre. Il y a au moins là une chance que je peux jouer.

— Je suis vraiment désolée, commencé-je dans ma langue maternelle.

— Tu es polonaise ?

Elle me repose, et j'acquiesce.

Elle saisit mon menton de sa main, les sourcils froncés, et m'observe sous toutes les coutures.

— Oui, je t'ai déjà vue à l'appel. Il paraît que c'est toi qui as chanté ?

Je me fige, ne sachant si le lui avouer m'offrirait une protection ou me ferait subir son courroux. Mais Rachel décide pour moi, dans sa naïveté que des mois ici n'ont pas réussi à lui enlever, malgré tout ce qu'elle y subit, malgré l'odeur pestilentielle des corps brûlés qui flotte dans l'air depuis notre arrivée, malgré la violence.

— Oui c'est elle, et elle chante très bien !

La *Kapo* l'ignore, et je sens mon cœur battre dans ma gorge.

— J'aime bien la musique. Et tu es trop jolie pour rester ici. Pendant l'appel demain, on te transférera dans un meilleur *Kommando*.

Les muscles de mes joues se contractent dans une expression si rare, en totale contradiction avec celles que j'arbore habituellement face à ces femmes, qu'il me paraît presque étrange de sourire.

— Mais tu devras chanter pour moi. Quand je te le demanderai.

Les larmes me montent aux yeux et je retiens l'envie irrésistible de prendre Rachel dans mes bras. Rachel. Et Sonia, et Aliza.

— Mais j'ai une famille ici, je…

Le mensonge me vient avec une facilité déconcertante. Peut-être parce que ce n'en est plus vraiment un.

— Mes deux jeunes sœurs et ma mère sont ici, commencé-je en prenant Rachel par les épaules avant de désigner notre block. Elle m'a adoptée lorsque j'étais enfant.

Au moins cela expliquera-t-il le fait qu'elles ne parlent pas le polonais.

— Elles n'auront qu'à venir aussi. Mettez-vous à côté demain.

Cette fois les larmes débordent, et je ne sais quelle posture adopter ni comment réagir.

— Maintenant retournez à l'intérieur ! Et que ça ne se reproduise plus ! Belles ou pas, c'est la dernière fois que je vous prends à sortir de votre baraquement en pleine nuit !

J'enfonce ma tête dans mes épaules, prête à subir les coups qui accompagnent toujours ce genre de propos, mais la *Kapo* ne fait que nous pousser vers la porte. Lorsque celle-ci se referme derrière nous, Rachel trépigne tout autant que mon cœur qui s'affole. Je sais qu'elle voudrait hurler son soulagement tout comme moi, mais quelque chose me retient. Peut-on vraiment faire confiance à une *Kapo* ? Leur plus grand plaisir reste de nous faire souffrir, alors peut-être s'amuse-t-elle simplement à nous faire miroiter de meilleures conditions de vie, avant de voir notre espoir réduit à néant demain, lorsqu'ils nous feront mettre nues et observer sous toutes les coutures ?

Non, mon espoir est trop grand, je dois le partager. Aussi silencieusement que possible, je retrouve mon châlit, Rachel sur les talons. Profitant de mon absence, Sonia s'est allongée sur le ventre, son bras dans le vide, ce qui est impossible lorsque nous dormons toutes tête-bêche. Je m'accroupis devant son visage que je distingue dans l'obscurité, impatiente de voir la joie éclairer ses traits endormis.

— Sonia, soufflé-je comme Rachel l'a fait pour me sortir du sommeil à peine quelques minutes plus tôt.

Je prends sa main dont les doigts effleurent le sol dans la mienne, et la serre tendrement. Rachel secoue l'épaule de Sonia avec plus de vigueur, emportée par sa joie.

Les secondes s'étirent au fil de nos respirations. La mienne est de plus en plus laborieuse, comme si une main glacée écrasait ma trachée à mesure que le visage de Sonia n'esquisse pas la moindre expression, bien que Rachel la secoue aussi fort qu'elle le peut.

La détenue allongée à côté de notre camarade remue dans son sommeil, au moment où Rachel tire sur le bras de Sonia. Son corps glisse le long du châlit et tombe au sol dans un bruit sourd, son crâne, que les Allemands ont de nouveau rasé la veille, percute le sol crasseux.

Mes jambes cèdent et je m'écroule, mais le reste de mon corps demeure figé. Rachel se jette dans mes bras et étouffe ses pleurs contre mon épaule. Mes yeux sont incapables de se détacher de Sonia. J'ai envie de la secouer avec une violence qui ne me ressemble pas. Me saisir de ses épaules et la bousculer pour l'obliger à se réveiller. Je veux la voir ouvrir les yeux, me prendre dans ses bras, je veux qu'elle console Rachel à ma place, je ne veux pas avoir à la remplacer.

Mes larmes brouillent ma vue, me soulageant un instant de la vision du corps de Sonia. Je m'accroche à Rachel autant qu'elle s'agrippe à moi, et rapidement, les soubresauts de son corps secoué de sanglots me sortent de la transanse dans laquelle j'étais plongée. Mon hébétude se dissipe, j'essuie mes yeux du dos de ma main et me relève.

— On doit le dire à Aliza, balbutie Rachel, la voix cassée par ses pleurs.

— Non, laisse-la dormir. Ne lui ôte pas le peu de repos que les boches nous accordent pour lui apprendre ce qu'elle saura bien assez tôt.

Je place mes bras sous les aisselles de Sonia, et la retourne sur le dos. Dans un espoir inexistant, je pose la pulpe de mes doigts sur son cou, au creux de son poignet, à l'emplacement de son cœur. Mais j'ai vu suffisamment de mortes dans ce camp pour savoir que Sonia en est une de plus.

L'instinct de survie prend alors le pas sur la tristesse. Je retire ses chaussures, découvrant une plaie purulente, dont l'odeur m'arrache un haut-le-cœur. La chair est grignotée jusqu'à l'os, et je peine à imaginer la douleur qu'elle a dû supporter des semaines durant, à trimer pendant des heures.

— Les chaussures d'Aliza sont trop petites, c'est bien ça ? murmuré-je.

Je ne parviens pas à déchiffrer l'expression de Rachel dans l'obscurité, mais perçois son incompréhension avant même qu'elle ne parle.

— Trop petites et tellement usées que les cailloux passent à travers oui, mais qu'est-ce que tu…

Je prends les galoches en bois et les dépose tout près de la tête d'Aliza.

J'entreprends ensuite d'ôter la chemise trop grande et le gilet élimé de Sonia, la déshabillant comme je le ferais avec un enfant qui ne peut se débrouiller seul. Cette pensée frappe mon cœur d'un coup supplémentaire, et mon geste se suspend un instant. Je reprends mon souffle, les lèvres tremblantes, et éloigne mes souvenirs, enterre mes sentiments.

— Myriam, tu ne peux pas faire ça !

La voix de Rachel, bien que chuchotée, est remplie d'un effarement où pointe la colère. Comme si ce que je faisais était une abomination. Alors qu'il ne s'agit que de survie. Des vêtements, ça peut nous permettre de passer l'hiver si les Alliés arrivent après les premières neiges. On peut les organiser contre de la nourriture lorsque l'on sent que le corps a épuisé toutes ses forces, bien que chaque jour nous en puisions dans des réserves insoupçonnées.

Je fais passer le bras de Sonia à travers la manche, et repose son buste nu sur le sol.

— Elle aurait fait exactement la même chose si c'était moi à sa place, la rabroué-je, plus violemment que je ne l'aurais souhaité. Elle a tout fait pour vous protéger jusqu'au bout, pour nous protéger. Si on ne récupère pas ses affaires, qui va le faire ? La *Kapo* ? Les boches ?

Rachel ne répond pas, mais je l'entends renifler avant de s'accroupir à côté de moi. Elle m'aide à ôter le large pantalon de toile de Sonia, et l'enfile sous sa jupe.

Puis nous nous asseyons dans le minuscule espace entre les paillasses, les genoux repliés. Rachel pose sa tête sur mon épaule. La respiration calme d'Aliza contre mon oreille me berce tandis que j'entremêle mes doigts à ceux de Sonia. Rachel les recouvre de sa main, et nous restons là, réunies une dernière fois.

45

Myriam

15 juin 1944

Rachel et moi portons le corps de Sonia, simplement vêtue d'un caleçon. Ses pieds traînent sur l'herbe tellement piétinée qu'on ne peut en discerner les brins. Aliza pleure dans notre dos, ses sabots s'entrechoquent quand elle marche. Ses larmes n'ont cessé de couler depuis son réveil, et je laisse sa tristesse se répandre sur ses joues. Au moins cela fera-t-il rougir un peu son visage, lui donnant meilleure mine.

— Tous les jours elle nous donnait une partie de sa ration, nous dit-elle tandis que nous déposons Sonia au sol aussi tendrement qu'il est possible de le faire. C'est à cause de ça qu'elle est morte, parce qu'elle s'est sacrifiée pour nous. C'est moi qui ne devrais plus être là, pas elle. Si on m'avait envoyée dans les chambres à gaz dès le premier jour, elle serait encore avec nous.

Je retiens le profond soupir de colère qui gonfle dans ma poitrine. J'observe le visage creusé de Sonia, son crâne rasé. Je reconnais à peine la femme qui m'a prise sous son aile à Drancy, bien qu'elle soit restée la même personne depuis le jour de notre rencontre. J'essaye de puiser dans ses traits déformés par des mois de privations et de travaux forcés la plus belle partie de son âme. Il me faut au moins ça pour ne pas me retourner et gifler Aliza.

— Je ne veux plus jamais t'entendre dire de telles choses, est-ce que c'est clair ?

Ma voix s'abat sur elle, aussi forte qu'un coup de poing, et lorsque je fais volte-face dans sa direction, j'ai l'impression qu'elle se ratatine.

— Cette femme merveilleuse vous a donné le temps qu'elle savait ne plus avoir. Regarde son pied ! Alors arrête avec tes gamineries et sois seulement reconnaissante ! Tout ce que tu peux faire maintenant, c'est devenir une femme avec autant de bonté qu'elle !

Les regards des autres déportées sont braqués sur nous, mais je m'en moque. Il y a des moments dans une vie où l'on doit mûrir, parfois trop vite, mais il le faut pour survivre. Ce matin, Aliza est arrivée à ce carrefour de son existence, et si pour qu'elle prenne la bonne direction je dois l'y pousser à coups de pied, je le ferai.

— Garde en tête la force qu'avait Sonia et inspire-t'en. Elle ne vous a pas donné seulement sa soupe ou un peu de marmelade, elle vous a donné tout ce qu'elle était, elle vous a appris.

Aliza redresse peu à peu le menton, ses épaules menues s'ouvrent. Elle comprend enfin.

— Mais ne dis plus jamais que tu aurais dû aller là-bas !

Je pointe du doigt la cheminée qui crache sa fumée noire et nous inonde d'effluves de chair brûlée.

Ma main retombe en même temps que mon souffle, et Aliza et Rachel me rattrapent juste avant que je ne m'effondre.

— Merci, soufflé-je.

Le bruit des bottes des Allemands met fin à notre étreinte.

— Pincez-vous les joues, et tenez-vous droites, le regard le plus aiguisé possible.

Elles acquiescent et s'exécutent, pinçant leur peau sans ménagement afin de colorer leurs pommettes.

Nous nous mettons en rang comme des automates et nous déshabillons à la demande de la kapo. Plus encore que les appels journaliers, où celles qui ne s'écroulent pas survivent, nous redoutons ce jour inévitable où l'on nous scrute, où l'on étudie nos corps afin de savoir s'ils peuvent tenir encore un peu ou s'ils ne sont plus que des outils usés.

Encadrée par Rachel et Aliza, nue devant ces femmes qui se moquent de nous et nous reluquent avec dans le regard une lueur répugnante, je fais fi de ma pudeur. Je l'ai laissée derrière moi lorsque je suis entrée dans ce camp.

Rachel étouffe une exclamation à côté de moi, bientôt reprise par plusieurs d'entre nous. Mon regard parcourt les tenues des *Kapos* et les uniformes vert-de-gris des SS avant de se poser sur une blouse blanche. Mon sang se fige à l'intérieur de mon corps, et j'ai la sensation que chacun de mes muscles se tétanise.

L'homme s'avance entre nos rangs en nous observant de la tête aux pieds. Son crâne presque rasé, ses lunettes rondes posées sur ses yeux de souris. Nous avons toutes déjà vu cet homme, Clauberg, et entendu des rumeurs sur ce qu'il fait subir aux mères, aux côtés d'Allemands se prétendant médecins comme Mengele. Nous avons vu les jumeaux et les jumelles descendus des wagons à bestiaux être séparés des autres. Nous avons vu des femmes arrachées à leurs enfants sur le quai. Plus tard, nous avons appris qu'elles avaient été envoyées au block 10. Nous savons toutes ce que signifie la venue de Clauberg à cet appel. Il cherche de nouveaux cobayes. Des femmes ayant été mères, comme toutes celles qui sont déjà parties.

Des femmes comme moi. Je le vois traquer le moindre signe de vergetures qui lui indiquerait une grossesse. Je le vois deviner notre âge à travers notre regard et ce qu'il reste de notre visage. Mais tous ces corps nus et décharnés n'ont plus d'âge. Que peut-il en tirer ?

Je retiens ma respiration lorsqu'il passe devant Rachel et moi. Il nous accorde peu d'attention, son avis est déjà fait. Pour une raison ou pour une autre, nous ne lui convenons pas. Mais je n'ai pas le temps d'être soulagée qu'il s'arrête devant Aliza. Sûrement la plus jeune de notre block, sa taille et la morphologie de son corps, avec son bassin large et saillant, pourraient la faire passer pour une jeune femme, mais elle porte tant d'innocence dans ses yeux que je ne peux pas croire un instant qu'il la choisisse.

Clauberg se penche sur ses flancs, remontant ses lunettes aux montures rondes et épaisses avec son doigt boudiné. Aliza tremble, je la vois retenir ses larmes. Mon regard suit discrètement celui du médecin, et j'ai l'impression que la terre va s'ouvrir sous mes pieds lorsque je distingue de discrètes vergetures. Aliza est-elle une fille-mère, de celles que l'on cache et que l'on envoie au couvent jusqu'à la naissance de leur enfant afin de leur épargner une honte publique, ou bien est-ce là seulement les traces d'une croissance rapide ? Quoi que ce soit, cela paraît suffisant pour Clauberg.

Il la désigne d'un vague hochement de tête, comme on le ferait dans un troupeau avec le bétail que l'on souhaite acheter, et un SS traverse les rangs tandis que le médecin poursuit son inspection.

Aliza se tourne vers moi, le visage défait, et je saute sur elle une seconde avant que le SS ne lui agrippe le bras.

— Non ! Arrêtez ! Elle n'a pas eu d'enfant, elle ne lui servira à rien ! S'il vous plaît !

Je sais ma tentative aussi dangereuse qu'inutile, et mes supplications désespérées ne font pas réagir le soldat. La main d'Aliza et la mienne s'entremêlent, refusant de s'écarter l'une de l'autre, rendant mes phalanges douloureuses. J'ai l'impression de voir tout l'espoir et la naïveté disparaître de ses yeux remplis de larmes. Je voudrais hurler, mais l'ombre d'un gourdin passe sur mon visage, et seule la poigne de Rachel qui me tire en arrière me permet d'amortir la force du coup. Celle-ci est suffisante pour brouiller ma vue quelques instants, la vision d'Aliza emportée hors des rangs masquée par des points lumineux qui s'allument de manière aléatoire dans mon champ de vision.

— On ne peut rien pour elle, me chuchote Rachel, la voix si remplie de sanglots qu'elle peine à articuler. Alors ne risque pas ta vie. Tu sais très bien qu'il n'y a rien à faire contre ça.

Anéantie, le cœur au bord de l'implosion d'avoir dû abandonner Sonia et Aliza en si peu de temps, je passe le reste de l'appel à scruter l'horizon, l'esprit perdu dans le flot d'émotions qui me submerge.

Oh si, nous aurions pu faire quelque chose contre ça. À Drancy ou ici, nous aurions pu nous révolter. Lorsque nos forces nous le permettaient encore, lorsque nos esprits étaient suffisamment clairs. Si nous avions su. Si nous avions compris que l'on nous mentait, si nous avions deviné l'innommable. Si nous n'avions pas tous un ami, un parent, un enfant à perdre dans ce combat, peut-être la révolte aurait-elle abouti.

— Où sont ton autre sœur et ta mère ?

La voix qui me sort de la léthargie dans laquelle je m'étais plongée, comme une carapace au creux de laquelle je m'étais recroquevillée, me paraît venue d'une autre époque.

Je reconnais en plein soleil la *Kapo* polonaise que j'ai vue sous le couvert de l'obscurité. Une éternité me semble s'être écoulée depuis le moment où cet espoir fou nous a étreintes, cet espoir que Rachel et moi aurions été si heureuses de faire partager.

— L'une d'entre elles est là, fais-je en désignant le corps de Sonia. L'autre est au block 10.

La *Kapo* hoche la tête, impassible.

— Très bien, ça sera d'autant plus facile de vous faire changer de *Kommando*. Je vais faire ce qu'il faut, et demain vous n'irez pas vous casser les mains sur des cailloux ou des rails.

J'ai vaguement conscience de la portée de ses propos, mais mon cœur est trop meurtri pour que je réagisse.

46
Gabriel

19 août 1944

Je ne saurais dire ce qui a été le plus dur. Être séparé de Marcel et Leibovici auprès desquels j'ai vécu durant un an, ces hommes devenus mes frères ? La peur de ne plus parvenir à jouer, ou de ne pas le faire suffisamment bien pour contenter les SS et risquer ainsi ma vie ? Regarder cet instrument qui a été si longtemps un prolongement de moi-même, une source intarissable de joie, se transformer en un objet de manipulation tellement malsaine qu'effleurer son bois me provoque des haut-le-cœur ? Apercevoir les visages de plus en plus décharnés de Marcel et Aaron à travers la foule ? Arrêter de fouiller la masse de détenus du regard chaque matin et chaque soir pour ne plus voir leurs yeux ternes, tandis que mes mains jouent toutes seules ? Jouer selon le bon vouloir des soldats, leur faire disposer de mon talent au gré de leurs envies, afin de les distraire, eux qui ont gazé Leny avant de brûler son corps, tué Michel Kramer devant moi et détruit l'âme de Joseph jusqu'à le pousser au suicide ?

Les chants des enfants parviennent jusqu'à mes oreilles. Ils entendent les notes que je joue, reprennent en chœur notre musique, un air connu et entraînant.

Finalement, c'est cela le plus difficile. Voir toutes ces familles, entendre les pleurs des bébés, les gémissements de ces milliers de personnes qui croient avoir survécu au plus difficile, tout comme ce fut le cas pour nous. Je hais ce moment où le vrombissement des camions se mêle au son du violon. Cela ne dure qu'un instant, tout aussi furtif qu'une ligne sur une partition perdue dans une composition entière. Mais à chaque fois que ces horribles secondes se produisent, elles creusent un peu plus le trou qui perce mon cœur. Je peux parfaitement imaginer ce à quoi pensent ces gens apeurés à la descente du train qui les a bringuebalés dans une odeur nauséabonde durant des jours. Qu'un endroit où l'on joue de la musique ne peut pas être dangereux, que des geôliers qui apprécient l'art ne peuvent pas être cruels. Mais ils ont tort.

Ma mâchoire se crispe à mesure que le brouhaha des nouveaux arrivants est remplacé par les cris des SS. Chaque jour je retiens mes larmes. Hors de question que ma peau ne glisse sur la mentonnière et que mon violon ne m'échappe. Mon nouveau *Kommando* est certes mieux loti que les autres, je ne m'use plus les mains sur les pierres ou les pelles, et lorsque la pluie fait son apparition, nous poursuivons les répétitions en intérieur. Bien sûr cela n'a rien à voir avec une quelconque commisération de la part des Allemands. Les instruments craignent l'humidité. Mais les SS ne supportent pas l'à-peu-près, ne souffrent aucune fausse note.

Au moins cela me permet-il de glisser à Marcel et Leibovici aussi souvent que je le peux une cigarette qu'ils organisent contre un peu de nourriture. Les concerts privés sont appréciés par les soldats du camp autant que par leurs commandants. Alors moi aussi j'organise.

J'ouvre les yeux. Je n'ai même pas eu conscience de les avoir fermés.

Les nouveaux déportés ne sont plus sur le quai. Les camions ont disparu, les aboiements des bergers allemands ont cessé. Les SS ont rengainé leurs matraques. Les *Kommandos* sont partis commencer leur journée de labeur.

47
Caleb

27 juillet 1989

Je déambule sur le bitume, mais mes pensées sont parties bien plus loin que les rues parisiennes à travers lesquelles mes pas me traînent. Ce retour en France est comme un bain d'eau glacée, une impression de revenir à zéro. C'est sûrement à cause de ça que je ne suis pas rentré chez moi en arrivant. Que ce soit chez mon père, ma mère ou mon grand-père, il m'est impossible de remettre les pieds là-bas pour le moment. Pas avant d'en avoir terminé avec ce passé qui, à chaque fois, m'embarque un peu plus dans un tourbillon d'émotions duquel je ne suis pas encore sorti.

Les premiers clients s'attablent pour le service du soir dans les restaurants d'alentour lorsque j'arrive devant le conservatoire. Le concierge me salue, et quand l'odeur familière du hall emplit mes narines, mes épaules s'allègent d'un poids que je n'avais pas conscience de porter.

Les couloirs que je connais désormais par cœur forment comme un cocon rassurant autour de moi, et j'ai l'impression que la tempête qui sévit sous mon crâne se calme enfin. Je sais que le conservatoire ne tardera pas à fermer, mais également que le concierge ne dira rien lorsqu'il me verra allongé pour la nuit dans la salle de répétition où je viens d'entrer.

Je balance mon sac sur l'un des sièges et observe la gigantesque pièce vide, à l'exception des instruments de l'orchestre qui attendent les élèves du lendemain.

Mon regard est immédiatement attiré par le violoncelle qui trône près des cors, des flûtes, des violons, des trompettes et des trombones, tel un roi au milieu de ses sujets. Je m'avance vers la scène et gravis les quelques marches qui me séparent de l'instrument. Je saisis le violoncelle et m'assieds sur la chaise contre laquelle il était posé. Ce n'est pas le mien, mais il fera parfaitement l'affaire. Je souris en faisant glisser la pulpe de mes doigts sur le bois du manche, en sentant les cordes tendues sur celui-ci.

Je prends l'archet et positionne le violoncelle contre moi. Son contact m'apaise, et lorsque les premières notes s'échappent de l'instrument, mon esprit se vide de la moindre pensée. Et il ne reste plus que moi, le violoncelle et la musique qui vibre dans l'air, jusque dans mon cœur.

48
Raphaël

5 septembre 1970

Romy est assise à côté de moi, de fines lunettes posées sur l'extrémité de son nez tandis qu'elle étudie les inscriptions des dossiers d'archives. Cette femme est si difficile à cerner que je trouve cela fascinant. Elle m'a ouvert la porte de sa maison sans hésitation, bien qu'elle ait pu trouver étrange le fait que je l'avais suivie jusqu'aux remparts. Mais, mis à part quelques mots sur l'origine de son geste, elle ne m'en a rien dit de plus.

Son appartement a tout de ceux qu'utilisent les agences immobilières pour vendre leurs biens. Meublé, certes, mais nu et sans âme. Pas un tableau, pas une photo, aucune trace d'un quelconque souvenir. Le seul point qui détonne avec cette atmosphère austère est la pile de cartes postales joliment dessinées que j'ai eu le temps d'apercevoir avant qu'elle ne les range dans un tiroir en reniflant.

Nous avons parlé. Moi, de mes parents et de mon ressenti face à ce que je considère comme une trahison, de mon enfance en bord de mer et des dunes que je dévalais lorsque j'étais petit. Elle m'a écouté avec intérêt, mais lorsque je lui retournais les questions qu'elle me posait, j'avais l'impression de retrouver la même femme triste aux yeux vides que j'avais rencontrée à Yad Vashem.

Et lorsqu'à la fin du repas je lui ai demandé d'où lui venait son accent qui m'avait tout l'air méditerranéen, elle s'est levée comme si elle ne m'avait pas entendu, avant de me proposer d'apprendre quelques phrases en arabe et en hébreu pour que je puisse me débrouiller un minimum dans les rues de Jérusalem.

— Si l'on avait au moins une idée plus précise de ta date de naissance, on pourrait peut-être effectuer un meilleur tri, parce que là…

Elle me désigne plusieurs piles de dossiers disposées sur son bureau, ainsi que des fiches d'identité cartonnées. Je reporte mon attention sur cette masse incroyable de papiers, et l'excitation que je ressentais le matin même se transforme en une déception mêlée à une incroyable peine. Parce que derrière chaque archive sur laquelle je pose mon regard il y a une femme qui a vécu l'enfer. Parce que sur ce bureau se trouve sans doute le nom de ma mère, mon histoire. Sa fiche qui passera peut-être même entre mes mains sans que je le sache.

— Ce sont toutes les femmes qui ont été déportées à partir de janvier 1943 ?

Romy se tourne vers moi, le menton baissé, et me regarde par-dessus ses lunettes comme une institutrice observerait un enfant qui vient de répondre totalement à côté.

— Tu as quelques notions sur la Shoah ?

De vagues souvenirs de mes années de collège et de lycée me reviennent, mais je me remémore surtout les filles de ma classe à qui je faisais passer des mots pour les inviter aux surboums. Je hausse les épaules avec un sourire gêné. Je connais sur le bout des doigts l'Antiquité et la dynastie des rois de France, des Valois aux Bourbons, mais dès qu'il s'est agi de républiques, les professeurs m'ont perdu. Bien sûr je sais ce qu'il s'est passé durant la Seconde Guerre mondiale, mais dans les grandes lignes.

— Les Allemands ont tué six millions de Juifs.

Sa voix s'abat entre nous aussi brusquement que le couperet d'une guillotine.

— Deux cent cinquante mille Tziganes.

Je tente d'imaginer ce que cela représente, mais ne parviens pas à le concevoir.

— Ici, nous n'avons que les fiches de celles dont le nom de famille commence par un A.

— Et comment comptes-tu procéder ?

Romy remonte ses lunettes sur son nez.

— Nous allons trier les fiches de celles qui étaient en âge de procréer à cette période. Je te propose de viser large, entre quatorze et cinquante ans. Donc toutes celles nées en dehors de la période qui va de 1893 à 1934, on peut les mettre de côté.

Mes yeux parcourent la multitude de dossiers, et Romy voit le désespoir dans mon regard avant même que je n'aie poussé le soupir qui gonfle dans ma poitrine.

— Peut-être que si nous avions d'autres informations… commence-t-elle prudemment. Ou si au moins tu prévenais tes parents que tu vas bien.

Mon cœur cogne contre ma poitrine et ravive l'émotion qui m'a submergé lorsque j'ai appris le secret de ma naissance.

— Non, je ne veux pas… Je ne peux pas leur parler pour le moment.

La main de Romy se pose sur mon épaule, douce et légère. Je refrène une soudaine envie de la saisir.

— Ce n'est pas grave. Je suis bien placée pour savoir que parfois c'est au-dessus de nos forces de parler à nos parents.

Cette fois je n'empêche pas le mouvement de ma main. Elle ne paraît pas surprise, peut-être ne s'est-elle même pas rendu compte de mon geste. Son regard s'est de nouveau évadé ailleurs, dans un endroit auquel je n'ai pas accès, un lieu mystérieux duquel j'aimerais tant la sortir.

— Tu ne veux pas m'en parler, n'est-ce pas ?

Elle serre ma main avant de la retirer, un sourire éteint sur le visage, et je retrouve dans ses yeux la même lueur que la veille.

— On devrait commencer.

Ses mots sont sans appel. Elle ne parlera pas. Pas aujourd'hui.

49
Romy

27 septembre 1970

Les premiers rayons du soleil percent entre les rideaux. Je cligne des yeux et m'étire, avant de froncer les sourcils en me redressant subitement. Quelque chose est différent. Le nœud qui enserre mes entrailles et l'angoisse qui me prend à la gorge à chaque réveil ont disparu.

Je ne peux pas nier avoir remarqué que depuis trois semaines, la tristesse et la honte se sont peu à peu effacées. Depuis le jour où Raphaël m'a empêchée de sauter des remparts. Il n'en a pas conscience, il ne doit pas l'avoir remarqué, mais il m'a sauvée deux fois. En m'attrapant au bord du vide et en entrant dans ma vie.

Je me lève, le cœur léger pour la première fois depuis plus d'un an. J'ouvre la porte sans un bruit. Les ronflements de Raphaël résonnent dans le salon, masquant le bruit de mes pas. Il est étendu sur le dos, ses longues mèches brunes rabattues sur son visage se soulèvent au rythme de sa respiration.

Je ne saurais dire à quel moment j'ai cessé de nous considérer comme deux personnes aux histoires contraires, deux enfants de lignées ennemies. Lorsque je l'ai vu la première fois, il n'était qu'un reflet supplémentaire de toutes les vies que mon père avait brisées. Aujourd'hui, lorsque je le regarde endormi sur mon canapé, je vois celui qui m'a sortie de ma solitude et me fait sourire lorsqu'il essaye de chanter les Beatles tout en se brossant les dents. Un homme que je peux aider, un homme que je pourrais…

Raphaël s'agite dans son sommeil et je l'entends bâiller. Je m'avance à pas légers, et lorsque je vois ses yeux papillonner, je m'accroupis derrière le canapé et le contourne sans un bruit. Un sourire espiègle crispe mes joues et je retiens un rire en anticipant sa réaction. Je lui ai déjà fait cette blague la veille, et je le revois encore sauter hors du divan, s'empêtrer dans la couverture qui le recouvrait à peine et s'étaler de tout son long.

— *You're late*[1] ! lui hurlé-je dans les oreilles en plaquant mes mains sur ses épaules.

J'ai à peine le temps de finir ma phrase que Raphaël attrape mes bras et me fait basculer en avant, m'arrachant un cri de surprise.

— Tu croyais que tu allais m'avoir deux fois de suite, hein ?

Il a le visage aussi fier que sa voix.

— Et en plus je suis pas du tout *late*, c'est toi qui es *in advance.*

Un rire incontrôlé s'empare de moi, répété en écho par Raphaël dont le thorax se soulève sous le mien. Je pose ma main sur son sternum et nos regards se croisent. Ma respiration se bloque dans ma gorge, la pulpe de mes doigts sur sa peau me paraît brûlante, comme plongée dans de l'eau bouillante. J'ai une conscience accrue de la proximité de nos corps, et dans ses yeux, je discerne avec une netteté

1. « Tu es en retard ! »

qui fait glisser un frisson dans ma nuque le moment où il la remarque également.

Mon visage se reflète dans ses yeux, ces deux billes sombres dont je ne parviens pas à me détacher. Sa bouche s'entrouvre, la mienne se rapproche de lui, et lorsque nos lèvres se rencontrent, c'est comme une évidence. Sa main glisse dans mon dos et je passe mes doigts dans ses cheveux comme si je le faisais depuis des années, comme si nos corps étaient faits pour être l'un contre l'autre. J'ai envie de sourire, de rire de cette situation incongrue. Moi, la fille d'un SS, tombant amoureuse du fils d'une déportée aussi naïvement qu'une adolescente. Mais à ce moment précis, alors que nous sommes allongés l'un contre l'autre sur ce canapé, à dix mille kilomètres de mon passé, plus rien ne compte que nos cœurs que je sens cogner à l'unisson.

Des coups frappés à la porte font éclater la bulle dans laquelle nous nous sommes blottis. Nous nous reculons sans nous quitter du regard, nos respirations saccadées, et un large sourire s'étend simultanément sur nos visages. Je passe par-dessus son corps afin de mettre pied à terre, et il me vole un baiser qui m'arrache un gloussement. Je replace mes cheveux désordonnés du mieux que je le peux et ouvre la porte. Le facteur à la mine impatiente qui se trouve sur le palier me tend une enveloppe, me fait signer une feuille, et s'éloigne avant même que je n'aie le temps de voir que la lettre ne m'est pas adressée. En voilà un qui ne risque pas l'excès de zèle.

Je m'approche de Raphaël qui n'a pas bougé du canapé. Il a les yeux pétillants et son sourire fait remonter sur sa joue sa tache de naissance. Je lui tends l'enveloppe.

— C'est pour toi.

Son expression change instantanément, et il s'assied en prenant la lettre du bout des doigts, comme s'il craignait qu'elle ne le brûle.

— Tu as écrit à tes parents, finalement ?

Il hoche la tête et retourne la lettre, les doigts tremblants. Je pose la main sur son avant-bras et dépose un baiser sur sa joue.

— Je vais te laisser un peu d'intimité, soufflé-je.

Raphaël m'arrête alors que je me lève.

— Non, j'aimerais que tu restes avec moi.

Je ne dis rien, acquiesce avant de me rapprocher de lui, mon bras collé au sien, et pose la tête sur son épaule. Puis Raphaël prend une longue inspiration, et décachette l'enveloppe.

50
Myriam

7 octobre 1944

Cette *Kapo* polonaise nous a sauvé la vie. Chaque semaine de plus que nous passons au Kanada, notre nouveau *Kommando*, me le prouve. Nous n'avons pas eu à supporter le soleil harassant qui brûle la nuque de celles qui sont envoyées aux travaux forcés.

C'est au Kanada que se retrouvent les vêtements de ceux qui n'ont vu du camp que des douches d'où l'eau ne coule jamais.

J'ai vu Rachel trier robes et chemises, les lèvres tremblantes, j'ai vu l'une de ses larmes couler lorsqu'elle a sorti un petit manteau du tas de vêtements. Le nom de l'enfant à qui il avait appartenu était brodé à l'intérieur du col. Un nom hongrois. Comme la plupart de ceux qui descendent des trains depuis le mois de mai en un flot continu.

Quant à moi, après avoir tenu deux jours au milieu de ces fripes dont certaines, rares mais existantes, avaient conservé des traces de parfum, je suis tombée sur des morceaux de tissu si petits que j'ai tout d'abord cru à des serviettes de table ou de grands mouchoirs. Puis mes doigts ont découvert des manches, et j'ai cru tourner de l'œil en comprenant qu'il s'agissait là des habits d'un bébé. Les mains secouées de soubresauts, j'ai eu besoin de longues minutes avant de revenir à la réalité. Mon esprit s'était aventuré bien loin d'ici, un an plus tôt, à Rothschild. Mes larmes s'étaient mises à couler sur ces minuscules vêtements que j'aurais tant aimé coudre pour mon enfant.

Mais le Kanada est surtout une véritable mine aux trésors, une opportunité incroyable d'améliorer un peu le quotidien. Les objets cachés dans les doublures, les étoffes les moins abîmées nous permettent d'organiser mieux que je n'aurais jamais cru le faire.

Nos rations sont ainsi plus fournies, de pain ou de saucisson grisâtre, bien que cela ne soit pas très glorieux. Rachel cache son butin dans ses chaussures trop grandes, je cache le mien sous mes vêtements. Nous avons appris à ne pas attirer l'attention. Voler tous les jours serait trop risqué, alors de temps en temps, nous nous attardons afin d'être parmi les dernières de la file, là où nous risquons le moins d'être fouillées.

— Rachel ? fait une voix dans mon dos tandis que je m'affaire au tri d'une cinquantaine de pantalons, en essayant d'oublier que tout autant d'hommes sont morts pour que leurs vêtements atterrissent entre mes mains.

Je sursaute et fais volte-face. Rachel a déjà sauté sur ses pieds.

— Avez-vous des nouvelles de ma sœur ?

Il me faut quelques instants pour faire le lien entre l'homme qui se tient devant nous, l'électricien du camp, sûrement le seul Juif autorisé à se rendre dans n'importe quel bâtiment pour y effectuer tous les travaux commandés par les Allemands, et la question de Rachel. La lueur dans le regard de l'homme m'effraie, de la sueur coule sur son front qu'il essuie d'un geste nerveux.

— Ça a pas été facile, j'étais pas censé aller jusque dans leur labo. Bon Dieu, vous auriez vu ce que l'autre fou a fait pendant que je changeais une de leurs fichues ampoules. Y avait un bébé, un pauvre gosse qui venait de naître et qui avait le malheur de pas avoir les yeux bleus. Je suis sûr que c'est pour ça qu'ils ont gardé sa mère enceinte, quand ils ont vu ses yeux noirs. De ce que j'ai compris, le gosse est né ici.

Je sais déjà que je ne veux pas connaître la suite, que je devrais lui dire de se taire et de nous expliquer s'il a pu voir Aliza, ce pour quoi j'imagine que Rachel l'a payé. Mais aucune de nous ne dit un mot, et nous attendons la suite dans un silence glacial.

— Mengele lui a fait des injections dans les yeux. Pour les rendre bleus, de ce que j'ai compris. Putain, j'oublierai jamais les pleurs du gamin.

Ma ration du matin remonte dans ma bouche, et je me force à ravaler le liquide acide qui me brûle la gorge. Si ces monstres sont capables de faire subir de tels supplices à un être aussi innocent qu'un nouveau-né, qu'est-il advenu d'Aliza ?

L'électricien essuie de nouveau son front du revers de sa main, avant de les passer sur son visage. Je serre les poings et regarde ce pauvre homme. Interné comme moi, et qui vient d'assister à une scène qui hantera ses cauchemars à jamais. Pourtant je ne parviens qu'à lui en vouloir. Je lui en veux de nous avoir raconté ces horreurs, de s'être déchargé sur nous de la douleur de cette vision épouvantable.

— Puis j'ai vu votre sœur, poursuit-il en se tournant vers Rachel. Elle est en vie.

Une vague de soulagement déferle en moi, allégeant le poids qui pèse sur mes épaules et sous lequel je ploie un peu plus chaque jour. Rachel se laisse tomber dans mes bras, mais instinctivement, je tourne le regard vers l'entrée de la pièce où nous nous trouvons. Si l'on nous voit ailleurs que face à notre poste de travail, nous pouvons dire adieu à cette place providentielle.

— Je lui ai transmis votre message et... Elle m'a dit de vous dire de survivre.

— Vous savez ce que Clauberg lui a fait ? l'interrompt Rachel.

Je la tire doucement par le bras pour l'obliger à se rasseoir devant sa pile de vêtements.

— Rachel... soupiré-je. Tu sais pourquoi il ne choisit que des femmes qui ont eu des enfants.

J'essaye de discerner un indice sur la condition d'Aliza à travers le regard de Rachel, mais son esprit est concentré sur le block 10.

— Il les stérilise.

Rachel ne me regarde pas et fixe l'électricien comme s'il allait me contredire. Mais il ne fait que hocher la tête, sans donner plus de détails, qu'il en ait ou non. Alors elle se détourne et récupère l'une des dernières cigarettes qu'elle a trouvées dans la poche intérieure d'une veste d'homme.

— Tenez. Comme promis.

Les yeux de l'électricien s'ouvrent en grand quand il s'en saisit, avant de faire demi-tour. À côté de moi, Rachel retourne à sa besogne. Ses yeux sont tristes et durs, mais je n'ose l'interroger sur les pensées qui la tourmentent.

— Je sais ce que tu te demandes.

La voix de Rachel est tranchante, un ton qui ne lui ressemble pas. Mon cœur se serre. Moi qui ai tant souhaité qu'elle change lorsque sa naïveté était à la limite de la dangerosité, aujourd'hui je souhaiterais tellement retrouver la jeune fille de Drancy, celle qui me parlait de l'homme qu'elle aimait, les yeux remplis de rêves.

— Je n'ai pas vu Aliza pendant plus de six mois. Mes parents l'avaient mise en pension. C'est tout ce que je sais.

J'entrouvre la bouche pour lui répondre lorsqu'une explosion retentit à l'extérieur de notre baraquement. La vibration résonne jusque dans mes os et je sens mon pouls battre dans ma gorge tandis que Rachel et moi nous levons en trombe. La fumée qui s'échappe du Krematorium IV, tout proche du Kanada, ne ressemble en rien à celle qui embaume l'air de l'odeur de la chair humaine. J'aperçois des flammes, je sens des effluves caractéristiques. De la poudre. Je sors du baraquement et scrute le ciel à la recherche d'un avion américain ou soviétique. Mais les nuages sont vides de tout appareil. D'après ce que j'ai pu entendre à la fin d'une chanson que la Kapo polonaise m'avait obligé à lui chanter, lorsqu'elle discutait avec d'autres dans sa langue natale en oubliant que je la comprenais parfaitement, voilà plus d'un mois que Paris avait été libéré. Et après l'espoir de voir les Alliés arriver d'un jour à l'autre, sont venues la colère et la déception.

Des cris résonnent et les silhouettes que je vois courir à travers les baraques ne sont pas celles des SS. Leurs exclamations nous parviennent tandis que d'autres déportées nous rejoignent dans les allées. Poussés par la curiosité, des groupes quittent leurs postes et Rachel me bouscule d'empressement.

— Rachel ! Reviens !

Mais mon cri se perd parmi ceux qui soulèvent le camp, comme une vague de révolte à laquelle j'ai pu rêver, et qui aujourd'hui m'effraie plus qu'elle ne me fait espérer un avenir heureux. Je regarde son crâne rasé s'éloigner. Immobile, mon instinct me hurle de ne pas la suivre.

Mais un autre, plus puissant encore, se réveille au sein même de mes entrailles.

Je la rejoins, essoufflée, les poumons et les jambes en feu.

— Rachel, on ne doit pas rester…

Mes yeux s'écarquillent lorsque je vois ce qu'il reste du Krematorium IV, des ruines fumantes au milieu de flammes dont l'intensité diminue. Des briques jonchent le sol, j'en repousse un morceau noirci du bout du pied.

Un visage familier passe dans mon champ de vision et j'interpelle Anastazia. Méconnaissable après des mois passés au camp, elle s'arrête à ma hauteur, son visage creusé déformé par une folie qui me fait reculer d'un pas.

— Les gars du *Sonderkommando*[1] ! Ils l'ont fait exploser ! hurle-t-elle en désignant les ruines.

Son sourire est aussi dément que son regard, et je n'ose imaginer quel a été son parcours au camp depuis que j'ai quitté le block de quarantaine. Rachel trépigne à côté de moi, mais je la retiens par le bras alors qu'elle s'apprête à emboîter le pas à Anastazia qui s'éloigne en courant.

— Non ! m'exclamé-je. On doit retourner dans notre baraque ! C'est trop dangereux de rester ici !

— Mais tu ne comprends pas ! Le camp se soulève ! Ça va être l'insurrection générale !

— Rachel, ouvre les yeux ! Peut-être qu'ils ont réussi à obtenir de la poudre et à détruire un *Krematorium*, mais que vont faire des milliers de corps fatigués face à la force des Allemands et leurs armes ? Qu'est-ce que tu feras devant les fils barbelés ou la *Kommandantur* ?

— Tu as peut-être eu la chance de croiser ton mari, mais ce n'est pas le cas de tout le monde. J'ai passé plus de

1. À Auschwitz, il s'agissait du groupe de prisonniers, souvent juifs, chargé, entre autres, de conduire les déportés dans les chambres à gaz, d'en sortir les corps et de les brûler.

temps éloignée de celui que j'aime qu'auprès de lui. Tu ne m'empêcheras pas de le retrouver.

Rachel me regarde avec mépris, et sans un mot de plus, elle se détourne. Je sais déjà que mes supplications ne la retiendront pas.

Je me saisis d'un morceau de brique, les lèvres pincées pour les empêcher de trembler. Mais ma main est sûre. Je ferai ce qu'il faut pour la protéger, même si pour cela je dois souffrir moi-même.

C'est une chose que j'ai déjà faite.

Rachel s'écroule sous l'impact, et la brique que je viens de lancer retombe sur la terre sèche.

J'ai vu suffisamment de coups portés et en ai reçu tout autant pour espérer ne pas l'avoir frappée trop fort. Je m'écroule à côté d'elle et pose ma main sur son thorax. Il se soulève à intervalles réguliers et un sanglot imbibé de soulagement franchit la barrière de mes lèvres.

— Je suis désolée, soufflé-je en l'embrassant là où je l'ai frappée.

Je passe une main sous ses aisselles, l'autre sous ses genoux, mais à peine suis-je parvenue à la soulever que je m'écroule sous son poids. Nous mangeons peut-être un peu mieux depuis que nous avons changé de *Kommando*, cela n'a cependant pas suffi à me faire recouvrer quelques forces.

— Besoin d'aide ?

L'électricien qui nous a apporté des nouvelles d'Aliza s'accroupit devant moi, et je hoche la tête avec émotion.

— Je dois la mettre à l'abri.

Je maintiens les pieds de Rachel tandis qu'il la soulève. J'ai l'impression de bloquer ma respiration jusqu'à ce que nous la déposions sur le sol de notre baraquement, où je pousse un long soupir.

— Merci beaucoup, c'était vraiment très…

— Mon paiement.

Je reste interdite quelques instants, et ravale mes émotions.

Je retourne la doublure de ma jupe et retire une cigarette d'une ouverture que j'y ai habilement dissimulée. L'électricien la fait tourner entre ses doigts et glisser sous son nez.

— Ne jouez pas à la jeune femme naïve. Vous venez d'assommer votre amie pour lui sauver la vie.

Il tient la cigarette devant lui et recule vers la sortie.

— L'entraide gratuite et la fraternité ont disparu. Les boches nous les ont volées. Vous devriez vous faire une raison.

51
Myriam

19 janvier 1945

J'ai mis du temps à retrouver la confiance de Rachel. Bien que l'échec cuisant de la révolte du *Sonderkommando* ait pu constituer une preuve suffisante quant au bien-fondé de ma décision.

Mais l'heure n'est plus aux reproches. L'avancée des Soviétiques à l'est et la tension qui règne chez les Allemands lui ont rendu le sourire, et m'ont permis de retrouver l'amie que je connaissais, la jeune fille de Drancy collée à moi dans les wagons à bestiaux. Même les canons russes et les bombardements un peu plus proches chaque nuit l'ont rendue plus joyeuse qu'effrayée.

— On va retrouver nos hommes ! m'a-t-elle soufflé lorsque l'on nous a ordonné de quitter nos baraquements pour partir sur les routes, sans l'habituel appel du matin.

L'idée de ne pas bouger, de me cacher et de rester au camp m'a effleuré l'esprit, mais une autre pensée également. S'ils évacuent Birkenau, ils évacuent aussi Auschwitz et ses prisonniers. Gabriel.

Voilà plus d'une journée que nous avons laissé le camp derrière nous, sans la musique de l'orchestre qui nous accompagne chaque matin et que je me suis prise à détester. Sans aucune idée de notre destination, sans rien savoir d'autre que ce que le soleil peut nous indiquer : nous marchons vers l'ouest. Ni Rachel ni moi n'avons évoqué Aliza depuis que les Allemands nous ont pressées de quitter le camp. L'ont-ils laissée au block 10 ? L'ont-ils tuée afin qu'aucune trace de leurs immondes expériences ne subsiste ? Une incertitude qui ne me quittera jamais. J'imagine à peine ce que peut ressentir Rachel. Nous aurions pu rester et essayer de retrouver Aliza. Mais nous sommes parties. Alors nous n'en parlons pas.

À notre départ, on nous a donné à chacune une tranche de pain noir deux fois plus grosse que la ration habituelle, et une boîte métallique de *corned-beef*. Rachel et moi avons mangé jusqu'à la dernière miette ce ridicule morceau, mais chaque kilomètre dans la neige est plus laborieux que le précédent, et mes doigts se crispent sur le métal et la viande qu'il contient. Nous avons réussi à les conserver la nuit précédente, lorsque les Waffen SS nous ont entassées dans la grange d'un hameau déserté, si petite qu'au matin nous avons dû enjamber les cadavres congelés de celles qui n'avaient pas pu y entrer. Mais rien ne dit que nous aurons de nouveau cette chance.

L'espoir que nous avons ressenti la veille en quittant enfin notre prison s'est vite éteint sous les assauts du vent glacial et les balles des SS. La peur que ressentaient les Allemands s'est muée en une folie meurtrière, et la moindre silhouette qui sort des rangs, qui trébuche sur le bas-côté, est immédiatement abattue. Les soldats de la Wehrmacht qui les accompagnent molestent les plus lentes d'entre nous, et les corps parsèment le bord de la route, remplissent les fossés. Parmi eux, la plupart sont des hommes. Je ne souhaite que détourner le regard de ce spectacle macabre, mais il me faut savoir. Alors je détaille chaque silhouette aux joues creusées et aux lèvres bleues, dans l'espoir de ne pas reconnaître Gabriel.

— Les hommes sont devant, me murmure Rachel. De ce que j'ai vu hier soir, notre groupe est l'un des derniers de la colonne.

Sa voix tout comme son expression se sont ternies depuis la veille, et ses ongles s'enfoncent dans ma chair à chaque fois qu'elle croit reconnaître l'homme qu'elle cherche. Nous accélérons le pas sans même nous concerter.

Les heures passent et le soleil qui grimpe dans le ciel ne suffit pas à faire fondre le givre. Après la plaine, nous atteignons la forêt. Nous remontons la file des déportés en détaillant chaque visage. Combien de survivants sommes-nous, à errer encore sur cette terre désolée ? Des milliers ? Des dizaines de milliers ?

Je commence à croire que notre recherche est vaine. Mes pieds me paraissent être deux enclumes brûlées par le froid, aussi douloureux que lourds à soulever de la terre enneigée transformée en boue sous nos pas.

C'est à ce moment-là que Rachel attrape ma main avec une force dont je ne l'ai jamais vue faire preuve.

— Aaron.

52

Gabriel

19 janvier 1945

La veille de notre départ, les soldats de la Wehrmacht du camp m'ont demandé de leur jouer un morceau. Ils voulaient de la nouveauté, un air qu'ils ne connaissaient pas encore, sûrement pour oublier quelques minutes l'avancée des Russes à l'est. Mais les seules notes qui me sont venues en tête étaient celles que Leibovici et moi avions associées les unes aux autres pour créer cette symphonie qui n'existe que dans notre esprit. Hors de question de leur livrer cette part de nous. Pour la première fois j'ai senti mes doigts trembler sur cet instrument que j'affectionnais tant, et qui aujourd'hui ne représente rien de plus qu'un nouveau moyen de torture et d'humiliation. Alors je leur ai joué un air français, retenant mon souffle en attendant leur verdict. Ils ne le connaissaient pas.

Et lorsqu'hier matin nous avons quitté Auschwitz, je n'ai eu qu'un regret, celui de ne pas avoir pu briser le bois du violon contre les barbelés qui m'avaient pris Joseph et ma liberté. Ou contre la tête de l'un de ces Allemands qui me demandaient trop régulièrement des concerts privés, se jouant de ma condition. Le grand blond à la lèvre supérieure barrée d'une cicatrice aurait parfaitement fait l'affaire.

Désormais ces considérations me semblent bien dérisoires tandis que nous avançons sur cette terre glacée, telle une nuée de corps sans âme.

— On a seulement quitté un enfer pour un autre, marmonne Marcel, une lueur féroce dans le regard. Ces boches sont fous à lier. Ils ne vont pas vouloir laisser de traces, c'est certain. Qui nous dit qu'ils vont pas tous nous tuer après ça ?

Je ne lui réponds pas. Il n'y a rien à dire, sinon que la folie sanguinaire des nazis semble grandir de jour en jour, exacerbée par l'approche de leur défaite qui s'annonce imminente. Combien de kilomètres avons-nous parcouru ainsi dans la neige ? Cinquante ? Soixante-dix ? J'ai l'impression que le froid s'infiltre chaque heure un peu plus dans ma chair, et seule la présence de Marcel et Leibovici à mes côtés me pousse à avancer. Dans les moments où nous sommes chacun trop épuisés pour parler, mes pensées retournent vers le camp, où j'espère que Myriam est restée cachée, comme j'ai vu certains détenus le faire. Confiné dans le camp des hommes d'Auschwitz après avoir intégré l'orchestre, je ne l'ai pas revue depuis cet instant beaucoup trop court où le destin nous a fait nous croiser. Elle doit avoir survécu, il ne peut en être autrement. À mesure que le temps passe, que les kilomètres défilent sous nos pieds meurtris, et que les cadavres s'accumulent sur le bas-côté, mon espoir de croire Myriam loin de ce carnage s'accroît.

Mon pied bute contre une pierre et le bras de Marcel me rattrape avant que je ne trébuche. Ici le moindre faux pas peut coûter la vie.

— Aaron !

La voix féminine surpasse les murmures des déportés et je fais volte-face. Mais moins vite que Leibovici.

Une femme au crâne rasé, dont seules quelques boucles blondes persistent sur les tempes, a les yeux rivés sur mon ami.

— Rachel !

Leibovici s'élance vers la jeune femme qui se met à pleurer en faisant de même.

Un fusil s'interpose entre eux avant qu'ils ne se jettent dans les bras l'un de l'autre, tandis que, comme mus par une volonté propre ou poussés par une intuition logée au plus profond de mon cœur, mes yeux se dirigent sur sa camarade restée derrière elle. Ses joues sont plus creusées que dans mes souvenirs, son regard, plus triste. Mais elle est bien vivante.

— Myriam… murmuré-je.

Je m'apprête à faire un pas dans sa direction, mais l'aboiement du SS me cloue sur place.

— C'est qui elle ?

Un instant, je crois que cette question m'est adressée, mais un gémissement doublé d'un cri me force à détourner le regard de ma femme. Le SS a frappé Aaron à l'estomac avec la crosse de son fusil, la dénommée Rachel a plaqué ses mains sur sa bouche.

— Ma fiancée, souffle-t-il, plié en deux.

Un sourire carnassier illumine le visage du soldat.

— Comme c'est romantique.

Le SS assène un coup de poing au visage de Leibovici, qui, trop faible pour encaisser ses frappes, s'écroule sous le hurlement déchirant de sa fiancée. Avec des gestes lents, comme pour prolonger ce moment, l'Allemand appuie sur l'épaule de la jeune femme pour l'obliger à s'agenouiller. Son visage est recouvert de larmes.

Les yeux de Rachel ne quittent pas Leibovici alors qu'elle pose ses genoux dans la neige.

Ils ne le quittent pas non plus lorsque le SS tire une balle entre les deux yeux de la jeune femme.

La détonation résonne au milieu de la forêt, répétée en écho par les arbres. Je croise le regard de Myriam. Je lui fais un signe de la tête, tout autant pour lui faire comprendre qu'elle ne doit pas bouger que pour me convaincre de ne pas courir vers elle. Elle hoche la tête, les lèvres tremblantes, et je vois ses jambes flageoler tandis qu'elle se détourne pour s'accroupir auprès de Rachel, que le SS a délaissée.

Leibovici se redresse en grognant, les lèvres retroussées, les bras tendus devant lui comme un animal sort ses griffes, et je dois faire appel à toute ma volonté pour ne pas me précipiter à mon tour.

Car je sais déjà ce qu'il va se passer. Car si je bouge, je subirai le même sort que lui.

La balle l'atteint en pleine tête et son corps retombe à côté de celui de Rachel. Myriam s'en éloigne précipitamment pour réintégrer les rangs. Le SS essuie le sang qui perle sur sa joue, là où Leibovici l'a griffé avant d'être abattu.

Je tends le bras sur le côté pour m'agripper à Marcel, pour me rappeler que nous sommes encore là, que la promesse faite ce jour de juin dans les douches misérables du camp n'est pas qu'une utopie, un espoir vain auquel nous sommes idiots de nous raccrocher. Peut-être aussi pour ne pas m'écrouler sous le poids de mes émotions.

Mais ma main ne rencontre que du vide.

On nous force à reprendre la route immédiatement, le soldat restant soigneusement placé entre nos deux groupes, comme s'il avait remarqué mes regards échangés avec Myriam et qu'il attendait de voir si nous oserions la même folie que nos amis.

J'examine les silhouettes autour de moi tandis que mes pas me portent sans vraiment réfléchir, et fouille la colonne des yeux à la recherche de Marcel, le cœur battant.

Puis j'aperçois une forme vague à travers la forêt, la peau d'un crâne nu au-dessus des buissons. Marcel se retourne sans cesser sa course. J'esquisse un sourire douloureux et romps notre échange le premier.

J'ai lu, dans un livre du siècle dernier conservé dans ma bibliothèque, et dont les pages jonchent aujourd'hui le sol de mon appartement à côté de morceaux de verre, que *la honte est dans la fuite, non dans la défaite*. Si l'auteur avait pu savoir à quel point il avait eu tort lorsqu'il avait écrit ces lignes.

La honte n'est pas dans la fuite lorsque la victoire est dans la survie.

53
Myriam

20 mars 1945

Cela fait deux mois que je suis arrivée à Bergen-Belsen. Deux mois que seule l'image de Gabriel encore vivant, marchant devant moi sur cette route gelée, me permet de tenir.

J'ai perdu Sonia. J'ai perdu Aliza. J'ai perdu Rachel.

J'ai perdu mon enfant.

Les souvenirs qui ont suivi l'exécution de Rachel et de son fiancé se mélangent en une masse de moments flous, où seule reste nette la nuque de Gabriel que je n'ai eu de cesse de fixer afin de me donner le courage d'avancer. Je me rappelle vaguement un repas chaud, puis des wagons découverts dans lesquels nous nous sommes entassées. Je me souviens d'avoir récupéré la neige qui tombait sur mes épaules pour absorber un peu d'eau, d'un arrêt, de prisonniers en tenues rayées nous offrant une soupe providentielle. Je me rappelle avoir tendu ma gamelle afin qu'ils la remplissent de neige. Je me souviens de ces femmes qui mouraient autour de moi, de celles qui hurlaient, de celles devenues folles.

Puis Bergen-Belsen. Je n'aurais jamais cru pouvoir vivre pire que Birkenau.

Chaque matin je jette des cadavres, aidée par les autres femmes, avec autant de détachement que si je jetais des déchets. Ici nous ne travaillons pas, mais la soupe claire que l'on nous sert et où flottent parfois quelques navets nous affame tout autant que les journées harassantes de Birkenau. Nous grattons la glace pour trouver des racines.

Et puis il y a les poux. Les poux qui propagent le typhus et me ramènent au souvenir de Sonia et des filles, dans notre baraque. Et le typhus qui tue. Presque autant que la faim. Les corps s'entassent dehors, la puanteur est infecte. À mesure que les jours passent, il y a de moins en moins de personnes capables de transporter les cadavres autour desquels nous vivons, à côté desquels nous mangeons. Mais je ne pleure pas. Je n'ai plus pleuré depuis que j'ai laissé derrière moi les corps de Rachel et de son fiancé côte à côte. J'ai l'impression que mon cœur s'est éteint.

Je vois des jeunes filles se balader de baraque en baraque dans ce camp où nous n'avons rien d'autre à faire à part mourir. Parfois des enfants. Et je hais les nazis encore plus lorsque je vois leurs corps si maigres, leurs yeux qui ont vieilli trop vite.

Je suis assise, le dos contre un mur, grattant la neige de mes ongles noirs et cassés, si gros au bout de mes doigts frêles comme les branches d'un arbre malade. Ils rencontrent une racine lorsqu'une silhouette s'approche. J'enfonce ma main dans la terre pour l'arracher avant que cette inconnue ne me la prenne.

— Madame Hartman ?

Je relève la tête. Voilà plus de deux ans que personne ne m'a appelée ainsi, deux ans que je ne suis plus qu'un matricule, une suite de chiffres qu'une plume imbibée d'encre a gravée sur mon avant-bras gauche.

La silhouette s'accroupit devant moi et je cligne des yeux. Son visage me ramène près de trois années en arrière. La métamorphose de ses traits juvéniles ravive une douleur sourde que je croyais éteinte au fond de mon cœur asséché, outre la minuscule partie qui bat encore de l'espoir de retrouver Gabriel. Mais cela ne dure qu'un instant.

— Rebecca Eisenberg ?

Un sourire triste étire ses lèvres tandis qu'elle hoche la tête.

Elle me tombe dans les bras et c'est comme si la vie que j'avais vécue jusqu'à mon arrestation, une vie qui me paraît parfois n'avoir jamais existé, me revenait de plein fouet.

— Rebecca, fais-je en caressant son crâne où ses cheveux repoussent, piquants sous mes doigts. Mais où est donc passée la jeune fille que tu étais ?

— Elle a été obligée de devenir une femme.

Je romps notre étreinte et plonge mes yeux dans les siens. J'y discerne une maturité qui ne correspond en rien à mon souvenir de Rebecca, la jeune voisine que nous avons vue échapper à la rafle depuis les fenêtres de l'appartement de Jacques, une éternité auparavant. Mais j'y vois également une lueur bien différente. La même que celle qui brillait dans mon regard, lorsque, devant le miroir sur pied de Marie-France, j'observais mon ventre s'arrondir un peu plus chaque jour. Je porte alors mon attention sur son abdomen, mais le renflement que j'y remarque pourrait tout aussi bien être dû à la dysenterie.

La petite Eisenberg suit mon regard et esquisse un second sourire triste, comme si c'était le seul capable de naître sur son visage.

J'ouvre la main qui enserre la racine recouverte de terre que j'ai arrachée un peu plus tôt.

— On partage mon festin et tu me racontes ce qu'il s'est passé depuis que je t'ai vue échapper à la rafle du Vel d'Hiv ?

Je débarrasse la racine de sa terre, et la coupe en deux d'un coup de dents avant de lui en donner une moitié.

— Vous y étiez ? me demande-t-elle. Je ne me souviens pas vous y avoir vue, ni vous ni M. Hart…

Sa phrase se suspend.

— Il est vivant, la rassuré-je. En tout cas, il l'était encore il y a deux mois…

Un silence douloureux s'installe et je pousse un profond soupir, revenant à notre conversation pour éloigner ma peine.

— Nous avons pu être sauvés. Mais toi aussi, d'après ce qu'on a vu.

Rebecca mâchonne son morceau de racine avec lenteur. Mastiquer notre nourriture est la seule façon que nous avons de tromper notre faim.

— Un ami. Assez aisé, heureusement pour moi. Il a graissé la patte du policier qui m'avait arrêtée lors de la rafle, et c'est ce qui m'a sauvée. Il m'a fait quitter Paris, et nous avons vécu dans le Nord, chez son cousin. Mais fin juillet, nous avons été dénoncés…

Sa voix se brise. Fin juillet… Huit mois plus tôt.

Rebecca prend une profonde inspiration avant de poursuivre :

— Ils l'ont abattu devant moi.

Je serre dans ma main noire de terre celle qu'elle a posée sur son ventre à peine rebondi.

— Ils m'ont arrêtée et… j'ai passé beaucoup de temps à Ravensbrück. Ensuite on nous a conduits ici.

Je ne dis rien de plus. J'attends qu'elle se confie d'elle-même. Moi qui avais l'impression d'être devenue presque un animal, un corps affamé se battant pour le moindre gramme de nourriture, la présence de la petite Eisenberg, cette femme que j'ai connue enfant et que j'ai vue grandir, fait remonter à la surface de mon esprit ce qu'il me reste d'humanité.

— Je prie chaque jour pour que mon enfant attende que les Américains, les Anglais ou n'importe qui nous sortent d'ici pour venir à ma rencontre. Je suis devenue tellement maigre… Cela se voit à peine sous ces robes.

Une larme glisse sur ma joue, la première qui soit remplie d'amour et non de tristesse depuis bien longtemps.

— J'ai eu un enfant, lâché-je.

Je regrette immédiatement mes propos, mais il est trop tard. Que puis-je lui dire maintenant ? Parmi toutes les vérités possibles, aucune n'est agréable à entendre.

— Il est né lorsque j'étais à Drancy. Il y a presque deux ans. Mais son destin n'était pas de m'accompagner dans cet enfer.

Rebecca me prend à nouveau dans ses bras, me serre plus fort qu'elle ne l'a fait tout à l'heure.

— Oh madame Hartman, je suis sincèrement désolée pour votre bébé !

— Myriam. Je n'ai plus rien d'une dame avec mes haillons immondes et mon crâne d'oisillon déplumé.

Nous restons ainsi un instant, et je ne sais qui de nous deux cette étreinte réconforte le plus.

— Ton enfant attendra le temps qu'il faudra. Et vous sortirez d'ici tous les deux.

54
Gabriel

29 mars 1945

Mon corps tout entier me gratte. J'ai l'impression qu'une force invisible écrase mes entrailles, les broie dans sa main comme j'appuierais sur l'un de mes tubes de peinture en métal souple.

Si seulement ce qui s'écoulait de ma couchette pouvait être de la gouache multicolore plutôt que ces immondices qui empestent tout le camp. J'ai survécu aux wagons à bestiaux, à Auschwitz, aux privations et aux humiliations, à la traversée du pays à pied et en train. Et je vais mourir du typhus, dans ce camp qui n'est qu'un gigantesque charnier, alors que la rumeur d'une libération prochaine enfle de jour en jour.

Myriam… A-t-elle réussi à éviter l'épidémie qui ravage Bergen-Belsen ? Je ne peux imaginer son corps balancé à côté des tas de cadavres qui pourrissent sous le soleil.

Bientôt la fièvre me fait délirer. Des flashs de lumière illuminent mon champ de vision. J'entends la voix de Mlle Darmin me hurler de cesser de jouer du violon, j'entends le rire de Myriam et les babillements de mes neveux. Les notes de l'instrument s'ajoutent à cette cacophonie, et je plaque mes mains sur mes oreilles, le corps tremblant. Lorsque j'ouvre les yeux, je vois Jacques, ses taches de rousseur noyées sous la crasse. Son odeur de pain a disparu, mais il conserve le même regard. Puis c'est le visage de Sarah qui apparaît, le sourire du petit Joseph Levy lorsque je l'emmenais jouer au football dans la cour de notre immeuble après sa leçon de violon.

Un goût répugnant emplit ma bouche, et je crache au bas de mon châlit.

— Il faut que tu avales ça, mon vieux, dit une voix ferme.

Je m'agite dans tous les sens pour repousser les mains que je sens se poser sur mon visage, cogne contre quelque chose. Puis je suffoque, mon cœur bat à tout rompre, je cours dans la rue des Abbesses. Les ordres des Allemands résonnent dans mon dos. Les toiles calées sous mon bras me ralentissent. Les aboiements de leurs chiens résonnent, je sais leurs babines noyées sous l'écume. Leurs pattes s'abattent sur mon dos et je m'effondre au sol, atterrissant sur les restes d'un feu de bois éteint qui a remplacé les pavés. Le goût du bois brûlé se répand dans ma gorge, mais le poids des chiens m'empêche de me relever.

J'ouvre les yeux et prends une profonde inspiration, la gorge sèche. L'odeur du camp me ramène à la réalité. Je me redresse avec difficulté, les muscles endoloris. Les tremblements et les sueurs froides ont cessé.

— Tu m'as fait une de ces peurs !

Une silhouette fond sur moi, me serre contre elle si fort que je crains qu'elle ne brise les os qui saillent sous ma peau.

— Jacques ?

Mon ami se recule et plante ses yeux brillants dans les miens. Je voudrais être encore en train de délirer, imaginant tout cela à cause de la fièvre, mais je sais qu'elle est retombée. Que Jacques est bien là.

La pièce se met à tourner soudainement, et Jacques me rattrape avant que je ne m'écroule. Il m'allonge sur ma couche et me donne une gorgée de soupe froide qui m'arrache un haut-le-cœur, mais me permet d'étancher ma soif.

Je l'observe quelques instants, l'émotion retenant en otage les mots qui se bousculent dans ma gorge. Une ecchymose recouvre une partie de sa mâchoire.

— T'en fais pas, va, me rassure-t-il. Le charbon, c'est pas ce que je préfère au petit déjeuner non plus. Mais ça a au moins eu le mérite de t'éviter de te vider entièrement.

Mes yeux s'embuent et je l'attire vers moi en laissant échapper un sanglot. Je ne rejoindrai pas les corps de ces hommes qui s'amoncellent dehors. J'ai survécu au typhus.

— Mais qu'est-ce que tu fais là ? soufflé-je sans le lâcher. Et Marie-France, comment va-t-elle ? Et Sarah ?

Mon cœur s'emballe. J'ai toujours été persuadé que le nom de son mari la protégerait, et ai relégué au plus profond de mon esprit mon inquiétude pour elle.

— Rassure-toi, ta sœur va très bien, répond-il en s'écartant. Avec Michel et les enfants, elle est partie chez ses beaux-parents dans la Loire. Si tout s'est déroulé comme prévu, Marie-France devrait les avoir rejoints.

Je hoche la tête, laisse échapper un soupir de soulagement.

— Tu ne me demandes pas de nouvelles de Myriam, remarque-t-il. Tu sais où elle est ?

— Ici je crois. Je l'ai croisée à Auschwitz, et une deuxième fois après l'évacuation du camp. Si les boches l'ont envoyée sur le même chemin que moi…

Je sens mes pensées s'éloigner, mais le poids de la main de Jacques qui se pose sur mon épaule me ramène au moment présent.

— Oh Jacques, que s'est-il passé pour que tu te retrouves ici ?

Mon ami s'affaisse sur lui-même et passe ses mains aux ongles noirs sur son visage fatigué.

— Un médecin de l'hôpital Rothschild, un interne juif que nous avions fait venir pour une consultation, est revenu toquer à notre porte.

Je fronce les sourcils et l'interromps.

— Un interne de Rothschild ? Pourquoi tu n'as pas fait venir M. Thibault ?

Jacques passe sa main sur sa nuque dans un geste nerveux.

— Je… Euh, eh bien… C'était pour Myriam, et… on ne savait pas à qui faire confiance. Sauf à un médecin juif.

J'esquisse un sourire. Jacques et Marie-France ont pris tant de risques pour Myriam et moi que j'ignore si, même si nous sortons d'ici, je pourrai leur rendre la moitié de tout ce qu'ils ont donné pour nous aider. Ils nous ont cachés, ont fait ce qu'il fallait lorsque ma femme était souffrante, tout en sachant pertinemment ce qu'ils encouraient si cela se savait.

— D'accord, donc cet interne est revenu, et ensuite ?

Jacques me fixe, la bouche légèrement entrouverte, et je crains un instant qu'il ne soit pris d'une crise quelconque.

— Jacques ! fais-je en le bousculant avec fermeté. Ça va ?

— Je… Euh, oui, oui, donc, l'interne de Rothschild est revenu nous voir pour nous demander si nous accepterions… d'héberger des enfants.

Les yeux de Jacques s'éloignent vers un passé pourtant proche au vu de sa silhouette, qui, même si elle s'est considérablement affinée, reste bien plus solide et trapue que la mienne.

— Des enfants qui venaient de Drancy se faire opérer, des enfants qui auraient été déportés, qui n'avaient plus aucune famille. L'interne nous en déposait deux par mois, en pleine nuit. Parfois des gamins d'une dizaine d'années, mais dont le regard était deux fois plus vieux. Ils parlaient pas beaucoup, ces pauvres gosses. Qu'est-ce qu'ils avaient bien pu voir, si jeunes ? Parfois c'était des tout-petits, avec eux c'était plus facile. Mais tout aussi triste. Ils ne restaient pas longtemps chez nous.

Je demeure muet, ému, et fier. Je le savais déjà courageux, je le découvre d'un altruisme sans pareil.

— On a cru être discrets, mais visiblement ça n'a pas été le cas. Quelqu'un nous a dénoncés. Marie-France n'était pas là, et nous nous étions préparés à cette éventualité. Je ne regrette absolument rien de ce que j'ai pu faire, même si ça m'a conduit dans ce nid de poux infesté de typhus.

J'agrippe sa main et la serre aussi fort que j'en suis capable après avoir passé des jours torturé par la fièvre. Il comprend la signification de mon geste sans que j'aie besoin de parler, et un soupir s'échappe de ses lèvres tremblotantes.

— En fait si, il y a quand même une chose que je regrette.

Jacques serre ma main en retour, pince les lèvres.

— J'aurais voulu sauver plus d'enfants.

55
Raphaël

26 novembre 1970

La soirée est le moment que nous préférons pour profiter de la vieille ville. La main de Romy est glissée dans la mienne et son accent méditerranéen me charme un peu plus à chaque fois qu'elle prononce mon prénom. Elle a les yeux aussi pétillants que ceux d'un enfant devant la vitrine d'un marchand de bonbons tandis qu'elle contemple un étal de fruits séchés au marché Mahane Yehuda. Je n'en reconnais pas la moitié, mis à part la grenade, dont Romy achète plusieurs poignées. Son regard s'illumine encore plus alors qu'elle en croque une graine. Voilà de longues semaines que la lueur terne qui le voilait a cédé la place à une étincelle que j'adore.

Au-dehors, le crépuscule confère une ambiance particulière à la ville, illuminant les monuments et les terrasses, adoucissant la température. Je pioche dans le sachet de fruits secs tandis que Romy m'interroge sur les noms des monuments, alors que nous nous dirigeons vers le sud de la ville.

— Nous devrions aller à Tel-Aviv, voir la mer ! s'exclame Romy.

D'une main habile, elle lance au-dessus d'elle une graine qui retombe dans sa bouche, et se tourne vers moi en mâchant.

— Enfin, cela dépendra de la date de ton départ.

Je déglutis, et serre un peu plus sa main en reportant mon regard sur Jaffa Street. La lettre de ma mère ne m'a pas apporté les réponses escomptées. Elle m'a adopté dans un orphelinat où tout ce qu'on a pu lui dire était que j'y avais été déposé après la guerre, que j'étais alors un enfant particulièrement frêle dont personne ne connaissait ni l'âge ni l'histoire, sauf un détail : ma mère avait été déportée et n'était jamais revenue. Malgré la demande de mes parents de rentrer en France et leur proposition de m'aider à rembobiner le film de mon adoption, je suis resté. Mais à mesure que les jours passaient, à mesure que je triais les fiches et les dossiers, j'ai compris que Jérusalem ne m'apporterait pas ce que j'étais venu y chercher. Cette ville ne me révélerait pas mes origines ni mon histoire. Elle n'était pas mon passé. Elle était mon avenir.

Je sens le poids du regard de Romy tandis que nous arrivons au Jaffa Gate avec ses vieilles pierres. Alors je rassemble mon courage et m'arrête, avant de me placer devant elle.

— Tu me fais peur, je ne suis pas sûre de t'avoir déjà vu si sérieux.

La boule dans ma gorge bloque le ricanement qui s'y faufilait. Je savais que ce moment viendrait, mais je l'ai repoussé en espérant arrêter le temps.

— Romy, je…

Un sourire triste relève les coins de sa bouche, et mon cœur s'alourdit dans ma poitrine à l'idée que j'en sois à l'origine.

— Tu vas rentrer en France, c'est ça ? Tu veux poursuivre tes recherches là-bas, essayer d'en savoir plus sur ton adoption ?

Elle pousse un profond soupir et se blottit contre mon torse.

— Je me suis même demandé pourquoi tu n'étais pas parti lorsque tu as reçu la lettre. Lorsque tu as compris que pour l'instant tu ne trouverais pas plus d'informations ici.

— Tu sais pourquoi je ne suis pas parti, fais-je en embrassant le sommet de son crâne, mon nez fourré dans ses cheveux blonds. Pour la raison qui me fait te demander si tu serais prête à venir vivre en France avec moi.

Romy se recule, deux larmes glissant sur chacune de ses joues. Elle m'observe comme si elle me découvrait pour la première fois, ou qu'elle cherchait sur mon expression la moindre trace d'ironie.

— Tu es sérieux ?

— Je croyais que tu ne m'avais jamais vu aussi sérieux, murmuré-je avec un sourire en l'embrassant.

Mon cœur bat si fort, si intensément que je crains qu'il n'explose si elle ne me donne pas tout de suite sa réponse. Je romps notre baiser, et son expression ahurie se transforme en un visage illuminé de joie.

— Alors ? la pressé-je en passant une main nerveuse dans mes cheveux longs.

Elle ne dit rien pendant quelques secondes qui me paraissent une éternité, si ce n'est plusieurs, avant de me sauter au cou. Je recule de quelques pas sous l'impact et la fais tourner tandis qu'elle me crie un oui tonitruant dans les oreilles.

56
Romy

27 novembre 1970

Mon sourire ne s'est pas effacé depuis la veille au soir. Après avoir marché de longues minutes avec Raphaël en nous embrassant à chaque coin de rue, j'ai tenu à me rendre au Mur des Lamentations. En deux ans, je n'ai jamais osé m'en approcher. Me tenir là, dans un lieu si sacré pour le peuple que mon père s'est acharné à détruire, me paraissait un sacrilège. Mais ce jour-là, ce sentiment avait disparu. Alors j'ai déchiré une feuille du carnet que je traîne toujours dans mon sac à main mais dans lequel je ne note jamais rien, et ai sorti le stylo qui y était accroché.

Faites que mon cœur ait plus de poids dans ma vie que mon sang.

J'ai plié le papier plusieurs fois, l'ai glissé dans un interstice entre deux pierres du mur, puis j'ai repris la main de Raphaël resté un peu en retrait.

Sans jamais cesser de sourire.

Je range la pile de dossiers que Raphaël vient d'étudier. Bien qu'il sache pertinemment que cela ne lui apportera plus de réponses, il a tenu à poursuivre ses recherches avant notre départ, que je compte annoncer à mes collègues en fin d'après-midi. Et même s'il prétend le contraire, je le soupçonne de continuer à m'accompagner ici afin de m'épauler. Et il a raison. Sa présence à elle seule éloigne les nuages qui assombrissent mon esprit lorsque je vois passer les photos de centaines de déportés. Ces mêmes nuages que je vois dans son regard alors qu'il observe une fiche d'identité.

— Qui est-ce ? Une femme qui pourrait être ta mère ?

Je m'approche et jette un coup d'œil par-dessus son épaule. Dans ses mains, une fiche d'identité à laquelle est accrochée la photo d'un bébé couché sur le ventre dans le studio d'un photographe. Ses jambes potelées paraissent s'agiter devant l'appareil.

— Lise Weizmann, née en 1942, gazée à Auschwitz en 1944, me répond-il.

Je caresse ses cheveux avec tendresse et lorsqu'il prend ma main, la sienne tremble.

— Tu aurais dû rester à l'appartement, ta décision est prise, tu n'as plus à endurer tout ça.

— Si, il le faut. Ces gens ne doivent pas être oubliés.

Il penche la tête en arrière et je fais glisser mes paumes sur ses joues.

— Dis surtout que tu t'ennuies sans tes minicassettes restées en France.

Un large sourire remplace sa mine contrite.

— Tu comprendras quand tu auras écouté Johnny, Françoise Hardy et Michel Delpech.

— *C'est comme un soleil, dans le gris du ciel... Hippie hippie hippie...*

Ses yeux s'écarquillent lorsqu'il m'entend chanter et il se relève, son jean évasé venant fouetter le pied de la chaise.

— Tu connais *Wight Is Wight ?*

— Tu n'arrêtes pas de la chanter sous la douche, rigolé-je. Celle-ci et... Comment tu dis déjà ? *Laisse-moi t'aimer, toute une nuit...*

Son baiser m'empêche de chantonner la suite, et ses mains viennent glisser sur mon chemisier. Raphaël, mes doigts dans ses cheveux qui retombent sur ses épaules, la promesse de notre avenir en France. Pour la première fois, j'effleure le bonheur.

— Romy ! m'appelle Dana depuis l'accueil.

Raphaël se détache et lève les yeux au ciel avec une exaspération exagérée.

— *There is a French woman at the reception !*

— N'existe-t-il vraiment aucun Français qui sache parler anglais ? chuchoté-je.

Raphaël arbore une moue remplie d'innocence qui me fait fondre, et me suit jusqu'à l'accueil.

Une femme d'une trentaine d'années se tient là, les mains serrées autour de la bandoulière de son sac à main, ses yeux bruns parcourant le hall comme si elle se demandait ce qu'elle faisait là.

— Bonjour, fais-je en m'approchant d'elle, Raphaël sur les talons. Je peux vous aider ?

— Oui, je… J'aurais voulu apporter un témoignage. Je…

Son regard se pose sur Raphaël et les sourcils de l'inconnue se froncent. Elle penche la tête sur le côté.

— Attendez mais… Je vous connais.

J'ouvre la bouche pour lui répondre lorsque mes yeux sont attirés par la silhouette qui pousse la porte derrière elle. Une moustache masque la cicatrice de sa lèvre supérieure, mais ses yeux sont restés les mêmes.

— Romy ! m'interpelle-t-il sans chercher à cacher son accent allemand.

Un instant je reste clouée sur place. La bulle qui m'entourait depuis de longues semaines, ce cocon que Raphaël a bâti autour de moi, vole en éclats. Je m'enfonce dans les sables mouvants de mon passé.

Mon père fait un pas vers moi et je m'enfuis en courant, laissant dans mon sillage la pauvre jeune femme qui semble désemparée, ainsi que Raphaël, dont je ne veux pas voir le regard lorsqu'il comprendra qui je suis.

J'entends des pas précipités dans mon dos, et les larmes brouillent ma vue. Je rentre dans la pièce que nous venons de quitter et claque la porte derrière moi, le cœur battant si fort qu'il m'empêche presque de respirer.

— Romy ! Qu'est-ce qui se passe ?

La voix de Raphaël fait redoubler mes pleurs. Un coup violemment frappé à la porte me fait sursauter, et j'entends des mots hurlés en allemand, mélangés aux exclamations de Raphaël dans un anglais très approximatif. Mes pleurs inondent mes lèvres tremblantes. Je sais que je ne pourrai pas rester terrée dans cette pièce éternellement, que je vais devoir affronter mon père et le jugement de Raphaël.

Alors je m'accroche aux dernières secondes qu'il me reste avant que mon père ne détruise la vie que je me suis construite, avant que ce qu'il est au plus profond de lui ne soit révélé au grand jour. Puis j'essuie mes joues du dos de ma main, et ouvre la porte.

Mon père entre en trombe dans la pièce. Raphaël le double et se place entre lui et moi.

— Qui êtes-vous ? Vous ne voyez pas que vous lui faites peur ?

Je pose la main sur son épaule, prête à lui dire qu'il ne comprend pas un traître mot de français, lorsque mon père lui répond :

— Écarte-toi de ma fille et laisse-la partir.

Son accent est aussi tranchant que la lame d'un couteau qui hache ses mots, mais son français est parfaitement compréhensible.

— C'est ton père ?

— Tu parles français ?

Nos regards se croisent et les mots se bloquent dans ma gorge. Je vois dans ses yeux qu'il me demande ce qu'il doit faire entre mettre mon père à la porte et le laisser me parler. Mais je sais que je n'ai pas le choix. Alors je baisse les yeux.

57
Raphaël

27 novembre 1970

Je ne retrouve dans les yeux de cet homme rien de ce qui fait ceux de Romy. Ni la lueur pétillante lorsqu'elle me réveille en criant le matin pour me faire sursauter, ni même l'éclat terne qu'ils avaient lors de notre première rencontre. Non. Dans les siens il n'y a que tristesse et déception, agrémentées d'une pointe de colère. Son accent allemand dénote tellement avec celui, chantant, de Romy qu'il semble impossible que j'aie devant moi l'homme qui l'a élevée.

— Parmi tous les pays où tu pouvais te rendre, c'est dans celui-ci que tu es venue te cacher ? lui balance-t-il. Dans ce terrier de Youpins ?

Mes yeux s'écarquillent plus que je ne l'aurais cru possible. J'ai l'impression que mon cerveau cesse de fonctionner, comme pris dans un bloc de glace. Une pensée fuse dans mon esprit. Parfaitement improbable, fruit d'un ensemble d'idées reçues héritées de la dernière guerre.

— Romy ? fais-je en me tournant vers elle.

Son visage est rouge, déformé par ses pleurs. Ses mains tremblent et elle fuit mon regard.

— Je t'ai déjà dit de laisser ma fille, me crache l'homme. Va-t'en !

Mais je l'ignore superbement. Si ce que je crois avoir compris est vrai, il ne mérite pas plus une réponse de ma part qu'une once d'attention. Ni même d'être libre.

— Romy, tu dois m'expliquer ce qui se passe.

Elle renifle en nous contournant pour refermer la porte. Son regard se pose alternativement sur chacun de nous, mais son père ne lui laisse pas une seconde de répit.

— Bon allez, maintenant ça suffit, souffle-t-il dans un effort manifeste pour calmer sa voix. Ma chérie, tu ne peux pas imaginer à quel point je suis heureux de te retrouver enfin, mais est-ce que tu te rends compte des risques que j'ai pris pour venir jusqu'ici ?

— Comment tu as su où j'étais ?

Les épaules de l'homme retombent, son teint, rendu écarlate par sa colère envers moi, reprend une couleur normale. Ses traits s'apaisent.

— Les lettres que tu envoies à Maria tous les mois. Ne t'inquiète pas, elle ne m'a jamais dit que tu lui avais écrit… Tu connais Maria.

Il soupire, paraît soudain vulnérable.

— Un jour le facteur est arrivé alors qu'elle n'était pas rentrée du marché. J'ai récupéré son courrier et j'ai reconnu ton écriture. Je suis sûr qu'elle était encore en retard à cause de ce cireur de chaussures…

Il ricane, comme à l'évocation d'un souvenir drôle, mais aucune lueur n'éclaire son visage.

— Et tu t'es dit que je ne devais pas déjà souffrir suffisamment alors tu es venu ? Un océan et une mer entre nous, ce n'était pas assez ?

— Romy, insisté-je. Dis-moi que ce n'est pas ce que je crois. Un Allemand qui parle français, que tu as fui pour venir travailler ici et qui utilise le mot « Youpin »…

J'entends le soupir exaspéré de son père et fais volte-face. Son regard est tout aussi rempli de répugnance que le pli de sa bouche.

Mon cœur cogne contre ma poitrine, mes poings se serrent. Ignorer cet homme, bien que je sache qu'il s'agit de la meilleure chose à faire pour le moment, devient soudain difficile.

— Je suis désolée, j'aurais dû tout te dire dès le début, dès que nous nous sommes rapprochés, dès que… je suis tombée amoureuse de toi.

Je secoue la tête, incapable de croire ce que je sais déjà.

— Mon père… Il est… Il était…

— *Schutzstaffel* Freidrich Schellenberg, camp d'Auschwitz. Maintenant tu vas peut-être te décider à quitter cette pièce et ma fille ?

La fierté dans sa voix me donne la nausée, et un goût de bile emplit ma bouche. Je ne parviens plus à penser, je suis incapable de réfléchir, de bouger. Un SS. Romy est la fille d'un SS. Je ne sais peut-être que peu de choses sur mes origines, mais la seule information que je possède est que cet homme fait partie de ceux qui ont tué ma mère. Et qu'il s'en vante. Qu'il n'affiche pas de remords. Qu'il ne se défend pas d'avoir été embarqué contre son gré dans le système de mise à mort nazi comme on se fait malmener par le courant et les vagues. Qu'il ne rejette pas l'immondicité de ses actes sur ses supérieurs hiérarchiques, proclamant qu'il n'a fait que suivre les ordres. Non, il ne tente même pas de se dédouaner.

Je me retourne vers Romy, le cœur en miettes, piétiné par l'horreur que représente son père, noyé dans le sang qu'il a sur les mains, déchiré par la trahison de celle que j'aime.

— Comment tu as pu me cacher ça ? Avec ce que tu sais de moi, comment tu as…

Je ne vois plus ni ses larmes, ni la détresse infinie qu'elle affiche. Elle fait un pas vers moi et je recule, par réflexe et dégoût. Elle entrouvre la bouche mais je ne veux pas la laisser me parler.

La vie a déjà mis trop de secrets et de mensonges dans mon histoire pour que j'en supporte un de plus. Alors avant qu'elle n'ait le temps de dire un mot qui pourrait soulager ma peine, contrer mon écœurement, je m'adresse à son père :

— J'espère que vous avez bien profité de votre vie dans je ne sais quel pays, espèce de monstre. Parce que vous ne quitterez pas celui-là. Je vais prévenir la police et vous serez jugé pour les millions de vies que vous avez prises.

Mon ressentiment et la haine qui suintent de mes paroles glissent sur lui sans l'atteindre. Mais comment quelques mots le pourraient-ils ? Comment la menace d'un homme comme moi, pour qui le service militaire semble déjà loin, pourrait éveiller la moindre crainte chez cet homme ? Lui qui s'est construit au cœur même de la guerre, a vu des horreurs que je peux à peine imaginer et qui le laissent, au mieux, indifférent ?

— Tu es l'un d'entre eux, toi aussi, c'est ça ? Apparemment on a oublié une poussière en faisant le ménage en France.

Il secoue la tête et les coins de sa bouche se plissent en un rictus moqueur.

— Oh mais alors c'est pour ça que ma fille t'est tombée dans les bras ! Pour la même raison qu'elle travaille ici. Pour racheter mon passé ? Comme s'il s'agissait d'une erreur qu'elle pourrait réparer ?

Je saisis l'homme au col et le plaque contre le mur. Mais ses réflexes d'ancien soldat lui reviennent étonnamment vite et il se libère avant de lever le poing au-dessus de mon visage.

— Papa, arrête !

Romy se place entre nous alors que le coup allait s'abattre, et en voyant le visage de sa fille remplacer le mien, le SS parvient de justesse à dévier sa frappe.

— Romy, j'aurais pu te blesser !

Il la saisit par les bras et détaille son visage comme pour être sûr que ça n'a pas été le cas.

— Tu l'as déjà fait en revenant ici.

Je me faufile derrière Romy, repousse sa main qui tente d'attraper la mienne et me précipite dans la pièce adjacente où je sais pouvoir trouver un téléphone. Je place mon doigt dans le trou du cadran, prêt à le tourner afin d'appeler quiconque pourrait faire enfermer cet homme, avant de me rendre compte de ma bêtise. Je ne suis pas en France, je n'ai absolument aucune idée du numéro à composer.

Le bruit d'un verrou que l'on enclenche résonne dans mon dos.

— Je t'en supplie, ne dis rien.

Je déglutis avec difficulté et fixe le mur devant moi, comme si les dessins réguliers du papier peint allaient m'aider à faire face à Romy.

— C'est mon père.

Je me retourne lentement, prenant le temps de rassembler toute la force qu'il me reste.

— Il devrait déjà être mort après ce qu'il a fait.

De nouvelles larmes viennent recouvrir les joues encore humides de Romy, et c'est à son tour de secouer la tête.

— Non, s'il était mort je ne serais pas là et…

— Et alors ?

Les mots se sont échappés de ma bouche sans que je les aie pensés, et je vois dans ses yeux rougis qu'elle le comprend.

— Je t'en supplie, ne le dénonce pas. Nous pouvons toujours partir, quitter Israël et le quitter, lui. Nous ne sommes pas nos parents.

Son affirmation a tout d'une question, d'un mantra qu'elle doit se répéter depuis le jour où elle a appris qui était son père.

L'emballement de mon cœur se calme un peu, et je détaille cette femme que je croyais connaître. Je savais qu'elle portait des secrets trop lourds pour elle. Je croyais que l'amour pourrait la guérir, la pousser à se confier, que l'on s'aiderait mutuellement. Mais au lieu de ça elle s'est murée dans son silence et m'a écouté évoquer des dizaines de conjectures possibles sur les conditions de ma naissance, sur la déportation de ma mère, alors même qu'elle savait son père responsable d'un génocide.

Désormais je vois dans ses traits ceux de l'homme dans la pièce d'à côté. Et je suis incapable de la regarder plus longtemps.

— Non, nous ne le sommes pas.

Les commissures de ses lèvres remontent, mais je perce tout de suite la bulle d'espoir que je vois gonfler en elle.

— Mais nous sommes nos actes. Chacun a ses secrets, je le conçois. Mais tous les secrets remontent un jour à la surface et tu savais à quel point celui-ci me blesserait.

— C'est pour ça que je ne t'ai rien dit ! J'avais trop peur de te perdre en t'avouant d'où je venais et quel fardeau je portais.

— Si tu m'en avais parlé, j'aurais pu l'accepter ! J'aurais compris que tu avais fui ton père et que tu avais suffisamment confiance en moi pour te confier, que tu m'aimais suffisamment ! Apparemment, ce n'est pas le cas.

Ma voix déraille, peut-être parce qu'au fond de moi je ne crois pas à ce que je dis, que ma déception parle à ma place.

— Raphaël, je… fait-elle en s'avançant vers moi.

Je repousse une nouvelle fois sa main et entends les trémolos dans ma voix.

— Quand m'en aurais-tu parlé ? Après que je t'aurais présenté mes parents et qu'ils t'auraient appréciée ? Devant l'autel à l'église ou dans ta robe blanche à la mairie ? Lorsque nous aurions eu des enfants, pendant qu'ils joueraient dans le jardin ?

Romy plaque sa main sur sa bouche pour atténuer ses sanglots, et je sens une larme rouler sur ma pommette.

— Tu as failli mourir à cause de ton père. C'est à cause de ce qu'il est que tu as voulu mettre fin à tes jours. Mais c'est à lui de payer ! Il y a presque dix ans, c'est ici qu'Eichmann a été pendu. Tu sais qu'il mérite le même sort.

Encore une fois elle secoue la tête, et par ce geste, écrase un peu plus les restes morcelés de mon cœur.

— Il a été un père aimant. Il m'a protégée toute ma vie, tu… Je t'en supplie, ne le dénonce pas. Il a fait des choses horribles, je le sais, crois-moi, je le sais. Mais je ne veux pas qu'il meure.

Je m'avance vers la porte et la force à s'écarter. Sa main s'abat sur la mienne alors que j'ouvre le verrou, et nos regards se croisent. J'ai l'impression d'y voir en un coup d'œil tout le maelstrom d'émotions qu'elle ressent, son chagrin, sa honte, son espoir, son amour. Le mien.

— Je t'en prie, souffle-t-elle entre deux sanglots.

Ses mots scindent mon esprit en deux. Les sentiments qu'ils produisent se battent contre mon devoir et mon honneur. Mais une émotion tout aussi forte palpite en moi, et les images de cette soirée sur les remparts de la ville ressurgissent.

— D'accord. Je ne veux pas détruire ta vie et te faire souffrir plus que tu ne souffres déjà. Je t'aime et tu le sais. Alors je ne le dénoncerai pas.

Un soupir tremblant s'échappe de ses lèvres, et elle tend ses bras vers mon visage. Je saisis ses poignets et arrête son geste.

— Mais je ne veux pas souffrir non plus. Je rentre en France.

Je la relâche, abaisse la poignée de la porte.

— Sans toi. Ne cherche pas à me recontacter.

J'ouvre la porte et m'éloigne à grandes enjambées, accélérant le rythme de mes pas jusqu'à me retrouver en train de courir dans une rue de Jérusalem, laissant derrière moi la femme que j'aurais pu épouser et la vie que j'aurais pu avoir à ses côtés.

58
Myriam

12 avril 1945

— Ça fait si mal… Je n'y arriverai jamais !

La douleur qui se lit sur le visage de la petite Eisenberg me brise le cœur. Elle serre les dents si fort que je m'étonne qu'elles ne se soient pas encore déchaussées.

— Les Allemands, ils vont m'entendre, ils… Ils vont l'entendre.

Son visage est luisant de sueur. Je crispe ma main sur son genou plié pour me retenir de me gratter la cuisse. J'ai remarqué la première plaque rouge au moment où Rebecca a perdu les eaux.

— Tu es extrêmement forte, mais tu vas devoir l'être encore plus. Ton bébé avait trop hâte de te rencontrer pour attendre les Alliés, alors tu vas tout faire pour que ce soit possible, d'accord ?

Rebecca hoche la tête avec frénésie. Ses muscles se contractent sous mes doigts et elle se mord la lèvre inférieure au point qu'une goutte de sang y perle. Elle maintient l'arrière de ses cuisses avec ses mains, et je soulève sa jupe.

— Il a les cheveux tout noirs ! balbutié-je, une bouffée de fièvre me faisant tourner la tête. Tu y es presque, il est là ! Tout proche !

— C'est peut-être une fille, articule-t-elle difficilement entre ses dents.

— Allez Rebecca, une dernière poussée, et tu pourras prendre ton enfant dans tes bras.

Je récupère le morceau de tissu qui était autrefois une jupe et que nous sommes parvenues à conserver relativement propre grâce à une pluie inespérée. Cette fois, c'est mon abdomen qui me démange, d'une telle force que je reste concentrée à grand-peine sur ma mission première : récupérer ce bébé.

Rebecca se plie presque en deux, le visage rouge et dégoulinant, sa souffrance et son espoir rivalisant sur ses traits.

Son corps se détend tandis que j'accueille le nourrisson dans l'étoffe que je tiens entre mes doigts tremblants.

Il ne pleure pas.

59
Gabriel

15 avril 1945

La voix qui s'échappe des haut-parleurs nous sort de notre sommeil dans un sursaut. Voilà trois nuits que je dors par terre, faute de place, sur un sol immonde. Jacques est collé dans mon dos, quant à moi, je me suis endormi à moitié allongé sur un homme qui n'a pas protesté. J'ai pris ça pour de la bienveillance, mais je comprends mon erreur lorsque ce matin il ne se réveille pas.

—*Here the first English army. We have come to set you free.*

Jacques et moi nous observons, heureux et incrédules.

Voilà une semaine que les canons grondent, que les rumeurs courent aussi vite que les poux ne sautent sur nos corps décharnés. Des jours que l'espoir gonfle en nous avant d'être réduit à néant.

Ceux qui en ont encore la force se lèvent et sortent du block. Les Jeep sont partout, leur carrosserie marquée du drapeau anglais. On nous donne du pain, et Jacques et moi échangeons un regard complice. C'est le meilleur que je mange depuis sa boulangerie, mais celui-ci a quelque chose en plus. Le goût de la liberté. Il est la preuve que nous en avons fini avec cet enfer. Que nous sommes sauvés. Que je vais pouvoir retrouver Myriam.

Jacques a les joues inondées de larmes, et ce n'est qu'en les voyant creuser des sillons sur son visage crasseux que je remarque celles qui dégoulinent sur le mien.

Nous apercevons des tommies[1], de grandes cisailles en main, et les suivons jusqu'aux fils barbelés qui séparent notre camp de celui des femmes. Chaque coup sur le grillage résonne avec les battements de plus en plus violents de mon cœur gorgé de hâte. Je cherche Myriam du regard, je l'imagine s'avancer vers moi, je me vois la soulever et la faire tourner comme lorsque, une éternité plus tôt, je l'emmenais danser à Montmartre. J'ai du mal à croire qu'en plus de deux ans je n'ai pu partager plus d'un baiser et un regard avec ma femme.

Les Anglais achèvent leur besogne et je fonce de l'autre côté, Jacques sur mes talons. Il peine à suivre mon allure. Mes jambes, si maigres, sont meurtries de ces années de privations, de ces jours de fièvre et de ces nuits sur des châlits inconfortables ou à même le sol, mais aujourd'hui, c'est la plus puissante des forces qui me fait avancer.

— Monsieur Hartman ?

La voix est faible mais perce à travers les exclamations des déportés, de ceux qui appellent des membres de leur famille, des amis, des rares qui se retrouvent. Mon regard parcourt les silhouettes hagardes, les visages creusés qui peinent à croire qu'on vient enfin leur porter secours.

Une jeune fille au teint plus blême que tous les autres se détache de la foule en s'avançant vers moi, les bras chargés d'un monceau de tissus. Une tache brunâtre recouvre une grande partie de sa jupe en haillons. Son allure m'est vaguement familière, rien de plus.

1. Terme générique qui désigne des soldats anglais au cours des deux guerres mondiales.

— Je suis heureuse de vous voir en vie. Vous ne me reconnaissez pas ?

Je fais non de la tête, tandis que Jacques arrive à ma hauteur.

— Rebecca ? fait-il. Rebecca Eisenberg ?

J'écarquille les yeux tandis que mon cerveau assimile lentement cette information. Je ne lui pose aucune question sur ce qu'il lui est arrivé et l'observe à peine.

Myriam. Je dois trouver Myriam, lui dire que je suis vivant.

— As-tu vu ma femme ? Sais-tu où elle est ?

Rebecca prend une profonde inspiration et contemple un instant le tas de tissus sales qu'elle tient dans ses bras, et auquel je ne prête pas attention, comme s'il s'agissait d'une chose précieuse. Est-elle devenue folle ? Cela n'aurait rien d'étonnant. Bergen-Belsen n'est pas un lieu dont on peut revenir indemne.

— Venez avec moi.

Je la suis, le cœur battant. Une irrésistible envie de la pousser pour qu'elle presse le pas me prend à la gorge. L'excitation m'empêche de réfléchir, d'aligner deux pensées cohérentes autres que celles-ci : Myriam est dans ce camp et je vais la retrouver.

Rebecca s'arrête au coin d'un block et je la bouscule pour passer devant elle.

Myriam est là. Allongée sur l'herbe piétinée, à l'ombre d'une baraque. Sa chemise est ouverte sur ses côtes saillantes. Son visage est creusé, ses lèvres, pâles.

Ses yeux, fermés.

Je ne sais comment j'y parviens, mais je m'approche d'elle avant de me laisser tomber à genoux.

— Je suis terriblement désolée, monsieur Hartman.

Mon souffle s'accélère, l'air me manque, et un cri déchire mes poumons et ma gorge tandis que je m'écroule sur le corps sans vie de ma femme.

Un second cri se joint au mien, plus aigu, un cri primitif, le premier cri d'une vie.

Les yeux de Rebecca sont écarquillés sur les étoffes qu'elle tient dans ses bras. Ma vue est brouillée par les larmes, mais j'aperçois, au milieu des langes, un crâne recouvert de cheveux noirs.

— Monsieur Hartman… fait-elle en s'approchant de moi tandis que le bébé se calme.

Des larmes inondent ses joues, et lorsqu'elle s'accroupit à côté de moi, elle manque de tomber en arrière. Ses yeux papillonnent mais je n'y prête guère attention. Seule Myriam compte.

Je prends la main de ma femme et le baiser que je dépose sur ses lèvres étouffe mes sanglots.

— Votre femme a tenu aussi longtemps qu'elle a pu, mais le typhus… Elle m'a aidée à accoucher et… Elle m'a dit ce qui était arrivé à votre bébé. Que la mort prenne un enfant avant même que sa mère ne lui ait donné la vie, il n'y a rien de plus terrible. Je suis sincèrement désolée.

Je romps mon baiser, observe le visage de Myriam à présent recouvert de mes larmes, les sourcils froncés, muet et incrédule.

Je fais volte-face vers Rebecca. Assise par terre, le visage si blanc qu'il paraît gris, elle se tient le ventre pendant qu'elle berce l'enfant de sa main libre.

— Qu'est-ce que tu racontes ? Nous n'avons pas eu d'enfant !

Mon regard voyage entre Jacques, debout au coin du block, les yeux fixés sur Myriam, et Rebecca, dont le visage se crispe sous la douleur. Le scintillement d'une larme sur la joue de mon ami me fait hoqueter lorsque la jeune mère poursuit :

— Je crois me souvenir qu'elle a accouché lorsqu'elle était internée à Drancy.

Jacques fuit mon regard, et malgré toute la peine que je ressens à me détacher de celle que j'aime, la colère et la déception me poussent à me lever. Tous les éléments s'imbriquent dans mon esprit, et à mesure qu'ils se lient les uns aux autres, mon cœur se disloque en autant de morceaux. Se pourrait-il que notre dernière nuit passée ensemble…

— Myriam était enceinte ?

Jacques passe une main sur sa nuque, muet. Mais son silence parle pour lui.

— Tu le savais, c'est ça ? hurlé-je en m'approchant de lui. Tu savais qu'elle était enceinte et tu me l'as caché ?

La rage explose en moi, décuplant des forces que je n'ai pas. Je me précipite sur lui et lui assène un coup de poing en plein visage, visant sciemment la partie de sa mâchoire où l'ecchymose due à mes gestes brusques et fiévreux s'estompe. Il s'écroule et je fais de même, suffoquant, à la limite de l'évanouissement, le corps douloureux, épuisé. Je retombe entre Myriam et Rebecca, et lorsque les flashs de lumière qui dansent devant moi disparaissent, je remarque la tache écarlate sur la jupe de la jeune mère. Du sang ?

— Et qu'est-ce que tu aurais voulu que je te dise ? s'exclame Jacques, la voix brisée. Que ta femme a été enfermée à Drancy enceinte jusqu'au cou ? Que lorsqu'on a voulu avoir de ses nouvelles on a refusé de nous en donner ? Que j'ai imaginé que ton enfant, le sang de mon meilleur ami, avait peut-être été déporté avec elle, et après ? Lorsque j'ai été enfermé ici, j'ai compris ce qu'il se passait dans les camps. J'ai appris toutes les atrocités qui s'y déroulaient, les chambres à gaz, les fours crématoires… Avant de te retrouver, j'ai rencontré un homme qui avait pu échanger quelques mots avec sa fille pendant le trajet depuis Auschwitz. Tu veux savoir ce qu'elle lui a raconté ?

Je sais déjà que non, que je voudrais qu'il se taise, que chaque mot qu'il prononce me ramène dans ce camp où j'ai perdu des camarades, où j'ai souffert, où l'on m'a brisé. Que chaque phrase qu'il assène enfonce un peu plus loin dans mon esprit l'idée horrible et atrocement pragmatique que je préfère savoir que mon enfant, mon tout petit bébé que je n'aurai jamais la chance de rencontrer, n'a pas connu la vie. N'a pas connu l'enfer.

— Un jour une femme a accouché là-bas, elle était tellement maigre que les boches n'avaient même pas vu qu'elle était enceinte ! Et tu sais ce qu'ils ont fait quand le bébé a pleuré ? Ils l'ont pris, ils l'ont balancé en l'air et… Tu vois le tir aux pigeons ?

Jacques lève sa main, index et majeur tendus.

— Boum !

Un goût de bile remonte dans ma bouche, brûlant ma gorge asséchée. Jacques renifle bruyamment, et la tristesse mêlée de culpabilité qui émane de lui, depuis ses yeux jusqu'à sa posture voûtée, fait s'évanouir mon ressentiment.

— Excusez-moi, Rebecca, déclare-t-il avant de se relever et de s'éloigner.

Je l'observe disparaître derrière le mur du block. Je suis si fatigué.

— C'est la première fois que mon enfant pleure.

Je me retourne vers Rebecca. La tache sur sa jupe s'est agrandie et son visage a blêmi, mais un sourire béat y est incrusté.

— Mon bébé n'a pas pleuré le jour de sa naissance. Il y a trois jours. Comme si ce magnifique petit être savait ce qu'il devait faire pour survivre.

Les paupières de Rebecca papillonnent, et bien que déjà assise, elle vacille. Je me tourne vers Myriam. Je voudrais m'allonger à côté d'elle, la prendre dans mes bras et pleurer tout mon soûl. Rester ici, ma femme au creux de mes bras. Mais elle a aidé la petite Eisenberg, et le moins que je puisse faire pour honorer sa mémoire est de le faire à mon tour.

Alors je prends sa main, me penche vers son oreille.

— Mon amour, j'espère que là où tu te trouves, tu as retrouvé notre enfant. Dis-lui que je l'aime. Je t'aime. Je vous aimerai toujours.

Je dépose un baiser sur le dos de sa main, sur sa joue, et un dernier, que je fais durer quelques secondes de plus, sur sa bouche.

Je prends une profonde inspiration en refoulant mes sanglots et reporte mon attention sur Rebecca au moment où les yeux de celle-ci se révulsent. Je la rattrape avant qu'elle ne touche le sol et maintiens le nourrisson qui a manqué lui échapper des bras. Je le récupère, entouré de langes, sa bouche minuscule s'étirant en un bâillement édenté. Je n'ai jamais vu un bébé aussi petit.

J'aide Rebecca à s'allonger en appelant des secours aussi fort que mes cordes vocales me le permettent. Son visage a perdu toutes ses couleurs, mais elle revient à elle sans se départir de son sourire.

— Gabriel… murmure-t-elle dans un souffle.

C'est la première fois qu'elle utilise mon prénom, cette jeune fille que nous avons vue grandir, Myriam et moi.

— Ça va aller, les Anglais vont te soigner. Ils vont te conduire dans un hôpital et…

Le sourire de Rebecca se fait mélancolique, et elle remue mollement la tête.

— Mon bébé a attendu la libération du camp pour pleurer… J'ai tenu juste assez longtemps pour entendre sa voix et… vous le confier.

Ses mots deviennent des murmures, et la main qu'elle pose sur mon bras, l'index qu'elle lève pour caresser la joue de son enfant semblent lui demander un effort considérable. Je regarde alternativement le visage de plus en plus livide de Rebecca et celui du nourrisson que je porte contre moi, si léger, si fragile, si innocent. À peine un kilo de pureté au milieu de cet enfer misérable.

— Myriam me disait que vous auriez été un père formidable. Vous pouvez encore l'être. Mon bébé sera bientôt orphelin, son père a été exécuté. Occupez-vous de mon enfant s'il vous plaît, me supplie-t-elle. Je vous connais. En vous je peux avoir confiance.

Des larmes affleurent à mes yeux. Le bébé sort sa main minuscule de sous les tissus qui l'enveloppent et serre mon doigt. Une vague d'émotions me submerge. Cet enfant, c'est avec Myriam que j'aurais rêvé l'avoir, avec Myriam que j'aurais voulu l'élever. Ce bébé n'est pas celui que j'ai perdu avant même de connaître son existence. Jamais il ne pourra le remplacer. Et je ne veux pas qu'il le fasse. Je ne pourrai rien apporter à cet enfant.

Je m'apprête à refuser sa demande avec toute la douceur dont mon esprit, assailli en quelques minutes par tant d'émotions extrêmes, est encore capable, lorsque je me tourne vers elle.

Rebecca est allongée, les yeux ouverts, immobile. Souriante.

Deux Tommies arrivent, suivis de Jacques.

Mais il est trop tard.

60
Romy

28 novembre 1970

J'ouvre les yeux sur les néons d'un hôpital. Ils tournoient au-dessus de ma tête tandis que mon thorax se soulève au rythme de mes pleurs.

Non, pas encore. Pas une deuxième fois.

J'essaye de lever mon bras gauche, mais j'ai à peine le temps d'apercevoir un important bandage sur mon poignet qu'il retombe mollement sur les draps. Mes gestes sont lents, mes membres sont lourds, engourdis. Une perfusion est plantée dans le pli de mon coude, y déversant du sang.

J'avais pourtant tout prévu. Je me souviens de la grosse poignée de médicaments que j'ai avalée avec un verre d'eau, et de mon autre main qui enserrait le couteau le plus aiguisé de ma cuisine. Et pourtant je me retrouve ici.

Une silhouette féminine se penche au-dessus de moi et je peine à cligner des yeux. Son image, d'abord floue, met quelques secondes avant de retrouver sa netteté.

— Tout va bien, me dit-elle dans un anglais approximatif. Votre amie vous a trouvé à temps.

Je fronce les sourcils avec une infinie lenteur, et un large sourire fend le visage jovial de l'infirmière.

— Dana, la femme qui a un double de vos clés.

Je pince les lèvres et ferme les yeux. Dana, bien sûr. Ne me voyant pas au travail après le départ de Raphaël la veille, elle a dû venir chez moi et entrer par ses propres moyens lorsque je ne lui ai pas ouvert. Comment ai-je pu être idiote au point d'oublier de lui demander de me rendre les clés que je lui avais confiées un an plus tôt au cas où je perdrais les miennes ? Encore une fois, l'impulsivité a été mon erreur.

Des images de Raphaël affluent à mon esprit, et la douleur, cette douleur que j'ai cherché à éradiquer, me frappe de nouveau. Je le revois lorsqu'il me dit qu'il m'aime, j'entends sa voix qui m'annonce qu'il part sans moi. Qu'il m'abandonne. Qu'il me laisse seule. Puis mon père le remplace dans mes souvenirs qui se teintent d'une odeur de cigare. Je le revois débarquer à Jérusalem pour briser ma vie de nouveau. Je ressens encore l'aura de fierté qui émanait de lui lorsqu'il a expliqué à Raphaël qui il était. Lorsque j'ai, par la même occasion, entendu pour la première fois mon véritable nom de famille.

Schellenberg.

Romy Schellenberg.

Maria m'a appris qu'en allemand, mon prénom signifie « gouverner ». Comment le savait-elle ? Peut-être mon père le lui avait-il dit ? Peut-être avait-il cru que m'en parler lui-même aurait apporté une foule de questions à laquelle il n'aurait pu répondre sans dévoiler son passé de nazi ?

Mais en Israël, j'ai appris que mon prénom avait une autre signification. Qu'en hébreu, il voulait dire « aimée ».

Pourtant, le seul dont l'amour m'importait, celui qui avait réussi à me sortir des ténèbres, est parti, me replongeant dans la noirceur.

— Mademoiselle ?

L'infirmière me secoue doucement le bras, et je cligne des yeux, revenant au moment présent.

— Je suis sincèrement désolée, je sais que vous vivez un moment difficile, mais une psychologue va venir parler de tout cela avec vous.

Je ne réagis pas et attends la suite. L'infirmière prend ma main, et je suis trop étonnée pour réagir.

— Mais en vous examinant nous avons découvert autre chose…

Si j'en avais la force, je rirais. Mon état de santé est le dernier de mes soucis. Je veux juste qu'ils m'autorisent à sortir de cette chambre lorsque j'aurai rassuré cette fameuse psychologue, et réitérer mon geste.

Mon esprit s'égare de nouveau, imaginant différents scénarios qui me permettraient de ne pas me retrouver de nouveau ici, sauvée contre mon gré, rongée par le désespoir et la souffrance. C'est pourquoi il me faut de longues secondes pour que les mots de l'infirmière se frayent un chemin à travers les sinuosités tortueuses de mon esprit embrumé par les médicaments.

— Vous êtes enceinte.

Mon souffle se bloque dans ma poitrine, j'oublie de respirer. Je pose ma main libre, celle au poignet bandé, sur mon ventre, comme à la recherche d'une quelconque sensation qui me prouverait la véracité des propos de la soignante.

— Je viens discuter des différentes options qui s'offrent à vous avant que le médecin ne vous voie.

J'attends un enfant de Raphaël. Cette phrase tourne en boucle dans ma tête à m'en donner le vertige. Les images de la veille se modifient, s'éclairent. Le visage de Raphaël vieillit un peu, de fines rides apparaissent autour de son sourire rayonnant tandis qu'il joue avec un magnifique petit garçon aux cheveux aussi noirs que les siens, aux yeux que j'espère si différents des miens. Je le vois grandir auprès de nous, en France, loin de mon passé, loin de mon père.

— Vous savez que l'avortement est interdit en Israël, mais si vous le souhaitez, je peux faire en sorte que…

— Hors de question.

Je me rends compte que mon ton était plus brutal que je ne l'aurais voulu. Je prends une profonde inspiration et me redresse lentement.

— Pardon, je… Merci beaucoup de me proposer ça, je sais ce que vous risquez. Mais je… Ce bébé…

Je caresse mon ventre. J'ai déjà envie de serrer cet enfant dans mes bras, de retrouver Raphaël et de le lui annoncer. Peu importe ce qu'il s'est passé, il m'aime, et même si je ne le connais que depuis deux mois, je sais déjà qu'il sera un père merveilleux pour cet enfant.

— C'est ma deuxième chance d'être heureuse. Et celle-là, je compte bien la saisir.

61
Caleb

28 juillet 1989

Je monte les marches de l'arrêt de métro Sèvres-Babylone, et débouche immédiatement face à l'hôtel Lutetia, dont le nom est écrit en lettres d'or à son sommet. Je traverse la route en observant la façade du bâtiment et manque de me faire renverser par un Solex, absorbé par ma contemplation des innombrables statues d'angelots qui l'ornementent.

J'ignore les jurons que le conducteur me lance et arrive de l'autre côté du boulevard. Je longe le bâtiment jusqu'à l'entrée de l'hôtel où une volée de marches donne sur un perron surplombé d'une avancée en verre et en fer forgé. Je me fais doubler par un groupe d'hommes d'affaires en veste grise ou chemise chic et chaussures en cuir, et jette un coup d'œil à ma veste en jean sans manches à laquelle sont épinglés plusieurs pin's. Je l'ôte afin de conserver uniquement mon tee-shirt blanc, et me sens un peu plus présentable compte tenu de l'aura luxueuse de l'établissement.

Puis je pousse les portes tournantes et pénètre dans l'hôtel.

— Bonjour jeune homme, que puis-je faire pour vous ?

Un employé au cou ceint d'une cravate m'interpelle depuis le comptoir de l'accueil avant même que j'aie pu m'émerveiller de la noblesse des matériaux et de la beauté des décorations. Moi qui ai parlé dans une langue qui n'était pas la mienne avec tant d'inconnus dans tous les villages autour de Manaus, voilà que je sens mes joues s'empourprer à l'idée de m'avancer vers cet homme au menton haut et à la tenue sans un faux pli.

— Bonjour, je…

Je devrais partir. J'ai du mal à superposer l'image d'un hall bondé d'un hôtel grouillant d'hommes, de femmes et d'enfants pouilleux et décharnés avec le faste qui s'étale sous mes yeux. Tout cela s'est passé il y a quarante-quatre ans. Des centaines, des milliers de déportés ont dû transiter par cet endroit. Comment ai-je pu, ne serait-ce qu'à un moment, espérer que quiconque se souvienne avoir croisé mes grands-parents ici ?

— Avez-vous réservé une chambre ?

Je vois bien que le majordome n'y croit pas, qu'il demande cela uniquement par politesse, ce qui n'a rien d'étonnant puisque j'ai laissé mon sac de voyage au conservatoire et que je ne ressemble en rien à la clientèle habituelle de ce genre d'établissement.

Mais je me reprends rapidement. Je suis parti à l'autre bout du monde sur les vagues indications d'une lettre laissée par ma mère biologique, je peux bien poser quelques questions à l'employé d'un palace.

— Bonjour, excusez-moi, vous allez peut-être trouver ma question un peu… déroutante, mais est-ce que l'un ou l'une des employés de cet hôtel travaillait déjà ici en 1945 ?

L'homme, qui ne doit pas avoir plus d'une quarantaine d'années, m'observe avec suspicion, comme s'il essayait de savoir si je suis venu lui faire une mauvaise blague ou si je suis sérieux.

Autant jouer la carte de l'honnêteté.

—Mes grands-parents sont des rescapés d'Auschwitz et ils ont été accueillis ici à leur retour, comme beaucoup d'autres déportés. J'aurais simplement voulu… Je ne sais pas… Savoir si quelqu'un, présent à l'époque, travaille encore ici. Quelqu'un qui les aurait peut-être connus et…

Je ne sais pas quoi ajouter. Formulée à voix haute, ma requête me semble ridicule. Je m'apprête à m'excuser de l'avoir dérangé et à repartir, rouge de gêne.

—Je pense connaître une personne qui pourra vous renseigner.

Son air hautain et sa voix protocolaire ont cédé la place à une empathie sincère, et c'est avec un visage plein de compassion qu'il décroche un téléphone situé sur le comptoir sans me quitter des yeux.

—Jacqueline, tu peux descendre à la réception s'il te plaît ? Merci.

Le majordome raccroche avant de m'accompagner jusqu'à une longue pièce attenante qui m'a tout l'air d'être la salle de restaurant. Il me propose de m'installer sur un canapé aussi moelleux qu'artistique, face à un gigantesque bar, puis s'éloigne.

Lorsqu'il franchit la porte, sa silhouette laisse place à celle d'une femme d'une soixantaine d'années, au tailleur strict et à la démarche sûre. Ses cheveux grisonnants sont rassemblés en un chignon bas, et ses petits talons claquent sur le parquet tandis qu'elle s'approche de moi.

—Madame Jacqueline Marceau, enchantée.

Je saute sur mes pieds et elle me serre la main en l'écrasant presque.

—Que puis-je faire pour vous, Monsieur ?

—Bonjour madame Marceau. D'après votre collègue, vous êtes la personne capable de me renseigner. Mes grands-parents sont venus dans votre hôtel, en 1945, lorsque…

— Lorsque le Lutetia a été réquisitionné.

Mme Marceau me désigne le canapé duquel je me suis levé, et lisse sa jupe en s'asseyant à mes côtés.

— Cela fait longtemps que personne n'est venu me poser de questions sur cette horrible période. Et il est particulièrement rare qu'il s'agisse d'un membre de la famille, surtout de votre âge.

— Alors vous y étiez ? Vous travailliez déjà ici à cette époque ?

Mme Marceau hoche la tête, et je remarque ses doigts qu'elle entortille.

— Oui, je venais d'obtenir un emploi ici, j'avais tout juste seize ans. Puis j'ai gravi les échelons et j'ai construit une belle carrière.

J'entrouvre la bouche, mais elle m'interrompt.

— Vous savez, nous recevions tellement de déportés, des bus entiers, nuit et jour. Nous n'avions pas assez de chambres pour loger tout le monde et… enfin… Je serais bien incapable de me souvenir de tous ceux qui ont transité par le Lutetia. On ne savait pas encore ce qu'il s'était passé dans les camps, alors quand on les a vus arriver, quand on a vu les enfants, leurs ventres gonflés et leurs bras si maigres…

Sa voix se brise, et je vois dans ses yeux que ses émotions sont restées intactes, même après quarante ans.

— Bien sûr… Je suis désolé, je ne voulais pas vous rappeler de tels souvenirs, ou… Je n'aurais pas dû venir.

Je me lève avec l'horrible impression de n'être qu'un égoïste curieux, mais Mme Marceau me retient par le bras.

— Attendez, vous n'êtes pas venu jusqu'ici pour rien. Et puis vous savez, ce n'est pas moi qui ai le plus souffert. Ce sont eux. Expliquez-moi.

— Je me disais juste que peut-être vous auriez croisé mes grands-parents lorsqu'ils sont revenus des camps. Gabriel et Myriam Hartman.

Les yeux de la femme s'éclairent soudain, et son dos se raidit comme si elle venait d'être parcourue par une décharge électrique.

— Ces noms vous disent quelque chose ?

Mme Marceau cligne plusieurs fois des yeux, et un large sourire s'étale sur son visage.

— Je me souviens de cet homme oui, Gabriel Hartman. Oh mon Dieu, comment pourrais-je l'oublier ? Mais il n'y avait pas de femme avec lui.

J'ai l'impression qu'un poids tombe au creux de mon ventre, et je fronce les sourcils, en proie à l'incompréhension la plus totale. Cette femme a l'air si sûre d'elle, pourtant elle se trompe. Mes grands-parents sont rentrés ensemble des camps.

— C'est impossible, ils sont revenus tous les deux, vous devez sûrement vous tromper. Comme vous le disiez, ils étaient nombreux et c'était il y a longtemps.

Mme Marceau secoue la tête.

— Non, je suis sûre de moi. C'est un nom que je n'ai jamais pu oublier, et pas seulement parce qu'il a été le seul à me demander des feuilles et un crayon afin d'écrire une symphonie.

L'air se bloque dans ma poitrine et j'ai la douloureuse sensation qu'une main empoigne ma gorge. Une symphonie…

— Non, je me souviens de Gabriel Hartman parce qu'il est le seul homme à être arrivé ici avec un nourrisson.

62
Gabriel

24 mai 1945

L'hôtel est bondé. De déportés aux regards perdus sur les décorations mais dont l'esprit est resté dans les camps. De familles qui cherchent désespérément un mari, un enfant, un parent, qui vous placardent sous le nez la photo de la personne qu'ils aiment et qu'ils ne parviennent pas à retrouver. Mais comment pourrais-je leur dire que j'ai vu passer tant de visages, que j'ai vu des milliers de personnes envoyées directement dans les chambres à gaz et que je ne peux me souvenir d'eux ? Comment leur expliquer les humiliations, les conditions inhumaines, pires qu'animales, dans lesquelles nous avons été détenus ? Comment puis-je leur raconter que j'ai vu des enfants jouer en sautant par-dessus des cadavres qui pourrissaient à l'air libre ? Comment leur dire que leur fils, leur frère était peut-être l'un d'eux ?

Alors je regarde à peine les photos et je détourne la tête. Je n'ai pas la force de parler.

Le chemin du retour m'a paru interminable. Jacques était à mes côtés, mais nous étions tous les deux enfermés dans notre esprit. Peu d'entre nous parlaient. Nous avions tous tant perdu.

Marie-France était là, sur le quai, à l'attendre, pleurant à chaudes larmes. Elle a insisté pour m'héberger afin de me permettre de reprendre des forces, mais j'ai refusé. Je ne voulais pas retourner dans ce salon où j'ai passé mes derniers instants de bonheur avec Myriam.

Et ce n'est pas l'unique raison.

Je me sens gauche, assis sur ce divan, la main autour d'un biberon en verre, tentant maladroitement de nourrir ce bébé qui a déjà vu tant d'horreurs. Je ne peux pas m'occuper de cet enfant. Pas après ce qu'il m'est arrivé, pas après avoir appris que j'avais perdu le mien.

Et pourtant. Que ce soient Jacques, les Anglais, Marie-France ou les femmes de chambre du Lutetia qui me le proposent, je refuse catégoriquement de leur laisser ce tout petit être si fragile, même quelques instants, bien que je sache pertinemment qu'ils s'en occuperaient convenablement. Deux forces opposées luttent dans mon esprit fatigué et meurtri, dans une guerre qui ne fait que m'épuiser un peu plus, moi qui n'ai pas dormi une seule nuit complète depuis la libération de Bergen-Belsen. Je somnole, le bébé de Rebecca dans les bras, frôlant parfois le monde des rêves dans lequel mes cauchemars surgissent.

C'est dans ces moments-là que la terreur revient. J'entends de nouveau le coup de feu qui a abattu Michel Kramer, les aboiements des bergers allemands et les rugissements de leurs maîtres. Je vois Joseph, étendu au sol après s'être précipité contre les fils barbelés électrifiés, Leibovici, écroulé dans la neige devenue boue sous nos pas, Myriam, étendue dans l'herbe, les cadavres de Bergen-Belsen que l'on entasse dans le *Waschraum*[1], la charrette qui les emporte et cet amoncellement de corps nus.

---

1. Salle d'eau commune

Mais à chacun de mes réveils, je sens le poids de ce bébé contre moi, cette petite vie que Rebecca m'a confiée. Lorsque ses grands yeux noirs me regardent comme si j'étais le centre de son monde, que ses petits doigts potelés se tendent vers mon visage et que son sourire fait gonfler ses joues roses, son innocence repousse la laideur du monde, relègue à l'arrière-plan mes effroyables souvenirs.

— Bonjour Monsieur... m'interpelle une femme de ménage que je n'ai encore jamais vue, si jeune que je me demande même pourquoi elle n'est pas au lycée.

— Hartman, balbutié-je, surpris. Gabriel Hartman.

— Monsieur Hartman, puis-je vous aider ? J'ai commencé mon service ce matin, et je voulais m'assurer que vous aviez tout ce dont vous avez besoin.

Je ne me suis pas encore habitué à tout ce respect. Après avoir été pendant si longtemps le matricule 107971, j'oublie parfois que le monde fonctionne autrement. Que le rang de chacun n'est pas défini par la couleur du symbole qu'il porte sur sa tenue. Qu'il n'existe aucune hiérarchie entre les humains.

Je fronce les sourcils, retire de la bouche du bébé le biberon qu'il vient de vider. Une sensation persiste au plus profond de moi, au cœur même de mes entrailles, comme s'il me restait encore une tâche à terminer, que quelque chose d'important n'était pas fini. Par réflexe, je pose l'enfant contre mon épaule et le berce. Puis, cela s'impose à moi.

— Pourriez-vous m'apporter une feuille et un stylo, s'il vous plaît ? En fait, non, apportez-moi plusieurs feuilles !

Les sourcils de la femme de ménage se haussent.

— Vous voulez écrire une lettre ? Je peux vous aider à contacter votre famille si vous le souhaitez.

J'esquisse un sourire.

— Non. Je dois écrire une symphonie.

L'employée entrouvre la bouche mais ne dit rien, tentant sûrement d'évaluer simplement en m'observant quel niveau a atteint ma folie.

C'est à ce moment-là que résonne contre mon oreille le rot tant attendu du bébé.

— Votre enfant, est-ce qu'il vient de…

— Elle est née en Allemagne.

Je n'ai pas besoin de préciser dans quelles conditions, le visage de la jeune femme blêmit immédiatement.

— Mais aujourd'hui cette jolie petite fille est en sécurité auprès de son papa, fait-elle.

Je m'apprête à lui répondre qu'elle se trompe lorsque la vérité de ses paroles me frappe de plein fouet. J'ôte l'enfant de mon épaule et le contemple comme si je le voyais pour la première fois. Une évidence sereine s'impose à moi.

— Vous avez raison. Je suis son père.

Malgré mes yeux fixés sur ma fille qui baille devant moi, je peux facilement imaginer l'air perplexe de l'employée de l'hôtel.

— Et comment s'appelle-t-elle ?

Je cale mon enfant au creux de mes bras, et le berce avec une tendresse nouvelle. Une tendresse paternelle.

— Esther.

63
Caleb

28 juillet 1989

— Eh, petit ! T'es arrivé !

Il faut que le chauffeur de taxi m'interpelle de nombreuses fois avant que je ne prenne conscience que le véhicule s'est arrêté devant la porte du jardin de mon grand-père. J'aperçois la voiture de ma mère garée devant nous et mes lèvres se mettent à trembler de manière incontrôlable.

Je tends un billet de cent francs au chauffeur et sors du taxi, mon sac balancé sur mon épaule. Je marche comme un automate, le cerveau embrumé, me répétant en boucle la discussion que j'ai eue avec Mme Marceau.

J'aurais pu croire qu'elle se trompait, que deux Gabriel Hartman se trouvaient au Lutetia ce jour-là. Mais la symphonie dont elle m'a parlé, je la connais, je l'ai vue dans le grenier de mon grand-père. Et quand elle m'a dit le nom du bébé…

Je pousse la porte, le cœur serré. Je ne voulais pas revenir ici avant d'en savoir plus sur mes parents biologiques, avant de les avoir retrouvés. Et j'ai hésité. Longtemps je suis resté sur le perron du Lutetia, les yeux perdus sur les roues des voitures et les pieds des badauds. Ce n'est pas à moi d'effacer les bases sur lesquelles ma mère a érigé son histoire, de révéler ce mensonge autour duquel mon grand-père a construit sa vie. Mais ma mère m'a toujours dit la vérité sur mes origines, en tout cas ce qu'elle en savait. Alors comment pourrais-je lui cacher les siennes ?

— Caleb !

La voix de ma mère traverse le jardin à peine plus vite qu'elle. Elle me saute au cou et je la serre contre moi, non comme un petit garçon, mais comme un fils devenu un homme prêt à protéger sa mère.

— Oh Caleb, comme je suis heureuse de te voir !

L'arrivée de mon grand-père me fait relever la tête. Nos regards se croisent et son visage se transforme.

— Tu m'en veux et je comprends, déclare-t-il de but en blanc. Je n'aurais jamais dû te parler comme ça au téléphone. C'était plus qu'idiot de ma part, mes propos n'avaient pas lieu d'être. Peu importe qui est ton grand-père ou ce qu'il a fait, il n'est pas toi, et tu as raison, il n'est pas non plus ta mère biologique.

— Est-ce que tu l'as trouvée ? s'enquiert ma mère en se détachant de moi.

— Pas encore, fais-je en embrassant sa joue.

Je reporte mon attention sur mon grand-père et m'avance vers lui, ne sachant pas quelle posture adopter. Dois-je lui en vouloir d'avoir menti, ou lui pardonner ? Comment savoir quelle aurait été ma façon d'agir dans pareilles conditions ?

— En revanche, j'ai trouvé autre chose.

J'arrive à sa hauteur.

Nous faisons une taille similaire, mais la maturité que j'ai acquise ces dernières semaines me donne l'étrange impression de le surplomber.

— La vérité.

Ses traits n'esquissent pas la moindre émotion. Il ne comprend pas ce que je sous-entends, mais comment pourrait-il s'en douter ?

— Qu'est-ce qui est réellement arrivé à grand-mère Myriam, papi ?

Ma voix est plus dure que je ne l'aurais voulu, et cette fois il se fige. Sa mâchoire se crispe et son œil se met à tressauter. L'air entre nous semble se charger d'électricité à mesure que le silence s'épaissit. Ma mère s'approche de moi et entoure mon bras de ses mains.

— Caleb, on t'a parlé plusieurs fois de l'incendie.

Elle se tourne ensuite vers l'homme que je croyais être son père.

— Voyons papa, pourquoi tu ne lui réponds pas ?

Je prends conscience de mes lèvres pincées et du pli renfrogné entre mes sourcils, mais c'est trop tard, mon grand-père est déjà sur la défensive.

— Tu es vraiment décidé à faire souffrir ta famille ? me lance-t-il en me fixant.

Cette fois, je prends le temps de poser ma voix avant de répondre.

— Je ne veux faire souffrir personne. Mais elle a le droit de connaître la vérité.

— L'un d'entre vous va-t-il m'expliquer de quoi vous parlez ?

Ma mère a haussé le ton, ce qui est suffisamment rare pour nous surprendre.

— Allons nous asseoir.

Mon grand-père se détourne et nous le suivons jusqu'au salon. Il se laisse tomber dans un fauteuil et pose sur nous un regard fatigué et triste. J'ai conscience de l'obliger à ressasser l'une des pires périodes de sa vie, mais sa souffrance n'est pas une raison suffisante pour cacher à ma mère qui elle est.

— Ça y est, on est assis, déclare ma mère en laissant retomber ses mains sur ses genoux. Vous m'expliquez maintenant ?

Mon grand-père me fixe encore quelques secondes, comme pour me pousser à changer d'avis, mais je ne cille pas.

— Comment l'as-tu appris ?

— Ma mère biologique a travaillé à Yad Vashem. J'ai lu ton dossier et je me suis rendu au Lutetia.

Mon grand-père laisse échapper un rire aussi léger qu'une brise, et pourtant lourd de tant de souvenirs.

— Il doit avoir bien changé.

Puis son attention se porte sur ma mère.

— Et toi, Esther, tu n'en as gardé aucun souvenir, tu étais trop petite…

— Aucun souvenir de quoi ? De l'hôtel Lutetia ? Celui où maman et toi avez été hébergés à votre retour ?

Mon grand-père baisse la tête, et sa voix est éraillée lorsqu'il reprend.

— Non. Celui où nous avons été hébergés, toi et moi.

À mes côtés, ma mère a tout d'une statue figée par l'incompréhension.

— Myriam…

La voix de mon grand-père tremble, et il lève les yeux vers le plafond comme pour éviter à ses larmes de couler.

— Je n'ai pas eu la chance de la ramener de Bergen-Belsen.

Je plisse les lèvres, et mes pleurs glissent le long de mes joues en même temps que les siens.

Ma mère fronce les sourcils et secoue la tête. Son regard se porte un instant vers l'étage supérieur, et même si elle ne peut le voir d'ici, je sais qu'il est dirigé vers le portrait qui trône sur le palier.

— Mais c'est impossible, je suis née après la guerre. Maman est morte dans l'incendie de notre maison et…

— Esther, ma chérie. Je t'aime de la même manière que tu aimes Caleb. Myriam était là le jour de ta naissance, elle t'a aidée à naître. Ensuite… tu m'as été confiée.

Mon grand-père se lève et toute colère s'est évaporée dans le regard qu'il pose sur moi. Je hoche la tête et lui cède ma place. Une fois auprès de sa fille, il passe ses bras autour d'elle et essuie ses larmes avec tendresse.

— Tu as survécu à l'enfer, mais surtout, tu m'en as sorti. Après avoir perdu Myriam, si je ne t'avais pas eue je… Je n'aurais plus eu aucun but. Décider de faire de toi ma fille a été la meilleure décision que j'ai prise de toute ma vie.

— Tu veux dire que… Que je suis née à…

— À Bergen-Belsen, oui. Tu es née au milieu de l'horreur, alors ce simple mensonge, faire perdurer le souvenir de Myriam en te disant qu'elle était ta mère… C'était te donner la famille que tu n'avais pas.

— Mais bien sûr que si, je l'avais ! s'exclame-t-elle en essuyant à son tour les larmes de son père. C'est toi, ma famille.

Je recule sans un bruit jusqu'à l'entrée et vois ma mère tomber dans les bras de mon grand-père. Au moins pourra-t-elle obtenir les réponses qu'elle souhaite. Savoir qui étaient ses parents, connaître son histoire. J'observe, en haut des marches, le portrait de Myriam accroché dans la pénombre. Mon grand-père a réécrit l'histoire comme il aurait aimé qu'elle se déroule, mais puis-je vraiment le lui reprocher ?

Je referme doucement la porte de la maison.

C'est à mon tour de connaître la vérité sur mes origines.

64
Romy

10 juillet 1971

Après avoir observé mon ventre s'arrondir avec une joie non dissimulée au fil des mois, sans jamais avoir osé quitter Israël, ce n'est que lorsque le médecin m'a dit que ma condition risquait de m'empêcher de prendre l'avion que j'ai reçu l'électrochoc suffisant pour me pousser à partir à Paris.

Et aujourd'hui je tiens ce magnifique petit garçon aux cheveux de jais dans mes bras. Malheureusement, il n'a pas hérité des yeux de Raphaël. Il possède mes iris bleus. Les mêmes que ceux de mon père. Ces yeux que ce dernier considérait comme ceux du parfait Aryen.

Je chasse cette pensée qui revient sans cesse dans mon esprit, rappel constant de mon passé, me concentrant sur le visage de mon fils qui dort profondément. Plus les heures passent, plus je redoute d'aller frapper à la porte de Raphaël, dont j'ai retrouvé l'adresse en me faisant passer pour une ancienne amie du lycée par téléphone auprès de ses parents. Je sais pertinemment que j'aurais dû lui annoncer qu'il allait être père dès que j'ai su pour ma grossesse, mais à chaque fois que j'ai voulu acheter un billet pour Paris, une force plus puissante encore, une étreinte paralysante, m'en a empêchée.

La peur. La peur que la vie dont je rêve pour mon enfant et moi, ce futur que je fantasme, ne se transforme en une désillusion plus difficile à supporter que tout ce à quoi j'ai été confrontée. Car tant que Raphaël ne me renie pas une seconde fois, tant qu'il ne refuse pas de connaître son fils, tout reste possible. Je peux continuer d'imaginer un avenir radieux et serein. Tant que je ne l'affronte pas.

Mon fils cligne des paupières avant que sa bouche ne se torde en un bâillement absolument adorable. Je croise son regard, un sourire aux lèvres, quand une image surgit de ma mémoire comme la lave jaillit des profondeurs d'un volcan. Je revois mon père. Pour la énième fois, je revis ce sentiment de solitude et de honte qui m'a tant suivie.

L'air peine à franchir la barrière de ma gorge serrée, et saisie d'une impulsion soudaine, je prends mon bébé dans mes bras, rassemble dans le sac à langer les quelques vêtements de nouveau-né que j'ai reçus à l'hôpital et quitte ma chambre d'hôtel en trombe.

Mes pas me portent jusqu'à l'appartement de Raphaël. Bien que je n'aie jamais fait le chemin à pied, j'ai tellement étudié l'itinéraire sur les cartes de Paris que possède l'hôtel que je n'ai aucun mal à me repérer.

Je pousse la porte du hall de l'immeuble, ignorant mes bras engourdis par le poids du bébé et de ses affaires. Mon sac à main me scie l'intérieur du coude et la chaleur de juillet fait perler de grosses gouttes sur mon front.

Tandis que j'aborde l'escalier, je lève sans cesse les yeux vers l'étage du dessus. L'espoir et l'angoisse de voir apparaître Raphaël sur le palier s'entremêlent, et je presse le pas. Je ne sais combien de temps encore j'aurai le courage de poursuivre l'ascension avant de faire demi-tour en courant. Je parviens au quatrième étage, essoufflée, un filet de sueur dégoulinant entre mes omoplates.

Mon cœur tambourine à mes oreilles plus fort encore que des baguettes sur une batterie. Je m'avance, chancelante. Mes jambes flageolent, comme vidées de leurs forces. Je me persuade que c'est à cause de la soixantaine de marches que je viens de monter, mais je suis bien obligée de m'avouer qu'il n'en est rien lorsque je vois le nom de Raphaël sur l'une des sonnettes.

Je me sens soudain paralysée, comme si chacune de mes articulations s'était soudée, comme si ma cage thoracique rétrécissait peu à peu, écrasant mes poumons. Je lève une main vers le bouton juxtaposé à l'étiquette portant sept lettres dont je ne peux détacher mon regard.

Raphaël est là. Juste derrière cette porte.

Et moi je suis debout sur ce palier, avec son fils dans les bras et un sac à langer d'occasion posé au sol. Mon doigt enfonce la sonnette. Son bruit strident qui résonne à l'intérieur de l'appartement me fait sursauter.

Mais qu'est-ce que je fais là ? De quel niveau d'égoïsme suis-je en train de faire preuve pour débarquer ainsi dans la vie de Raphaël avec un enfant que je lui ai caché ? De quel droit puis-je bousculer son existence, lui mettre dans les bras cet enfant qu'il n'a jamais désiré, cet être qui le liera à jamais à ceux qui ont tué sa mère ?

Je resserre ma prise sur mon bébé qui se met à pleurer et m'enfuis. Je saisis le sac à la volée et dévale les marches sans me soucier de la douleur qui tiraille mes jambes. Les cris de mon enfant résonnent dans la cage d'escalier.

Mes pleurs se mêlent aux siens tandis que je pousse la porte du hall d'entrée et me laisse tomber sur les marches du perron. Comment ai-je pu me voiler la face aussi longtemps ? Ignorer ce que je savais déjà ? Comment ai-je pu croire que lier mon sang à celui de Raphaël pourrait m'apporter le bonheur ? Les doigts minuscules de mon fils tirent sur mes cheveux tandis qu'il bave sur mon épaule. Je le repousse brusquement. Un pli dur déforme ma bouche, et un instant, seulement l'espace d'un moment aussi furtif que la chute d'un grain de sable dans le gigantesque sablier du temps, je ne voudrais pas que mon enfant soit là. Pendant une seconde, je me demande comment j'ai pu être assez stupide pour refuser la proposition de l'infirmière de l'hôpital de Jérusalem.

J'aurais dû avorter. Ne pas transmettre à un être innocent l'héritage qui est désormais le sien.

Ma brutalité a fait redoubler ses pleurs et une honte incommensurable me submerge. Je le berce dans mes bras tremblants. Je voudrais pouvoir me dire que les hormones sont les seules coupables d'une telle pensée, qu'elles ont orienté ma réflexion, mais je sais au fond de moi qu'il n'en est rien. Je ne suis simplement pas faite pour être mère. Je ne suis pas faite pour le bonheur. Ni pour cette vie.

Je sors de mon sac à main le carnet vierge et passe mon doigt sur la déchirure de la première page. Les souvenirs que ce simple morceau de papier réveille en moi sont si douloureux que je peine à écrire les premiers mots. Puis mon cœur prend le relais et je noircis la page de mon amour et de mes regrets.

Lorsque je conclus ma lettre, certaine de ce qui m'attend à présent, persuadée d'avoir écrit tout ce qu'il me semblait important de dire, je lève les yeux vers les tours de Notre-Dame qui surplombent les immeubles environnants.

Sans jamais cesser de pleurer ni de serrer mon fils dans mes bras, m'imprégnant de son odeur, essayant tant bien que mal d'apaiser ses cris, j'avance dans l'air chaud de la rue, les tours en ligne de mire.

La cathédrale se profile devant moi et le soulagement se mêle à la tristesse. Mon bébé s'est calmé, bercé par le trajet. Je pousse la lourde porte en bois de l'édifice. Il est rempli de fidèles assis sur des rangées de bancs face à un homme en soutane et une chorale d'adolescents en tenue blanche.

Je pose discrètement le sac à langer sur le sol et y dépose mon enfant.

— Je suis sincèrement désolée, lui soufflé-je, mon nez si près de sa joue que les fins cheveux sur ses tempes viennent chatouiller mes narines. Je t'aime. Je t'aime mais je ne peux pas m'occuper de toi.

Ses yeux bleus papillonnent, et je sais que je prends la bonne décision.

Je glisse la lettre dans le sac et me penche au-dessus des joues rondes de mon fils. L'une de mes larmes tombe sur son visage, et j'embrasse son front. Mes lèvres restent en contact avec sa peau de longues secondes, le temps qu'il me faut pour transmettre à travers ce baiser tout l'amour que je lui porte, dans l'espoir vain qu'il s'en souvienne.

Je me détache de lui et lorsque ses pleurs résonnent à l'intérieur de la cathédrale, la porte s'est déjà refermée derrière moi, et je cours.

Je cours jusqu'au pont près duquel se trouve mon hôtel, ce pont magnifique d'où l'on peut voir la tour Eiffel, ce pont suffisamment haut au-dessus de la Seine.

Je pose mes mains sur le garde-fou, les yeux rivés sur le fleuve et les bateaux-mouches qui y naviguent. J'y grimpe sans même réfléchir à mes gestes, mes pensées ancrées sur la dernière image qu'il me reste. Celle de mon fils que je viens de libérer d'une vie d'*a priori*, de secrets et d'horreurs.

Debout sur le muret de pierres, j'ai l'impression de me retrouver à Jérusalem. Le vent qui caresse mon visage n'a pas la même odeur, mais le même vide m'attire.

Je lève un pied, me penche.

Cette fois Raphaël n'est pas là pour me rattraper.

65
Raphaël

19 juillet 1971

Les aiguilles de l'horloge grignotent les heures sans que je bouge de mon canapé orange. L'écran carré de la télévision diffuse une suite d'émissions en noir et blanc, mais mon regard le traverse sans le voir. Je n'ai même pas envie de me lever pour changer de chaîne. De toute manière, la deuxième chaîne a elle aussi commencé à diffuser de la réclame. Alors peu importe. Je ne sais même pas ce que je regarde, *Information première* peut-être.

Je regrette encore plus d'avoir quitté Jérusalem que d'y être allé. La colère qui m'habitait lorsque j'ai pris l'avion depuis Paris est toujours là. Mais elle est différente. Celle envers mes parents s'est atténuée, jusqu'à disparaître lorsque j'ai pris ma mère dans mes bras à mon retour. Je n'arrive même plus à être en colère contre Romy. Comment le pourrais-je ? L'émotion sur son visage n'était pas feinte, ses sentiments non plus. Non, je suis en colère contre l'ironie de la vie et du destin, contre cette main, s'il y en a une, qui réunit ceux qui ne peuvent être ensemble, contre moi qui ai laissé Romy alors que je la savais si fragile. J'aurais pu la sauver une nouvelle fois. Je n'aurais même pas eu à le faire si j'étais resté. Si j'avais simplement essayé de la comprendre au lieu de m'enfuir.

Non, je ne regrette pas d'être allé à Jérusalem. Je regrette seulement d'en être parti sans elle.

La mélodie stridente de la sonnette retentit dans mon appartement et je pousse un profond soupir. Depuis le temps que je ne me suis pas levé de ce canapé, la couleur orange du tissu doit avoir déteint sur mon jean.

— Laissez le courrier sur le paillasson !

La dernière fois que j'ai ouvert la porte, c'était face à un policier qui était venu m'annoncer la mort de Romy. Que peut-on encore me vouloir après avoir émietté les morceaux de mon cœur que j'étais parvenu laborieusement à recoller ?

Je ne sais pas si je n'ai pas crié assez fort ou si le facteur est un peu trop zélé, mais la sonnette retentit une seconde fois, plus insistante. Je balance la tête en arrière en jurant, et ôte mes pieds de la table basse. Les muscles de mes jambes sont endoloris et je boite jusqu'à la porte d'entrée en grognant.

— Je vous ai dit que vous pouviez…

Ma phrase se suspend alors que j'ouvre la porte sur une silhouette qui ne ressemble en rien à mon facteur habituel. Pourtant son visage m'est familier, comme quelqu'un que j'aurais croisé une vie plus tôt, ou alors peut-être la veille.

— Excusez-moi, je croyais que vous étiez…

— Le facteur, oui, je comprends, me répond-elle.

Son regard brun et timide s'attarde sur ma tache de naissance.

— Je suis désolé de vous demander ça, mais est-ce que l'on se connaît ?

La femme, un peu plus âgée que moi, ses mains autour de la bandoulière de son sac, hoche la tête avec un sourire gêné.

— Nous nous sommes croisés, à Jérusalem. Enfin, je veux dire, à Yad Vashem. Je suis arrivée juste avant que…

Mes yeux s'écarquillent et je la revois soudain, perdue dans le hall d'entrée, à peine une seconde avant que le père de Romy ne débarque dans nos vies. Je ne me souviens pas de son nom, ni même si elle a eu le temps de nous le dire ou d'évoquer ce pour quoi elle était venue.

— Devrais-je avoir peur ou être flatté que vous m'ayez suivi sur quatre mille kilomètres ?

— Aucune de ces deux options. Ça n'a pas été facile de vous retrouver. Mais la dame qui s'occupe de l'accueil, à Yad Vashem, m'a donné votre nom et…

— Et vous m'avez retrouvé. La question que je me pose est… pourquoi ?

Elle pince les lèvres, et pour la première fois, soutient mon regard.

— Parce que je vous connais.

— Oui, de Jérusalem, je sais, nous venons d'en…

— Non.

Son ton est ferme et dénote avec l'attitude introvertie qu'elle affiche.

— Ce que je veux dire, c'est que… Je vous ai rencontré lorsque vous étiez bébé. Je connais votre histoire.

66

Caleb

29 juillet 1989

Pièce après pièce, toute ma monnaie est en train de disparaître dans la fente près du combiné de la cabine téléphonique en face de la poste.

Bien sûr, il aurait été trop simple de trouver une Romy Castillo ou un Raphaël Ferrand domiciliés à Paris dans l'annuaire, ou bien encore une famille Ferrand à Noirmoutiers. Ceux-ci doivent se trouver sur liste rouge. Après avoir passé une bonne demi-heure à noter scrupuleusement les noms et numéros de tous les Ferrand de Vendée, et les deux Castillo de Paris, je me suis enfermé dans la cabine téléphonique.

Mais personne ne connaît Romy Castillo. Alors je me rabats sur les autres numéros.

Les premiers à décrocher leur combiné me raccrochent au nez. Puis certains commencent à m'écouter.

— Je connais un Raphaël Ferrand, oui, dit une femme à l'autre bout du fil. C'est mon neveu, le fils de mon frère, mais…

— Excusez-moi, ma question va peut-être vous paraître étrange mais… quel âge a-t-il ?

Après qu'on m'a demandé pourquoi je voulais parler à un enfant de deux ans et demi, je préfère éviter toute déconvenue.

— Quarante-cinq ans.

Ça pourrait correspondre. J'essaye de ne pas laisser mon imagination s'emballer aussi vite que mon espoir.

— Mais pourquoi souhaitez-vous le contacter ? Et pourquoi cette question ?

J'entrouvre la bouche, mais aucun son n'en sort. S'il s'agit bien de mon père biologique, je ne peux pas simplement lâcher une telle information par téléphone auprès de sa tante. Ma grand-tante…

— Allô ?

Je me ressaisis et déblatère le premier mensonge qui me traverse l'esprit.

— Oui, euh… Eh bien il était à l'école avec mon père, et c'est bientôt son anniversaire, alors j'aurais voulu réunir tous ses anciens camarades. C'est pour ça que je voulais connaître son âge. Pour être sûr que c'était lui.

Mon interlocutrice marque une courte pause.

— Vous vous donnez beaucoup de mal pour lui faire plaisir, dites-moi ! Il me semble que Raphaël a déménagé il y a un ou deux ans, je n'ai pas son nouveau numéro de téléphone. En revanche, j'ai celui de ses parents, si ça vous intéresse.

Je ne sais pas encore s'il s'agit bien de lui, mais je note le numéro qu'elle me donne et le compose après avoir ajouté une nouvelle pièce.

L'homme qui répond a la voix grave et éraillée par l'âge. Ma main tremble sur le combiné. C'est peut-être lui, mon grand-père. Une voix féminine se fait entendre, plus atténuée, et j'éloigne aussi loin que je le peux dans mon esprit la possibilité qu'il s'agisse de ma grand-mère.

Je répète une nouvelle fois ma demande, prêt à sortir mot pour mot le même mensonge que celui de l'appel précédent, mais je n'en ai pas besoin.

— Oh mais mon fils n'habite plus dans la région. Il est parti faire ses études à Paris et est resté là-bas. Je peux même vous donner son adresse si vous le souhaitez.

Je me dépêche d'accepter avant qu'il ne devienne suspicieux et note scrupuleusement l'adresse. Le 9e arrondissement. Je le remercie chaleureusement avant de raccrocher. Si son fils est bien le Raphaël Ferrand que je cherche, j'espère avoir de nombreuses occasions de lui reparler.

Je me rends à l'adresse indiquée en conservant le papier serré dans ma main. Lorsque je frappe à sa porte, j'ai l'impression d'être revenu à Jérusalem, dans ce couloir où ma mère n'est jamais apparue. Mais cette fois-ci, j'entends le verrou s'ouvrir et un visage apparaît dans l'embrasure. Les cheveux noirs de l'homme me sautent aux yeux en même temps que son regard sombre.

Tu leur ressembles tellement.

Les mots de Dana me reviennent en mémoire. Je n'ai plus aucun doute. J'ai retrouvé mon père biologique.

— Si vous vendez quelque chose, une religion ou un calendrier, je ne suis pas intéressé.

L'espace entre la porte et le montant se réduit, et j'ai l'impression de voir m'échapper tout ce que je cherche depuis le jour de mes dix-huit ans. Plus vite que je ne l'aurais cru possible, je place mon pied dans l'ouverture de la porte et sors la photo de Romy de ma poche.

L'homme me l'arrache des mains et je vois son visage se décomposer.

— Où avez-vous eu ça ? Qui êtes-vous ?

— Si vous êtes bien celui que je crois, je suis le fils que vous avez eu avec elle.

Je désigne du menton le cliché qu'il tient et son regard fait des allers-retours entre le visage de Romy et le mien. Les joues de Raphaël se décolorent subitement, ses cheveux noirs contrastant avec sa peau désormais livide. Il chancelle et recule en se cognant contre un meuble. Je me précipite dans son appartement pour le rattraper, et l'aide à s'asseoir dans le fauteuil le plus proche.

— Vous vous sentez bien ?

Si j'avais encore le moindre doute quant à son identité malgré notre ressemblance flagrante, sa réaction en est la preuve la plus évidente.

Raphaël acquiesce, les yeux perdus dans le vague, avant de regarder une nouvelle fois la photo.

— Pourquoi est-ce qu'elle ne m'a rien dit…

Il passe une main sur son front et se tourne vers moi, détaillant chaque parcelle de mon visage. J'esquisse un sourire forcé, ne sachant pas comment réagir face à cette inspection en bonne et due forme.

— Comment t'appelles-tu ?

— Caleb. Caleb Delaunay Hartman.

Ses sourcils se haussent.

— Un nom juif ?

Je hoche la tête.

— Dana m'a dit que vous aviez des origines juives.

— Tu es allé à Yad Vashem ? Tu as vu Dana ? Que t'a-t-elle dit ? Et comment peux-tu être sûr que tu es mon…

Sa phrase reste suspendue en l'air, et il esquisse un sourire.

— Enfin, outre le fait que j'ai l'impression de me voir au même âge. Mon Dieu, alors Romy était enceinte…

— Donc vous ne l'avez jamais su ? Dana m'a simplement dit que vous étiez parti de façon précipitée.

Un ricanement s'échappe du mince espace entre ses lèvres.

— Non… Je n'ai jamais reparlé à Romy après Yad Vashem. Et précipité, c'est le moins que l'on puisse dire, oui. Le père de Romy a débarqué et… Disons que je ne m'attendais pas à ça.

— Oh.

Alors la voilà, la raison de la séparation de mes parents biologiques. Je peux facilement imaginer ce que l'homme que j'ai devant moi a ressenti ce jour-là, mais je peux d'autant plus me mettre à la place de ma mère biologique, qui a vu celui qu'elle aimait partir pour une raison contre laquelle elle ne pouvait rien : sa naissance.

— Vous l'avez quittée quand vous avez appris que c'était la fille d'un nazi, c'est ça ?

Raphaël écarquille les yeux dans une question muette.

— J'ai… rencontré mon grand-père maternel.

Raphaël reprend des couleurs et n'a de cesse de contempler la photo de ma mère, observant alternativement le cliché et mon visage.

— Je l'ai quittée parce qu'elle me l'avait caché. Romy était une femme extraordinaire. À la fois fragile et tellement forte. Mais malgré mon histoire, elle ne m'a rien dit.

Plusieurs questions fusent dans mon esprit et je ne sais par laquelle commencer. Raphaël me fait signe de m'asseoir à mon tour, et je tire une chaise jusqu'à lui.

— J'ai été adopté, déclare-t-il en soupirant. Je ne sais pas comment toi tu l'as appris ni comment tu l'as vécu… Je ne t'ai même pas demandé, as-tu eu une enfance heureuse ? Es-tu heureux ?

J'acquiesce, à la fois pour qu'il poursuive, mais aussi parce que c'est vrai. J'ai eu la chance d'avoir une enfance magnifique malgré le divorce de mes parents.

— Très bien, sourit-il. En ce qui me concerne, j'étais déjà adulte lorsque je l'ai su. Au début, je ne connaissais même pas ma date de naissance ! La seule information que je possédais, c'était que ma mère était morte en déportation.

J'ai l'impression d'avoir le vertige. Que chacune de ses phrases provoque en moi des émotions telles qu'elles se mélangent jusqu'à former un amas de sentiments si forts, si différents, si extrêmes que mon corps a du mal à les contenir.

— Tu comprends un peu mieux pourquoi je suis parti ?

Je ne lui réponds pas. J'ai la tête qui tourne et je ne m'aperçois qu'il s'est levé que lorsqu'il apparaît devant moi avec un verre d'eau.

— Tiens, bois un peu. Tu es sûr que ça va ? Tu as mangé aujourd'hui ?

J'avale quelques gorgées et ferme les yeux. Je ne parviens pas à croire que je suis en face de mon père, de l'homme avec qui je partage la moitié de mon ADN. Je prends quelques instants afin de recouvrer mes esprits et poser la question qui me brûle les lèvres.

— Et vous n'avez jamais cherché à retrouver Romy ? En dix-huit ans, vous n'avez pas une seule fois repensé à elle ?

— Je repense à elle plus souvent qu'à n'importe qui, répond-il d'une voix remplie d'une tendresse indéniable. Mais Caleb, j'étais encore trop en colère pour la revoir.

— Même après des années ?

Raphaël fronce les sourcils, et je comprends qu'une dernière information m'échappe. Il semble le comprendre également et ses traits se modifient immédiatement. Il pose une main sur mon genou.

— Caleb… Je suis désolé, je pensais que tu étais au courant.

Mon cœur cogne contre ma poitrine, résonne dans ma boîte crânienne et jusque dans mes oreilles, comme pour masquer les paroles de Raphaël, ces mots que je refuse d'entendre, pas après tout l'espoir que j'ai mis dans cette quête, pas après toutes ces années à attendre ma majorité pour ouvrir cette lettre.

— Romy s'est suicidée en juillet 1971.

Je m'effondre avant même qu'il ne finisse sa phrase. Raphaël passe une main sur ma nuque et pose son front contre le mien.

— Romy avait une photo de nous avec mon nom écrit dessus dans sa poche. C'est comme ça que la police a pu me retrouver pour me l'annoncer. Je suis vraiment désolé, Caleb.

Nous restons ainsi quelques instants.

— Je sais à quel point ça fait mal, murmure-t-il.

Je me redresse, et sa main vient prendre la mienne.

— Je sais ce que ça fait de ne pas connaître celle qui nous a mis au monde. Et de n'avoir d'elle qu'une photo.

Je renifle bruyamment.

— Vous avez une photo de votre mère ?

Raphaël hoche la tête avant de se lever et d'ouvrir le tiroir d'une commode située à l'autre bout du salon.

— Une seule, qu'elle a laissée à mon intention.

Il revient vers moi en tenant une photo en noir et blanc et me la tend.

Un hoquet de surprise vide l'air de mes poumons.

— Qu'est-ce qu'il y a Caleb ?

Mes lèvres s'étirent d'une manière incontrôlable en un sourire qui fend mon visage aussi largement que la joie indescriptible qui traverse mon cœur.

— Cette femme, fais-je en désignant le cliché. Je sais qui c'est.

67
Myriam

24 septembre 1943

Lorsque je reprends connaissance, la douleur a disparu. Je cligne des yeux, croyant d'abord que je suis devenue aveugle, avant de repérer une lumière sous ma porte. Puis tout me revient en mémoire avec une intensité inouïe et j'écarquille les yeux. Je pose une main sur mon ventre, bien que je sache ce que je vais y trouver. La peau flasque d'un corps vide de la vie qu'il portait.

Je me redresse et bascule les jambes en travers du lit sans prêter attention au vertige qui me saisit. Où est mon enfant ? La police l'a-t-elle déjà pris ? Ou peut-être même que ce sont les nazis qui récupèrent directement les plus jeunes Juifs ? Et pour quoi faire ?

Je frissonne en posant mes pieds nus sur le carrelage et m'écroule avant même d'avoir fait le moindre pas, emportant un chariot et un verre d'eau, à en juger par le fracas de la chute et l'humidité qui se répand sur ma fine blouse.

— Madame Hartman ! s'exclame la voix du jeune homme à l'étoile qui m'a ramassée à la sortie du porche. Vous ne devez pas vous lever ! L'anesthésie ne s'est pas encore totalement dissipée !

J'entrevois sa silhouette à contrejour dans l'encadrement de la porte avant qu'il ne se précipite pour m'aider à me rasseoir sur mon lit.

— Mon bébé, comment va mon bébé ? Il est vivant ?

— Votre fils est en parfaite santé, madame Hartman. Un vrai gaillard avec des poumons solides !

Un gémissement sanglotant s'échappe de mes lèvres et je serre ce médecin dans mes bras. Un fils. J'ai un fils.

— Où est-il ? Est-ce que je peux le voir ?

Le docteur s'assied à mes côtés et resserre son nœud papillon, manifestement mal à l'aise.

— Avant ça, nous…

Il jette un coup d'œil par-dessus son épaule, et c'est à ce moment-là que je remarque une ombre sur le pas de la porte. J'ai d'abord un mouvement de recul instinctif, et mon pouls s'accélère brusquement.

— Madame Hartman, excusez-moi, je ne voulais pas vous effrayer. Je suis l'assistante sociale de l'hôpital.

Mes muscles se relâchent, et un vertige me prend de nouveau. Le médecin juif soulève mes jambes afin de me remettre au lit, et lorsqu'il rajuste mes oreillers, la vision de son étoile jaune si proche de moi fait gonfler une boule d'angoisse dans ma gorge. Un pressentiment m'envahit, et tout comme Sonia était persuadée que je mettrais au monde une petite fille, j'espère que mon intuition se révélera fausse, qu'elle est uniquement le fruit de mes angoisses.

— Madame Hartman, le temps nous est compté, car vous avez accouché aujourd'hui et… Nous devons remplir l'acte de naissance au plus vite.

— Je ne comprends pas, vous souhaitez un nom ou…

L'assistante sociale pince les lèvres, et l'angoisse enfle dans ma gorge, rendant chaque respiration plus laborieuse que la précédente. Le dos droit, cette femme en tenue civile referme la porte derrière elle, tandis que le médecin allume une lampe à pétrole à côté de mon lit en prenant soin de ne pas marcher sur les débris de verre.

— La police viendra vous chercher d'ici un jour ou deux pour vous ramener à Drancy.

Je hoche la tête, les sourcils froncés. A-t-elle vraiment besoin de me le rappeler ?

— Nous avons le moyen d'éviter que votre fils y soit enfermé lui aussi, et qu'il risque la déportation avec vous.

— Que voulez-vous dire ?

— Qu'il existe un moyen pour que votre fils vive. Nous avons eu des échos sur les conditions de transport vers les camps de l'Est. Des wagons à bestiaux bondés, aucune hygiène et peu d'eau. Il est trop fragile pour y survivre.

Mes doigts se crispent sur les draps, et le médecin, assis sur le lit, les prend dans sa main dans un geste apaisant qui me rappelle douloureusement Sonia.

— Madame Hartman, je suis vraiment désolé, mais il va vous falloir prendre une décision rapidement. Vous ne pourrez pas vous enfuir avec lui, mais nous pouvons lui trouver un foyer. Nous allons signer un acte de décès, et pour tout le monde, il sera mort-né. Vous ne devrez jamais en parler à quiconque au risque de le mettre en danger. Je n'ose imaginer combien cette décision de vous séparer de votre enfant est difficile à prendre mais…

— Vous avez tort.

La clarté de ma voix me surprend. Je ne tremble plus, et l'angoisse qui m'étouffait a relâché sa prise. Ce n'est pas un choix difficile à faire. C'est le seul choix possible. J'ancre mes yeux dans ceux de l'assistante sociale, et je sais sans aucun doute qu'elle peut y lire la même résignation sereine que celle que j'ai déjà pu apercevoir dans ceux de Sonia lorsqu'elle évoquait ses petits-enfants.

— Je n'ai aucun moyen de le sauver, continué-je. Vous me dites que vous, si. Alors allez-y, faites-le. Sauvez-le.

Mettez-le à l'abri. Je serai la seule à savoir qu'il vit et c'est tout ce qui m'importe.

L'assistante sociale hoche la tête, le médecin triture les pans de sa blouse.

— Est-ce que je peux le voir ? Avant que vous ne l'emmeniez ?

Ils échangent un regard, comme une conversation muette, et l'homme à mon chevet se lève avant de revenir quelques instants plus tard avec un monceau de langes dans les bras.

Je me redresse dans mon lit, et lorsqu'il dépose dans mes bras ce nourrisson emmailloté, une chape de regrets s'abat sur moi. Comment pourrais-je me séparer de mon fils maintenant que j'ai vu son visage, ses grands yeux aussi noirs que ceux de Gabriel posés sur moi, ses cheveux de jais ? Je passe la pulpe de mes doigts sur une tache rouge qui lui mange une partie du côté droit du visage, de la mâchoire jusqu'au coin de la lèvre.

— Qu'est-ce que c'est ? fais-je en déposant un baiser sur sa joue marquée. Rien de grave ?

— Une simple tache de naissance, conclut le médecin. Elle peut s'atténuer, mais même ainsi, ce petit gars est magnifique. Il va en briser des cœurs !

— À commencer par le mien… soufflé-je.

Je soulève ce minuscule être pour le poser sur mon épaule et le berce tendrement, le nez contre son crâne pour m'imprégner de la délicieuse odeur de sa peau.

— *Ich hob dir lib*[1], mon fils. Tu es si beau. Ton père serait si fier. Je te promets que je reviendrai te chercher. Lorsque tout ça sera fini, je reviendrai. Mais d'ici là, tu vas grandir. Grandir et devenir fort. Devenir quelqu'un de bien.

1. « *Je t'aime* », en yiddish

— Madame Hartman, je suis désolée, mais le plus sûr pour lui serait que nous profitions de l'obscurité de la nuit pour le faire sortir de l'hôpital.

J'acquiesce, retenant mes larmes. Je veux conserver une vision nette afin de mémoriser chaque détail de son visage. Je caresse sa joue du bout des doigts. Elle est si douce. Sa bouche s'agrandit en un bâillement qui fait fondre mon cœur dans ma poitrine, et avant que le médecin ne m'ôte mon fils des bras, je l'embrasse une dernière fois.

— Je penserai à toi jusqu'à ce que je te retrouve. Je t'aime.

Puis le poids dans mes bras disparaît, et avant que le médecin ne sorte de ma chambre, je l'arrête.

— Attendez ! Mes affaires, où sont mes affaires ? J'ai une photographie, dans la poche intérieure de ma veste, donnez-la-lui, s'il vous plaît.

L'assistante sociale s'exécute, et tend la photographie que Jacques a récupérée sur le perron de notre immeuble une éternité plus tôt au médecin qui tient mon enfant dans ses bras.

— Je reviendrai vous faire signer quelques papiers tout à l'heure, me prévient-elle. Vous avez fait le bon choix.

Mais je l'écoute à peine. Je ne parviens pas à détacher mon regard de la porte par laquelle mon enfant vient de sortir. Lorsqu'elle se referme, je me laisse retomber sur mes oreillers et les larmes jaillissent sur mes joues sans que je puisse les arrêter. Quand les contractions meurtrissaient mon corps, j'ai cru que je ne pourrais jamais ressentir une plus grande douleur.

Désormais, je sais qu'il est possible de souffrir bien plus.

68
Gabriel

29 juillet 1989

Je connais ce tableau dans ses moindres détails, mais je sais pertinemment que jamais je ne cesserai de l'admirer. Étonnamment, avouer à Esther le secret qui entourait sa naissance a allégé mon esprit plus que cela n'a alourdi mon cœur. Encore une fois, j'ai éprouvé envers Caleb un ressentiment qui n'avait pas lieu d'être.

— Crois-tu que j'ai été trop dur avec lui ? demandé-je au tableau. Lorsque je lui ai refusé la musique, lorsque je lui ai refusé le conservatoire, lorsque j'ai fait peser sur ses épaules le poids de ses origines ?

Mais le visage peint de Myriam n'esquisse pas un mouvement. Je soupire.

— C'est envers toi-même que tu as toujours été trop dur, papa.

La voix d'Esther me parvient depuis l'escalier. Je n'ai pu répondre à toutes les questions qu'elle avait, mais je ne lui ai rien caché de tout ce que je savais. Et ma fille m'a étonné. Là où j'avais toujours pensé que lui dire la vérité sur sa naissance la détruirait, j'ai découvert Esther plus forte que je n'aurais pu l'imaginer. Mais comment pouvait-il en être autrement, elle qui dès son premier jour avait su avoir suffisamment d'instinct pour survivre ?

— Tu sais, même si tu t'étais remarié, même si maman n'est pas celle qui m'a donné la vie… dans mon cœur elle reste ma mère, et je l'aime à travers toi.

Esther me prend dans ses bras et j'embrasse le sommet de sa tête. Le minuscule nourrisson perdu dans les langes que portait Rebecca est devenue une femme forte, ma plus grande fierté.

— Je n'ai jamais osé t'en parler parce que tu ne me l'as jamais présentée officiellement, poursuit-elle, mais… Je me souviens que tu avais rencontré quelqu'un lors de notre voyage à Jérusalem.

Je n'aurais jamais cru qu'Esther aurait remarqué quoi que ce soit. Elle était si jeune, à peine dix ans lorsque je me suis rendu à Yad Vashem afin de témoigner. Comment peut-elle être au courant pour Ali sans jamais l'avoir vue ?

— Un soir, tu es revenu et tu étais heureux. J'avais dix ans, pas trois, j'ai compris que tu avais fait la connaissance d'une femme. Ensuite on est rentrés à Paris, et tu étais encore heureux. Puis un jour tu es venu me chercher à l'école, et ta joie avait disparu.

Je secoue la tête, incrédule.

— Tu as toujours été particulièrement intelligente.

Je prends une profonde inspiration. Je n'ai jamais parlé d'Ali à quiconque, ni à Jacques, ni à Marcel. Je l'ai enfouie au fond de mon esprit, gardée dans un coin de mon cœur.

— Pourtant tu ne veux pas m'en parler ?

J'observe une nouvelle fois le portrait devant moi.

— Elle s'appelait Ali. Elle était venue témoigner elle aussi, c'était une survivante de Birkenau. Elle était adolescente à l'époque de la guerre, mais elle est la première personne que j'ai rencontrée qui en parlait avec tant… d'aisance, si je puis dire. Seuls ceux qui ont vécu la déportation peuvent comprendre ce que ça représente.

Tu sais, après la Libération, les gens ne nous croyaient pas. Et puis on n'en parlait pas, c'était du passé. Mais nous y avions tous trop perdu pour réellement tourner la page. Heureusement que certaines langues se sont déliées, que les gens ont bien voulu écouter. Ali… Elle osait tout dire. Ce qu'elle avait subi dans le block des expériences, ce qu'elle avait vu là-bas.

— Mon Dieu… Que lui ont-ils fait ?

— Clauberg, il l'a stérilisée.

Esther plaque une main sur sa bouche.

— C'est horrible, souffle-t-elle.

— Ça l'est. Mais Ali y a survécu. Lorsque nous nous parlions, tout était si naturel. Par certains aspects, elle me rappelait Myriam. Mais chacune d'entre elles était unique et je le savais. Alors une fois rentré à Paris, j'étais décidé à lui ouvrir mon cœur et ma vie. Dix ans après la mort de Myriam, je me l'autorisais pour la première fois.

Je marque une pause. Les souvenirs se rappellent à moi en charriant un panel d'émotions qui me replongent plusieurs décennies auparavant.

— Elle est venue à la maison un jour où tu dormais chez une amie. Et elle a vu ce tableau.

Je ferme les yeux. J'ai l'impression de sentir encore mes doigts glisser entre ses boucles blondes, sa bouche sur la mienne. D'entendre son exclamation de surprise, et de ressentir de nouveau la stupeur lorsqu'elle a prononcé le nom de Myriam, les yeux écarquillés face au portrait qui la représente.

— Ali était le nom qu'elle avait pris à son retour de Birkenau. Elle ne voulait plus être Aliza, la jeune fille déportée.

Je prends une profonde inspiration.

— Déportée avec Myriam.

— Oh papa, murmure Esther en me serrant contre elle.

— Elles se sont connues à Drancy et sont restées ensemble jusqu'à ce que Clauberg la choisisse comme cobaye. Elles étaient devenues… comme des sœurs. Je ne pouvais pas tomber amoureux d'elle. Je n'en avais pas le droit.

Esther essuie une larme sur ma pommette. Je n'ai même pas conscience d'avoir pleuré.

— C'est bien ce que je disais, murmure ma fille. Tu as toujours été trop dur envers toi-même.

Le bruit d'une porte que l'on referme résonne dans le hall et nous fait sursauter tous les deux. J'essuie mes larmes avec hâte tandis que la voix de Caleb nous parvient.

— Papi ! Maman ! Vous devriez descendre ! J'ai quelqu'un à vous présenter.

69
Caleb

29 juillet 1989

Je tiens la main de mon père d'une poigne tremblante, tandis que les silhouettes de ma mère et de mon grand-père descendent l'escalier. Je trépigne de leur révéler ce que je sais, je voudrais le leur crier avant même qu'ils ne soient parvenus au rez-de-chaussée. Mais je sais aussi que je dois laisser à Raphaël le temps qu'il lui faut. J'ai retrouvé mon père. Aujourd'hui, c'est à lui de retrouver le sien.

— Caleb ! s'exclame ma mère en venant m'embrasser avant de se tourner vers l'homme qui m'accompagne. Bonjour Monsieur, qui êtes-v…

Elle remarque nos mains jointes et c'est le cœur gonflé d'émotion que je place une main dans le dos de mon père.

— Papi, maman, je vous présente mon père biologique.

Ma mère ouvre la bouche de stupeur, mais les yeux de Raphaël n'ont pas quitté le visage de mon grand-père qui se tient au bas des marches. Mon père semble soudain pétrifié, et je sais que, tout comme moi, il cherche les similitudes qui existent entre leurs traits, leurs postures. Je le pousse doucement et Raphaël sort de son hébétude. Il salue ma mère d'un signe de tête, un sourire avenant sur le visage, mais son attention se reporte très vite sur mon grand-père. Il glisse la main dans sa poche et je m'éloigne de lui pour me rapprocher de ma mère.

— Il n'est pas un peu bizarre, cet homme ? me chuchote-t-elle alors que je passe mon bras autour de ses épaules. Tu es sûr que c'est ton père ?

— Certain, regarde.

— Je m'appelle Raphaël Ferrand, fait-il en s'avançant d'un pas vers mon grand-père. Il y a presque vingt ans, je savais seulement que ma mère était morte en déportation. Et un jour, une femme m'a reconnu. Grâce à ça.

Il désigne la tache de naissance sur son visage.

— Elle est venue chez moi et m'a raconté comment un interne de l'hôpital Rothschild nous avait fait sortir par la morgue durant une nuit de septembre 1943. Il nous avait déposés chez quelqu'un en lien avec le réseau d'évasion de l'hôpital, il nous avait sauvés. Elle, en lui évitant de retourner à Drancy. Moi, en me soustrayant dès la naissance aux listes des nazis.

Mon grand-père conserve un air strict, mais je perçois le léger tremblement de son œil.

— Je suis retourné à Rothschild. L'interne était devenu médecin. Mais il se souvenait de ma tache de naissance. Et de ma mère. Il m'a parlé du courage dont elle avait fait preuve pour me sauver. Il m'a aussi dit qu'elle voulait que je me souvienne d'elle, qu'elle m'avait laissé une photo qu'ils n'avaient pas voulu me donner lorsque j'étais bébé, par peur que le cliché ne nous trahisse si notre groupe était contrôlé.

Raphaël sort la photo de sa poche et une larme coule sur ma joue.

— Mais quand j'y suis retourné, il n'avait plus de raison de ne pas me confier la photographie de ma mère.

Je vois mon grand-père saisir le cliché au moment où le regard de Raphaël se porte sur le portrait de Myriam. Sa mère.

Je peux presque entendre les rouages en train de s'actionner dans le cerveau de mon grand-père. Je le vois retourner les différentes pièces du puzzle, et je discerne le moment où celles-ci s'emboîtent. Le moment où il reconnaît son fils.

— Je croyais que tu étais mort-né.

— C'est ce que l'hôpital faisait croire aux Allemands, à l'administration, à tout le monde. Pour nous sauver, pour…

À la surprise générale, mon grand-père se jette sur Raphaël et le serre contre lui, les joues inondées de larmes.

— Tu lui ressembles tellement !

Il n'a pas besoin de préciser de qui il parle.

Je perçois entre eux des chuchotements que je n'entends pas, tandis que ma mère sanglote à mes côtés. Je me blottis contre elle et lorsque nos regards se croisent, nos sourires se répondent. Puis mon grand-père relève la tête comme s'il avait entendu un bruit, mais quand ses yeux rougis se plantent dans les miens, je sais qu'il a compris ce que l'arrivée de Raphaël dans nos vies signifie.

— Oh Caleb !

Il étend son bras libre et je me précipite contre mon grand-père sans jamais lâcher la main de ma mère, qui se joint à notre étreinte.

Mon grand-père. Ce mot prend un sens encore plus fort désormais. Comme s'il obtenait ce rôle une seconde fois, cet homme dont je me suis d'abord senti si différent, cet homme que j'ai aimé car il était l'un de ceux qui m'avaient élevé, cet homme qui faisait déjà partie de ma famille depuis le jour de ma naissance.

Je n'ai peut-être pas trouvé tout ce que je voulais au cours de mes recherches, j'ai peut-être souffert et pleuré plus que je ne l'aurais cru.

Mais j'ai pu réunir ma famille.

Épilogue
Gabriel

5 octobre 1992

L'obscurité se fait dans la salle en même temps que le murmure des conversations cesse. Raphaël trépigne d'impatience à côté de moi, tandis qu'Esther lui chuchote que tout va bien se passer. Je ne saurais décrire le lien qui les unit. Je ne sais même pas s'ils pourraient l'expliquer eux-mêmes. À la fois parents d'un même fils, enfants eux-mêmes d'une guerre qui leur a pris leur mère, ils sont désormais liés par un même père.

Raphaël ressemble tellement à Myriam. Il est à la fois le meilleur d'elle, le meilleur de moi, le meilleur du couple qui l'a élevé. Rien ne pourra jamais rattraper les années que nous avons perdues, mais sa simple existence relève du miracle.

— Il va très bien s'en sortir.

Des doigts fins sertis de bagues se glissent entre les miens, et j'embrasse les boucles blondes de la femme assise à côté de moi.

— Merci d'être venue, Ali, soufflé-je.

— Le premier concert professionnel du petit-fils de Myriam et toi, comment pouvais-je rater ça ?

La scène s'illumine soudain et le rideau qui masquait l'orchestre révèle l'ensemble des musiciens, élégamment habillés, les yeux rivés sur le chef d'orchestre qui salue le public.

Je repère immédiatement Caleb et une onde de fierté se propage en moi, me fait bomber le torse. Il a son violoncelle en main. Je regrette de ne pas avoir su être présent lorsqu'il faisait ses premiers pas dans ce monde qui m'a autrefois apporté tant de joie. Je m'en veux pour tous ces moments où je n'ai pas voulu entendre son envie de faire de la musique, et je suis aujourd'hui plus qu'heureux qu'il ne m'ait pas écouté.

Son regard trouve le mien et un léger sourire se dessine sur son visage, suffisant pour que je comprenne qu'il m'est adressé.

Les premières notes résonnent dans la salle, un solo de violon. Les larmes me montent aux yeux et l'émotion me noue la gorge alors que je reconnais dans l'instant le début de cette symphonie que je n'ai jamais jouée.

Les accords s'égrènent jusqu'à un solo de flûte traversière, les basses qui nous rappelaient les bottes des SS battent à l'unisson avec mon cœur, les trompettes synonymes de notre libération tant attendue m'arrachent de nouvelles larmes. Puis vient le solo de Caleb, et toute notre rangée retient son souffle.

Je ne détache pas mon regard de mon petit-fils un seul instant, et les émotions que sa musique réveille en moi sont accompagnées de tant d'images qu'elles se mélangent dans mon esprit. Leny qui part dans le camion, Michel Kramer qui s'écroule à mes pieds, les cendres que Joseph et moi jetons dans la rivière, son corps désarticulé devant les barbelés, Myriam qui se jette dans mes bras, l'orchestre du camp, cette marche infernale où j'ai dû laisser Leibovici derrière moi, Marcel que je vois s'enfuir dans la forêt, le corps de Myriam à Bergen-Belsen, le sang sur les haillons de la petite Eisenberg. Puis les notes graves de l'instrument prennent des accents plus joyeux, et je me souviens de la journée d'espoir durant laquelle Aaron et moi avons créé cette partie du solo. Cet espoir qui transparaît dans cet air que Caleb maîtrise à la perfection. Je ne vois plus l'horreur des camps, mais Esther m'appelant papa pour la première fois, Caleb ramenant l'enfant que je pensais avoir perdu.

Les instruments se taisent, et plutôt que de se diriger vers le public pour saluer, les musiciens se lèvent et se tournent vers le fond de la scène. Le regard de l'assemblée se pose sur les quelques mots qui s'affichent au vidéoprojecteur et m'arrachent encore plus de larmes que la mise en musique de cette symphonie, jouée par mon petit-fils, ne l'a déjà fait.

En hommage à ces hommes, ces femmes et ces enfants qui ont payé le prix de la folie des hommes. Pour que la musique rapproche les peuples et ne soit plus jamais la sœur de l'horreur, mais sa plus véhémente combattante. J'essuie mes larmes et une ligne supplémentaire apparaît.

Symphonie composée par Aaron Leibovici et Gabriel Hartman.

Note de l'autrice

Ma grand-mère maternelle, Christiane Champagne, est née en 1927 sous le nom de jeune fille Trichet. Mon grand-père maternel, Paul Champagne, en 1928. J'ai eu la chance de grandir auprès d'eux, d'entendre leur histoire, notre histoire. Grâce à eux j'ai notamment été sensibilisée à ce que furent la Seconde Guerre mondiale et la Shoah. C'est pourquoi je suis particulièrement émue que ce roman soit mon premier publié.

Si ce livre ne retrace pas l'histoire de ma famille, certains détails, certaines notions s'en inspirent malgré tout.

Tout comme deux de mes personnages, mon arrière-grand-mère, Suzanne Trichet, s'est vue décerner le diplôme et la médaille d'honneur de Juste parmi les nations. En effet, en 1942, à l'aube de ses quinze ans, ma grand-mère Christiane a sollicité sa mère afin qu'elle cache durant une nuit la famille de l'une de ses amies, Hélène Roitman, comme celle-ci le lui avait demandé. Au final, ce sont quatre familles, treize fugitifs, qui furent accueillis par Suzanne, ma grand-mère Christiane et sa sœur Yvonne. Durant quatre jours et quatre nuits, ils vécurent dans leur petit appartement de Poitiers, en zone occupée. Mon arrière-grand-mère fit appel à un passeur et, moyennant finance, elle leur permit de passer en zone sud. Ma grand-mère garda contact avec ses amies, parties à Jérusalem et aux États-Unis, et elles purent même se retrouver lors de la cérémonie organisée par Yad Vashem en 1996.

Aujourd'hui ma grand-mère n'est plus, et lui dédier ce roman était pour moi une évidence. Aurais-je fait preuve d'autant de courage dans de telles conditions ? Je peux seulement l'espérer et croire que nous n'aurons plus jamais à être confrontés à des événements similaires.

Mon grand-père Paul m'a quant à lui raconté l'héroïsme et l'histoire de sa propre famille.

Tout d'abord, son oncle, Camille Thébault, fut résistant dans les FTPF et capitaine sous les ordres du colonel Rol-Tanguy. Il réalisa des sabotages, des coups de main et des attaques de dépôt dans la Vienne avant d'être arrêté en février 1943. Emprisonné, il succomba aux tortures de la Sipo-SD en mai 1943 avant d'être nommé chevalier de la Légion d'honneur à titre posthume en 1948.

Ensuite, l'un des détails de mon roman, l'anecdote du charbon, ne me vient pas uniquement de mes recherches, mais également de Gabrielle, la tante de mon grand-père, la femme de Camille. Celle-ci s'engagea également dans les FTP, où elle fabriqua des explosifs. Arrêtée en septembre 1943 sur dénonciation, elle fut déportée dans les camps de concentration dont elle revint extrêmement amaigrie. Là-bas, elle put survivre à la dysenterie en mangeant du bois brûlé.

Aujourd'hui, après que mes grands-parents m'ont transmis leur histoire, c'est à moi d'apporter, à travers ce roman, ma contribution au travail de mémoire. Je suis fière de faire partie de cette jeune génération qui perpétue cette transmission, poursuit ce devoir si important, afin de ne jamais oublier les horreurs de notre passé. Pour que plus jamais elles ne se reproduisent. Pour faire perdurer le souvenir des hommes, des femmes et des enfants qui y ont laissé la vie, qu'ils soient juifs, résistants, tziganes, homosexuels.

Remerciements

Ça y est, voici le moment tant attendu, celui qui sera sûrement le plus léger de ce livre.

Tout d'abord je te remercie, oui, toi qui tiens ce livre entre tes mains et qui prends le temps de lire ces lignes. Merci de m'avoir donné l'occasion de te conter l'histoire de Gabriel et Myriam, de Raphaël et Romy, de Caleb. Merci d'avoir cru suffisamment en ce livre pour le retirer de l'étagère d'une librairie, pour cliquer sur le bouton commander d'un site internet.

Merci également à mes parents, mon papa qui m'a appris à lire et m'a confié que sa mère était particulièrement douée en orthographe, ma maman que j'ai toujours vu avec un livre dans les mains et qui a été l'une des première à lire celui-ci. Merci à mes grands-parents, mon papi qui je le sais sera ému de lire ces lignes, ma mamie qui l'aurait tant été également, elle qui avait toujours un livre dans son sac à main. Je vous aime infiniment.

Un merci aussi grand que l'a été leur soutien à mes merveilleux collègues qui ont lu mes romans et ont cru en moi depuis mes premiers écrits : Aurélie (et son fils Virgile bien sûr !), Sophie, Marion et Marc, mes lecteurs les plus assidus ! À toi, Salomé qui as cru en ce roman bien plus que moi. Et Alexandra, qui m'as offert le « stylo pour tes futures dédicaces ».

Merci à toi, Flore, pour m'avoir soutenue dans l'écriture de mes romans, pour avoir cru en l'histoire de Gabriel et Myriam et en ma plume.

Merci aux personnes rencontrées sur Booksta, à certaines devenues mes amies dans la vraie vie ! Coryanne et nos milliers d'heures de vocaux, Laurie/Lena (merci pour ta bêta-lecture, pour ton soutien), Caroline, Cassandre (à qui j'ai si hâte de dédicacer ce roman!), Laetitia, Sarah (merci pour ta bêtalecture et pour écouter mes vocaux podcasts), Marie, Athénaïs, etc.

Merci à celles qui, de plus loin, m'ont toujours soutenue dans mes projets et dans ma vie. Lina, Marine, Alice, vous, ces femmes si fortes, je vous aime.

Et bien entendu, merci à l'équipe de City Éditions pour avoir cru en mon roman, et surtout à Emeline, dont le mail qui m'annonçait ce « oui » tant attendu a gonflé mon cœur.

Retrouvez-nous sur les réseaux sociaux :

City Editions

www.city-editions.com
@cityeditions
www.facebook.com/cityeditions/
@CityEditions
@cityeditions

Achevé d'imprimer en mai 2024
sur les presses de la Nouvelle Imprimerie Laballery
58500 Clamecy

Numéro d'impression : 404665

Imprimé en France

La Nouvelle Imprimerie Laballery est titulaire de la marque Imprim'Vert®